子どもとの暮らしと会話

銀色夏生

角川文庫 15025

まえがき

子どもとの暮らしと会話だけをまとめて書こうと、書き始めました。が、途中からだんだん変わって行くのですが……。また、最後にお会いしましょう！

さくとカーカ

　さくが、またこんなことを言う。

「さくね、ママのこと、時々、心配になるんだよ」

「なんで？」

「なに考えてるのかな？　って」

「たとえばどういうとき？」

「テレビ見てる時とか」

「ハハハ。テレビ見てる時は、そのテレビの内容だけを考えてるよ。じゃあ、今度から、心配になったら聞いてね。何考えてるの？　って」

「うん」

　なんでこんなこと考えるんだろう……。

　カーカに、話してみる。

「さくってね、よく、こんなこと言うんだよ。ぼく、らくしてない？　って。もっと苦労しなきゃいけないような気持ちがするらしいよ。今が、しあわせなんだって。そういえば、よく言うじゃない。この家が好きとか、ママが大好き、って。で、ママ、思うんだけど、さくって、前世かなんかで、すごく苦労したんじゃない？　大変な人生だったんじゃな

い？　そのことがあるから、今のこの平和な感じが不思議なんじゃない？　いつも言うよね？　しあわせってことと、心配を。とか、お世話してくれてありがとうとか」

「うん。なんか、あるのかもね。もしかして神様なんじゃない？」

「いや、たぶん、すごく苦労したんだよ。そして、今は、そのご褒美で平和なんだよ。カーカって、そういうこと考えたことないでしょ？　どうなってるの？　その心の中」

　すると、とたんに嫌な顔をして、うなり始めた。

「ううー。もういい。この話、したくない。飽きた」

「わかるよ、ママには。カーカの心は、混沌《こんとん》としてて、自分でもわけがわからないんでしょ？　自分と外の境目も、なにがなんだか、もあもあしてて」

「うんうんうん！」

　さくとカーカって、かなり違う。

　ある日、さくが、「僕の夢はね、大きくなったら、パパやママやカーカに仕送りすること」と言う。それで、お年玉を貯金しているらしい。
　そして「ぼく、世話かけてない？」と聞いてくる。
「どうしてそんなこと聞くの？」としつこくしつこく訊《たず》ねても、教えてくれない。「まったくかけてないと思うけど……。いい子だと思うよ」
「ママ、……感謝してるからね。なんかね、悪いような気がするんだよ」

「なんで？」

「なんでかわかんないけど」

「不思議だね。そんなこと思うなんて。なぜだろうね」

子どもといっても、それぞれだ。

私たちは、三者三様、今、この家で生きている。

上からの声

ゲームのことで、カーカが2階からさくを呼んでいる。

「さくー、さくー！」

この声は、どうやら怒ろうとしている声。

「さくー、さーくー！」

どうする？　とふたりで顔を見合わせる。

さく「でも、行きません。神様は、あんな声じゃないです」

私「ほんとだね、いくら上から聞こえてきてもね」

私は召使い

カーカって、今、中2なんだけど、ゲーム、パソコン、マンガ、テレビの日々で、勉強をほとんどしない。ずっと好きなことばっかりしている。よく、そこまでだらだら遊んでて、罪悪感とか強迫観念とか覚えないものだと思う。でも、勉強って、本当に人によって合う人と合わない人がいるから、こればっかりは本人次第だ。

　私は、しなかったらしなかったで、それはその人がこれから生きていく人生に跳ね返ってくるものだから、本人の人生なんだし、好きにしたらいいと思うが、たまに、ゲームに夢中になっているカーカの横顔を見ながら、あきれて、は～っとため息をつくことがある。そのことを言うと、苦笑いしている。勉強をしなきゃいけないということはわかっているけど、する気にならないのだろう。する気にならないものを無理してやる必要も感じないのだろう。

　いったいどういう大人になるのか……。

　考えるだけ時間の無駄なので、考えるのやめよう。

「そうだよ」というカーカの声が聞こえる気がする。

　しかも、なんであんなに、汚いものや不潔や臭いものが平気なのだろう。本人に聞くと、汚くも、不潔でも、臭くもないらしい。いい匂いって言う。そして、羞恥心《しゅうちしん》というものもない。
　先日、幼児の頃のさくのはだかに近い写真が本に載ってることを友だちから聞いて知ったさくが、「もう、あんまり載せないでね」なんて言っていたが、カーカは、「あのおしりの写真、載せてよ、載せて」とうるさい。それは、小学生の時の、ドアからはだかのおしりだけをだしてる写真で、ぱっと見ても、それが何なのかわからない、肌色のでっぱりに見える写真。それを人に見せたいらしい。いくらなんでもそこまではと、私は躊躇《ちゅうちょ》している。（このあと行った温泉で、今度は風呂《ふろ》の中で逆立ちしておしりを出すから、それを撮ってと言うので撮ったら、おしりがぽこぽことパンみたい。これは小さくしてのっけてあげよう。おもしろいから）

とにかく、カーカとの暮らしって、私は自分が召使いかと思ってしまう。カーカによって味わわされるこの気持ちは、マグマのように心の奥にたまって熱く渦巻いている。なにかの原動力になっていればいいけど。

お腹が痛い

朝、さくと先に起きて、今日はパンを食べるときのうから決めていたので、バタートーストを作って、メープルシロップをたらした。それとミロ。おいしいね〜と、食べている。しばらくしてカンチを起こして、みそ汁を温めてだした時から、お腹が痛くなってきた。左の脇に近い、背中あたり。

「お腹が痛い〜」といいながら、こたつに身をふせる。

カンチが、テレビ番組のことで話しかけてくるが、答えるのもつらい。この痛さは、普通の腹痛とは違う。いままで痛くなったことのない場所だ。痛くて、とても悲観的な気持ちになる。いろいろ想像する。重い病気だったらどうしようとか……。

「ごめん、カーカ、さく。ママ、お腹が痛いから、寝るね。いってらっしゃい」と声をかけて部屋にいく。２日前に残尿感があり、膀胱炎《ぼうこうえん》かなと思ってそのままにしてたら、今朝早くまた同じような気持ち悪さがあって、そして今、７時半から腹痛。これはきっと、感染症だ。膀胱炎かもしれない。病気のことは、専門家に診てもらわなきゃ。電話帳で病院を調べる。簡単な病気だったらここからいちばん近いところでいいや。すぐ近くの、もうすぐなくなるかもというううわさの、老人しか行かない病院に泌尿器科があることがわかったので、そこに行くことにする。しばらく休んでから、あたためようとお風呂に入る。ずっと痛い。お腹もすいているので、それもよくない気がして、おにぎりとお水をもっておお風呂に入る。「はなまるマーケット」で失敗しないホワイトソースの作り方をやってたので、痛みと共に見る。ふむふむ。さっそく今日作ろうかな……。あたためたら、すこしよくなったような気がしたけど、まだ痛い。病院は９時に開くのだろうと思い、９時まで入って、それから出て、電話をかけた。もう診察してるそうなので、すぐに車で出発する。痛い。

　ひろびろした、人のいないロビーだ。でも、奥の椅子のところに何人かいる。８時半から開いてたらしい。なんだ、ちゃんと調べて早くくればよかった。ロビーで待つあいだも、痛くて、ハンカチで眉間《みけん》をおさえて苦しさに耐える。30分たったけど、まだ呼ばれないので、看護婦さんに、まだ待ちますか？　とたずねたら、あとひとりとのこと。そのあたりから、痛みがひいた。２時間、痛かったことになる。

　ああ～、痛くなくなった～と思って、初めてあたりを見回す。窓のところに植物があって、なかなかこざっぱりとしたいい感じだ。広すぎるけど。改装しているのか、トントンという大工工事の音がする。見かける人は、ご老人しかいない。やはり、若い人はもっときれいで新しいところにいくのだろう。

やっと名まえを呼ばれて診察室に行く。先生が、どうしましたかと聞くので、症状を説明する。背中を左右トントンと叩《たた》いて、痛いですか？　と聞くので、痛くないですと答える。

膀胱炎だと思いますが、まだそう悪くはないかもと。ひどくなると背中を叩くだけで痛い！　ってなる人もいますよ。おしっこを我慢したりするとなりやすいとか。心当たりあり。学校の先生とか多いですよと。尿と血液の検査をする。白血球は増えてないけど、ちょっと血尿がでているとのこと。

炎症を抑える抗生剤で様子を見ましょうと、膀胱と腎臓の絵を描いて説明してくれた。なんか、いろいろ説明してくれて、いいお医者さんだと思った。この先生、細かく見ると欠点もあるのかもしれないけど、今日の私の対応に関しては、すごくいい。看護師さんも、みんな明るくて、きらくそうにやってる。看護師さんって明るいのがいちばんだ。人として細かく見る必要はないしね。友だちになるわけじゃないんだから。仕事さえちゃんとやってくれれば。私が人間として立派じゃないかもしれないけど、仕事は一生懸命やるように。

「薬はあんまり飲みたくないのですけど、やはり、この場合は飲んだほうがいいですよね？」と言ったら、「私だったら、１００％飲みますね」と言って、いろいろまた話をしてくれた。

「飲みます」。感染症だから、やっぱ、そうしよう。病院に行こうと思った時に、本当は、今回は薬を飲んでもいいと思ってるんだし。

「たくさんの細菌にかこまれて私たちは暮らしていて、それらの細菌とは共存関係にありますが、抵抗力が落ちると、細菌が勝つんですよ」と先生。

専門家に診てもらい、安心して、ほっとする。

分業っていいな、といつも思うが、また思う。医者が医者の勉強をして、病気を治してくれる。私は本を書いて、人に喜んでもらう。病気のことは、お願いね、って。

医者にもよるけど。説明してくれて、聞きやすい人がいいな。

痛みもとれたし、すっかり安らかな気持ちで、薬をもらって帰る。そして、さっそく2種類の薬を1つぶずつ飲む。健康っていいなあ。どこも痛くないって、本当にいいなあと思う。

子どもカイロ

寒い夜は、ふとんに入っても、しばらくは寒い。それで私は、つめたい足のさきを、となりに寝ているさくの曲げた足のひざのうらにさしこんで暖をとる。

あったか〜い。お腹もあったかい。

翌朝、さくに聞いても、ぜんぜん知らないって言う。

冷たい夜は、子どもカイロでほっかほか。

水

　お風呂からでようとするさくに、「水筒にお水をいれてもってきて」とたのむ。「冷蔵庫の冷たいのじゃなくて、浄水器のぬるい水ね」

「冷たいほうがおいしいよ」

「さく、ママは冷たくないのがいいって言ってるでしょ？　どうして、自分の好みをいうの？　ママがぬるいの、って言ってるんだから。自分が冷たいほうがおいしいと思っても、人の考えは違うんだから。そういうところ気をつけて。人に自分の好みをおしつけたらダメだよ。ママはぬるいの、ってたのんでるんだから」とくどくど言ったら、

「わかったよ。ママしつこいよ」と怒ってる。

　水筒に水をいれて持ってきてくれた。

「ありがとう」

　しばらくして、その水を飲んだら、……冷たい。

「さくー、さくー、ちょっと来て！」と呼ぶ。

「なに？」

「この水ね、冷たいんだけど、どうして？」

「あ………、冷たいのをいれて、ぬるいのを、それに、……たして……」

「怒らないから、本当のことを言って。冷蔵庫のをいれたの？」

「……うん。カーカと話してたら、すっかり忘れてた」

カーカの男の趣味

「IQサプリ」を見ていた。カーカの趣味って変わってると言われるらしい。たしかに、えなりくんを見て、カッコイイ〜なんて言ってる。

「どこが？」

「なんか、オーラが」

「へえ〜。他にだれがカッコイイ？」

「次長課長の、河本」

「浜ちゃんもカッコイイって言ってたよね」

「うん」

「変わった趣味だね」

「よく言われる」

「じゃあ、カッコイイじゃなくて、顔がカッコイイと思うのはだれ？」

「……うーん。ブラピ」

「ああ〜。それはね」

カーカの趣味、1位、えなり、河本。2位、浜ちゃん。だって。

さくにも聞いてみた。

「さく、カッコイイと思う人、だれ？」

「……いない」

寝る前の会話

私「ママの好きな人は、さく〜」
さく「バンビみたいだね。こうやって会えたこと、きせきなんだよ」
私「だから、楽しくすごそうね」

「視力」

レーシックの視力矯正手術をしたのに、最初はよかったけど、まただんだん視力が悪くなった。今は0・3と0・1ぐらいか。前は、0・02とかだったから、前よりはまだいいけど。で、コンタクトレンズとメガネを作ったのが1〜2年前ぐらい。で、また新しく作りに行った。その時より悪くなったので。

眼科で検査して、新しいのにしたけど、それほど遠くがはっきり見えるわけでもない。遠くをよく見せると、近くが見えにくくなるし、結局、私は、近くから遠くまですべてはっきり見えるということはもうないんだなと思った。（でもパソコンや本を読む時は、まだ裸眼の方がいいので、メガネもコンタクトも使ってない。裸眼だと近視のおかげで老眼鏡がいらないから。普段はかけてないけど、いざという時のために備えとく）

で、それはいいんだけど、その会計を待つあいだ、ふと壁を見たら、骨粗しょう症の検査がすぐにできます。という貼り紙。同じフロアの隣の内科の。人もいなかったし、「これ、すぐにできるんですか？」と聞いたところ、「はい」という。で、やってみた。最初に血圧、身長、体重をはかった。身長は、1・5センチもちぢんでいた。年取るとちぢむっていうけど。また、毎日こたつで、小さくまるまっているからね。（でもその後はかったら1センチのびてた。はかり方によるんだね）

それから、右足のかかとを機械にはさんで、検査。

結果は、大丈夫。110パーセントだかなんだか、けっこう骨はしっかりしてるとのこと。スカスカかもと思っていたから、意外だった。ふむふむ。会計を待つあいだ、まわりを見ていたら、こんどは、動脈硬化の検査もできますとの貼り紙に目が吸いついた。さすがにそこまではしなかったけど。

「もう、書くの、やめて」

ちょっとみなさん、今日、さくがこんなことを言いましたよ。

「さくのこと、もう書くのやめて。ともだちが、いろいろ言うからいやなんだよ。パンツの写真とか……」

「わかった。もう書かないね。ごめんね」

「ほんとに？　なんか、信用できない……」

「書かないよ……でも、これが仕事なんだよね……」

で、さくのことはあんまり書けなくなりました。残念。カーカは、こういうふうに人から言われたことがなかったし、私の仕事を知らなかったし、知っても興味なさそうだったし、最近知ってからも「おしりの写真、載せてくれた？」なんて催促するほどだったのでよかったんだけど、さくはデリケートだからね。

今日明日は、町に市《いち》がたくさんたつ、一年に一度のお祭り。子どもたちは友だちと行くので、今年は私は行かなかった。

子どもの頃、市の人が、ぐちったりするのを聞いて、胸が痛んだことがある。ちっとも売れないとか、寒い〜とか。今も、市の人を見るとつらくなる。楽しそうじゃないんだもん。みんな悲しそうで。みんなじゃないんだろうけど、なんか。

「笑いの金メダル」

見てる人はわかると思うけど、20人の人の口にピンポン玉をくわえさせて、お笑いのトークを見せて、おかしくて笑って口からピンポン玉を出した人の数で面白度を競うというのがある。口から飛び出したピンポン玉を、アシスタントの女性が目盛りの書かれた透明な筒にいれて人数を数えるのだけど、そこで私たちが気になったのは、そのピンポン玉をどう扱うかだ。すると、女性はちゃんと手袋をしていた。

ああ〜よかった。だって、つばがついてるかもしれないから、気になるよね。なんだか手袋をしていて、よかったよかった、と家族みんなでほっとしあう。

「ほんとうのおばあちゃん」

さくの話、はずかしい話じゃなかったら書いていいかな。というのも今朝、しげちゃん(さくのおばあちゃん)が、お祭りなのでお小遣いをくれるらしいよといったら、朝、走ってもらいに行っていた。お金をもらったら、3言ぐらいしか話さずに、すぐ帰ってきたそうだが。

で、帰ってきてその話をしていて、

さく「ぼくのほんとうのおばあちゃんは、大阪の……」

私「え？　どっちもほんとだよ」

さく「そうなの？」

私「じゃあ、しげちゃんはなんだと思ってたの？」

さく「おっかあ(私のこと)の、おかあさん」

私「ほんとうのおばあちゃんじゃないと思ってたの？」

さく「うん。だから、かかわんないでいいのかと……」

私「おばあちゃんっていうのは、親の母親のことだから、ママの母親と、パパの母親の、ふたりいるんだよ」

さく「へえ〜。いま、初めて知った。じゃあ、大阪のおばあちゃんにもあだ名、つけようよ」

私「……みっちゃん」

子どもとの会話

うちの前から始まる駅伝大会のスタートの様子をさくと見ていた時、さくが、友だちの走り方を教えてくれた。

「〇〇ちゃんは、いきおいがありすぎて、こうやって体がうしろに曲がってるみたいに走るんだよ。ちょっと変わってるの」

「ふうん。フォームにクセがあるんだね」

「体が割れてるみたいに走るんだよ」

「それを直したら、もっと早くなるかもね」

こういうふだんの会話こそが、私が子育てにおいて、もっとも大事だと思うところだ。いちばん慎重に、重要だと思って話す。

この時の親のひとつひとつの感想が、子どもの価値観の基礎を作ると思う。子どもの言葉を受けて発した親の言葉が、その子の考え方の方向を決める。こころに染みこんで色づける。だから、日々の会話がすごく重要だと思う。

私が心がけるのは、できるだけ前向きに建設的にフラットに偏見のないように客観的に、意見や感想を言うこと。ふだん、叱ったりする時は感情的にもなるけど、それと会話は違う。冷静な会話は、全部の言葉が教育だ。

さくには、失敗するとちょっといじけるところがあるし、負けず嫌いのあまりに、ついうそを言うところがあるようだ。自慢するみたいな。そういう、もともとの性質はすこしずつ時間をかけて直せたらと思う。つまり、そういう性格のこぶみたいなもの。心がきゅっと固まったようになった時、こちらは、すごく心を開いて、受けの姿勢をとる。黙って両手を開いて待つ、みたいなイメージ。そうすると、だんだん固まりがほどけていく。そういうのを何度も繰り返すうちに、本人が自然と固まらなくなる。

逆にもっと固めるようなこと、つっつくみたいなことをしてしまうと、だんだんほどけなくなるので、まずいと思う。料理でいうと、鍋の中で固まってしまった固まりを、ゆっくりとゆっくりと時間をかけてかき混ぜながら、ぬるま湯で溶かす感じか。

子どもたちのケンカ

昨夜、夕食後、私とカーカは「水曜どうでしょう」のＤＶＤをみたくて、でもさくはいつも見ているアニメを見たくて、カーカとさくで言い合いになった。で、カーカがアニメを無理に消したら、さくが怒ってカーカを足で蹴《け》った。

カーカ「ちょっと！　蹴ったね！　こっちに来なさい。蹴りかえすから！」

さく、私の方へ逃げてくる。

カーカ「おいで！」

さく「いやだ」

私「さく、しょうがないよ、行っといで。蹴ったのが悪いよ」
さく「だって、無理に消すから……」
私「行っといで。でも、カーカ、背骨は蹴らないでね、打ちどころが悪くてケガしたらいやだから」
カーカ「うん」
私「あと、頭もやめてね。危ないから。それから、お腹もだめだよ、内臓破裂になるから。それから、足の先も、倒れて打ちどころが悪いといやだから、やめてね」
カーカ「うん」
私「蹴ったいきおいでバッタリ倒れないように、地面にすわった状態で蹴ったほうがいいかもよ」
カーカ「うん、そうする」
私「そうだなあ、ふとももがいいかもね。ここ。ここだったら、いちばんいいんじゃない？」
カーカ「うん。ふとももにする」
さく「いやだ……」
私「ほら、さく、行っといで。ここ、ふとももね。ここ。カーカ、ここね」

カーカ「うん」
行きたがらない。「水曜どうでしょう」を見ているうちに、いつのまにか眠ってしまっ

たカーカ。いつも、夕食後は、お腹いっぱいになって寝るのだ。
さく「(小声で) カーカ、眠っちゃったから、蹴られずにすむかも」
私「そうだね」
そのあと、お風呂《ふろ》に入ったりするうちに、忘れたみたいで、さく、蹴られずにすみました。

おばあちゃん

風呂にはいってたら、さくがやってきて、「あのね、パパから電話で、大阪のおばあちゃんが手の骨を折ったから、さくと話すと元気になるから、あとで電話してって」と言う。なんだろうと思って、さくのパパに電話した。聞くと、大阪のおばあちゃんが骨を折ったから、大阪に電話してあげてとのこと。
さっそく電話した。手の甲の骨を折ったとか？　そう大したことはなく、ケガのことをひとしきり話したあと、
おばあちゃん「宮崎のお母さんの具合はどうですか？」
私「ああ～、まだ死んでませんよ」
おばあちゃん「………」
私「あ、ハハハ。どうにか、ぼちぼちやってますよ。一人では立てませんけどね」
おばあちゃん「そう、気持ちがお元気だからいいわ。私なんか、すぐ考えこんでため息

をついてしまって……」

私「ああ…。元気をだしてくださいね！　また、こちらへも遊びに来てくださ〜い」

と言って、さくにかわる。

そう、大阪のおばあちゃんはちょっと心配性。薄着してると、風邪ひくとか、あれこれ心配でたまらないらしい。どうやら、それがちゅんちん（さくのパパのこと）、さくと遺伝したようだ。やさしいと言えば言える。でも、心配してもしょうがないことを心配したって、どうにもならないのに。心配したからって、何かが変わるわけでもないし。でも、心配性はもう性格に染みついてるので、変えられないんだね。

が、心配性どうし、気も合うようだ。「うん、うん」なんて、さく、神妙にうなずきながら話している。

遊びの計画

　春休みに東京に行くので（私は仕事、子どもたちはちゅんちん家）、行った日の午後、一緒にシルク・ド・ソレイユの「ドラリオン」を見ようかなと思い、チケットを注文した。発売日からずいぶんたったので真横の席しかなかった。それでも、見ないよりはいいし。
　その話をしていて、ショーを見るからねと言ったら、ショー嫌いのさくは浮かない顔。「また寝ちゃうんじゃない？」前に、サーカスを見た時、寝ていたから。
私「でも、もう小学3年生にもなるんだから、大丈夫だよ」
カーカ「……それより、ディズニーランド、まだ行きたいんだけど」
というのも、冬休み、南極ツアーがいっぱいだったので、急遽《きゅうきょ》変更してフロリダのディズニーワールドに行こうかと私が言ったから。でも、それもネットでの航空券の申し込みがうまくできなくて、やめたのだった。
私「そうだね」
カーカ「ディズニーワールド、ちゅんちんも一緒は、ママ、いやだよね？」
私「ああ～。……いいよ。そうしたら、いろいろ助かるよね。遊んでくれるし。さくもカーカも任せられるし。なんだったら、ママがお金だすから、3人で行ってもいいよ」
カーカ「でも、ママにメリットないよね」
私「あるじゃん」

カーカ「あ、自由になれるか」
私「そう。そのあいだ、ママもどこかに行けるし……。でもディズニーワールドはだめだけど」

寝る時、さくに、
私「さくは、どこかに行きたいって言わないね」
さく「うん」
私「旅行に行きたくないの？」
さく「うん。ふつうに暮らすのがいいの」
私「でも、東京だけはいいんでしょ？」
さく「うん。パパと、ごはん食べたり、買い物いったり、自由にすごしたい」
私「ショーとか見るんじゃなくて？」
さく「うん。自由に………、もう寝るね」
寝ちゃった。

名まえの由来

さくの宿題。赤ちゃんの頃〜ハイハイ〜幼稚園〜今までの様子を、親や親戚《しんせき》に聞いてまとめる。写真を貼りつけたり。で、その中に、名まえの由来、どういう意味があるのか、どういう願いがこめられているかを聞くというコーナーがあった。

「ママ、どうしてさくって名まえ、つけたの？」

「ん？　……あのね」

「まって、聞きながら書くから。………はい、いいよ」

「うん。じゃあね………、さくさくという、ことばのひびきが、好きだったから」

数日後、「あれね、みんなの前で読んだんだよ。さくさくってひびきが好きだったからって……」
「はずかしかった？」
「ちょっと」

口ゲンカ

私とカーカはよく口ゲンカをする。お互いに相手の考え方が気に入らず、そういうところを変えた方がいいよ、世間にそういう考え方する人いないよ、友だちに言わない方がいいよ、などと言い合う。間違っているのは自分ではなく、相手だと主張し合っている。
私「ママたち、お互いにそう思うってさあ……」と言うと、
カーカ「気が合わないんでしょ？」
私「じゃなくて、簡単に言ったら、相手のそういう考え方が嫌いなんだよ。自分の趣味

と違うんだよ。お互いに相手の考え方に反発を感じて、イライラして、で、精神的に依存してない場合、それは子どもの離れ時なんだと思う。考えのはっきりした人間がふたり一緒にいるとぶつかるでしょ？」

そうこうしてるうちに、またケンカが始まった。クッキーを包装するリボンの長さのことで。

さくは、いつものつんつるてんのパジャマを着ている。これはたしか、保育園の頃に買ったもの。いつまでも着ている。肩のところはチワワに噛《か》まれて5センチ大にまるく穴が開いている。買い替えようかと聞いても、いやだと言う。

「それ、まだ着れる？」

「着れる」

しょうがないので、古いTシャツを切り抜いて、つぎあてをしてあげた。持っている冬のパジャマは全部で3着。どれもつんつるてん。で、お気に入り。

義務教育

月曜の朝は、私はとても疲れている。土曜、日曜と子どもがいるので、疲労がたまっているのだ。それで、だいたい午前中はだらだらしている。ぐずぐず寝たりして。そうしてだんだん、ひとりの時間へと移行していく。

先週末は3連休だったので、疲労も大きい。こたつに寝ころんで、目をつぶりながら、登校していく子どもたちに「いってらっしゃい」を言う。

私「カーカ！　義務教育もあと1年だね」

カーカ「そうだね」

私「あと1年だよ、あと1年。それで、義務教育が終わるんだよ！　よかったね」

カーカ「なんか、変わるのかなあ」

私「変わるよ。だって、もう義務じゃないんだよ」

カーカ「いってきます」

私「いってらっしゃい」

カーカの義務教育があと1年ということを発見して、私はなぜか、すごく自由な気持ちになったな。

ママが間違ってる

私「カーカ、今日ね、ママの友だちのくるみちゃんに、『うちの娘が、いつも、ママの考え方は間違ってる、そんなの世間に通用しない、そんな考えをする人はママだけだよ、おかしいよ、変だよ、って言うんだけど』って言ったら、くるみちゃんは、『私はそう感じたことはないよ』って言ってた」
カーカ「ふっ。それは、近くにいないからわかんないんだよ。離れてるから」
私「だったら、離れてる人にわかんなきゃいいじゃない。近くにいる人って、この家族だけだから、家族にどう思われても」
カーカ「まあ、そうだね。カーカだって、変だってみんな知らないもん」
私「(それは、どうだろう……)」

自分の周りに、世界は広がっている

カーカの友だちが入院したので、みんなでお見舞いに行ったらしい。

カーカ「もう友だちができたって。下の階に」

私「ああ〜。そうなんだよね。ママ、いつも思うんだけど、例えば自分が健康な時は、病気の人を見たら、遠い世界だと感じるし、かわいそうだと思うけど、実際自分が病気になったら、そこでの暮らしが自然に営まれていくんだよね。もう遠い世界じゃなくて、そこが自分の世界になって、そこで友だちができたり、新しい人間関係や楽しみや生きがいができて、やっていくんだよ。自分が世界の中心だからさ、自分のいるところが自分の世界なんだよ。世界は自分の周りに広がってるんだよね。だから、今と違うどんな状況になっても、そうなったら嫌だと思うような状況になったとしても、それはそれで、実際そうなったら意外とすんなりとやっていくんだよね、人って」
カーカ「そう。そこでまたなんかあるんだよね」
私「しげちゃん（母）だってそうじゃん。病気になったらなったで、今度はそれが普通になって、もう本人もまわりも慣れたよね、あの感じに」
カーカ「うん」
私「どんなことにも慣れるよね。そして、どんなふうにもなる可能性はあるよね。だから、そういう気持ちで、物事を見ないとね」
カーカ「うん」

遅刻のメカニズム

カーカの学校で朝の小テストというのが始まる。8時までに教室に入っていなければ、理科室で自習ということになるらしい。今までは8時5分が始業時間だったが、5分早くなる。今までも何度も何度も遅刻して、先生から朝、電話がくることも何度もあった。きっとまた遅刻するんだろうなあ〜と、思う。私は遅刻してほしくはない。ほんの数分早く行けば、怒られることもなく、嫌な思いをすることはないのに。すると、カーカが言うには、嫌な気持ちにならないんだって。

私「へえ〜、そうなんだ！　ママは、遅刻自体は別にそう悪いとは思わないけど、それに伴う一連の出来事が嫌だから、遅刻しないようにしようと思うんだけどね。先生に叱られたり、電話がきたり、面倒くさいでしょう」
カーカ「ママは平穏無事が好きだからね」
私「というか、エネルギーの無駄だと思うもん。遅刻ごときに、エネルギー使うの」
カーカ「カーカは別に嫌じゃない」
私「そうなんだ。だからなんだね。平気なんだ。だから、先生が一生懸命に早く来させようとしても、全然効果がないんだね」
そして、小テストの一日目。
私「7時50分に家を出るってことに決めたよね」
カーカ「(むっとして) 55分だよ」
私「………50分の方がいいんじゃない？　間に合う？」
カーカ「うん」
私「じゃあ、もしそれで遅刻したら、次からは50分に行くことにしてね」
カーカ「うん」
そして、夜。
カーカ「今日、遅刻した」
私「ああ〜、やっぱり」

カーカ「55分過ぎてたんだよ、出たの」
私「で？　理科室で自習？」
カーカ「うん。よかったわ。その方が、やりやすい。カーカには合ってる」
私「全部で何人いた？」
カーカ「２人」
私「その子も、遅刻の常習？」
カーカ「うん」
私「家、遠いの？」
カーカ「うん」
私「ふうん」
カーカ「明日の朝、先生から電話が来るから。２回」
私「もうママは出ないよ。自分で出てね。ママは早く行けって言ってるんだから。50分に行けって言ってるのに、55分に決めたのはカーカなんだからね」
カーカ「うん」
次の朝。７時半に先生からの電話が鳴った。
私「カーカ！　きたよ！　電話！」
カーカ、走って布団から飛び出して、電話にでた。「はい、はい……」と言ってる。
それから、のんびりテレビを見ながら朝食を食べ始める。

私「もう一回、くるの？」
カーカ「もう一回しようか？　って聞かれたから、いいですって言った」
テレビに見入ってる。
私「カーカ、だからさ、高校、どこに行くか、よ〜く考えた方がいいよ。選択肢はいっぱいあるんだからさ。こんな無駄なことしない方がいいじゃん。自分に合ったところに行った方がいいと思うよ。カーカに合わないとこは最初からやめた方が。団体生活、向いてないよ、カーカ」
カーカ「………」
私「もう46分だよ。テレビ、消すね。見ちゃうから」
カーカ、黙って、食べ終える。
カバンをかつぎながら、「あ、今日はテスト、ないんだった。でも、電話がきたから、行くわ」とつぶやきつつ、登校。
カーカって本当に、遅刻が悪いと思ってないから、だれにもそれを変えさせられない。ああいう人のことを、マイペースな人と言うのだろう。自分のペースでやらせれば、途中は好き勝手にいたりいなかったりするけど、最後はいつのまにかちゃんと近くに来てたりするというタイプ。そういう人は、みんなと同じように何かをさせるのじゃなく、好きにやらせるのがいちばんいい。最後にやった成果で判断してあげればいい。そうしないと、本人も苦しいし、まわりにも迷惑。温められて、ポーンとフライパンから自然に飛び出そうとする豆を無理に押さえつけているようなものだから、そうするとかなりお互いに無駄な力を使ってしまう。

そういえば、先日、「カーカって、なんにも知らないんだなって思った」と言い出した。

「たとえばどんなこと？」

「忘れたけど」

そう。カーカは、自分は知ってるつもりになっていて、自分の知っている範囲で、ものすごく自信たっぷりなのだ。だから、私にも批判的なんだ。知っている範囲はものすごく狭いのに、その中で自信たっぷりだから、困る。知らないってことを知らないから。そういう人につける薬はない。でもそうやって、ちらっとでも、知らないことが多いってことを感じてくれたら、だんだん自分のことを客観視できていくかもしれない。世の中に自分の身をさらした時の、自分の輪郭というものを知ってほしい。

チュロス

映画「世界最速のインディアン」を観てきました。80点。興奮するところはなかったけど、リラックスして楽しく観れた。帰りに、映画館でチュロスを買った。カーカが好きなので、5本。車の中で1本食べて、2本ずつ（チョコ味とシナモン味）ふたりにおみやげ。大喜びで食べ始めた。シナモン味を食べていたカーカに、ひとくち食べさせてと言って、さしだされた皿の上のチュロスの下のはしを食べたら、わーんと泣き出した。その、下のところを食べたかったらしい。そこがいちばんおいしいからだって。なにも泣くことはないのに。あまりにもこれみよがしに泣き続けていて不快なので、さくと仕事部屋に退避する。「カーカのこういうところが嫌なんだよ……」と、さくにつぶやく。さくは困ったような顔して、黙って聞いている。

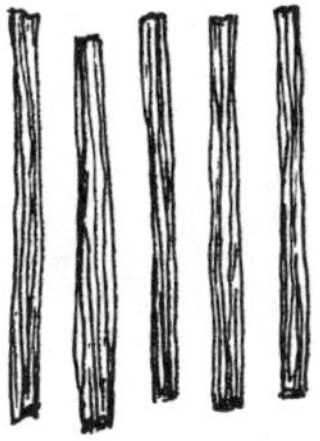

難病

また、朝のテレビを見ながら、カーカと朝食。番組の予告で、難病におかされた人々のことが流れた。
私「満腹感を感じないんだって。いやだね」
カーカ「食べなくてもいいいんじゃないの？」
私「だって、ずっとお腹すいてるんだよ。ちらっと映ったけど、すごく食べてた。そして、太ってたよ」
カーカ「ふ〜ん」
私「世の中には、変わった病気があるね〜。………でも、どうだろう？世界で何万人にひとりの難病とかって言われるのいやじゃない？昔だったら、こんなふうに世界中の情報なんかわかんないから、見ることのできるのはせいぜい歩いて行ける範囲、あとは噂や口コミだから、めずらしい病気になっても、そう知らないし、治せないし、まあ、しょうがないね、変わった病気にかかったなあっていわれながら、短命で死んでいって、まわりもそれを自然なことと受け止めてたんじゃないかな。それが今は、あまりにもみんなあからさまにいろんな遠くの病気も知れて、知られて、こうやって映像でも見られて、それって、どう？　ママだったら、何万人にひとりの病気なんて言われて、こんなにみんなに知られたくないなあ。手をつくせないなら、手をつくせないまま、短命でもいいから、大騒ぎしないで静かに生きて死にたいよ」
カーカ「うん……」

ぶつくさ

カーカが、スケートに誘われた。

えびの高原という近くの高原は標高が高く、冬、寒いので屋外のスケート場がオープンする。そこへ友だちの家族が連れて行ってくれるという。

朝、着て行く服をバタバタ探している音が、まだ寝ている私に聞こえてきた。

カーカ「てぶくろは？」

私「ああ〜、てぶくろね。ないわ」

防寒用のてぶくろはない。使うことがないので。でも起きて、探しに行ってあげる。ストッキングみたいな素材ののびちぢみするてぶくろがあったので、それを出してあげる。

私「服はそれ？　風と水を通さないのじゃないとダメだよ。今日、天気悪そうだし」

カーカ「これの上に、これ着る」

見ると、私が屋久島《やくしま》に持っていった真っ赤なウインドブレーカーの上下を持っている。

私服の上にそれを着るらしい。てぶくろがないことを、ぶつぶつ言いだした。

カーカ「てぶくろ、学校に行くとき、寒くても我慢して行ってたんだよ。買ってってって言うと、ママがええ〜っ！　て言うから」

私「(ムッ。) なに人のせいにしてるの？　ママは、必要なものは買ってあげるから言いなさいって、いつも言ってるでしょ？」
カーカ「そういうと、自分で買ってきなさいって言うでしょ？」
私「だって、ママが買うと気に入らないじゃん。ただ面倒くさいからでしょ？　寒いのを我慢してたって、まるで、てぶくろがないのがママのせいみたいに言わないでよ」
カーカ「買ってって言うと、ええ〜って言うからだよ」
私「それは言ってみないとわかんないじゃない。それに、そう言われるから言わなかったんだったら、それほどてぶくろが必要じゃなかったってことだよね。本当に必要だったら、ええ〜って言われようが、言うでしょ？」
カーカ「じゃあ、嫌な気分を我慢しろってことだね」
私「そうだよ」
カーカ「我慢しなきゃいけないんだ」
私「でも、嫌な気分になるかはわかんないよね。ええ〜って言わないかもしれないんだから。ええ〜って言うって決めつけたのは、カーカなんだからね」
と、玄関の戸が閉まり、声が聞こえなくなるぎりぎりのところまで、言い合いながら出発した。最後、戸が閉まって聞こえず、むこうとこっち、口だけお互いぱくぱくしてた。
午後、帰ってきた。てぶくろ、どうだった？　と聞いたら、まあまあ大丈夫だった、とのこと。もう忘れてる感じ。

『ピューと吹く！　ジャガー』

カーカのこのマンガ、おもしろいからって4冊貸してくれた。今、テレビの横にある。私も1巻は読んだ。そして、今はさくが熱心に読んでいる。そして、時々、ははは、と笑っている。こういうナンセンスもののどこが、さくにヒットしてるんだろう……。

私「さく、いったいこの本のどこがおもしろいの？　ちょっと、笑ったとこ教えて。きっと、ママがおもしろいっていうところとはぜんぜん違うよね。あさ～いとこだよ。この7歳の頭が笑うって」

カーカ「カーカもそう思ってた」

私「さっき笑ったとこ、教えて」

さく「いいよ～」

ぱらぱらとさがして、見せてくれる。

私「ハハハ。やっぱり。パンツだって！　パンツ姿のとこ。カーカ、やっぱそうなんだね。こういう年頃って、パンツとかそういうね」

カーカ「うん」

私「おしり、とかね」

さく「今度、『コロコロコミック』買って～」

私「え？　なんで知ってるの？」

さく「テレビで」
私「好きなマンガ、のってるの？」
さく「リボーン」（これは「少年ジャンプ」でした）
私「ああ～」

発表会

今日は日曜日。でも、小学校の学習発表会がある。劇とか歌など。

2年生は10時35分から。その時間ぴったりに着くように出かける。家の外に出ると、しげちゃんがいた。せっせと今から行くところと言う。じゃあ、私としげちゃんを学校の体育館まで乗せてってよ、とせっせに言ったけど、ふたりとも歩いていくというので、先に行く。距離にして、２００メートルほど。

着いたら、もう始まるとこだった。いたいた、さく。いつもの半そでだ。知り合いがいたので、後ろを向いて話しこんでいたら、ちょうど縄跳びを跳んでるとこで、あ、半分見逃した。そのあと、劇。役どころは、ホニャラカ星人3。セリフは1回。

約20分の出番が終わり、私は帰った。最後に全員での歌があるけど、それは見なかった。

すると、さくが帰ってきてから、

「歌のあとね、先生たちが『千の風になって』を歌ったんだよ。それがね、すごくよかったんだよ。目をつぶったらきっと本物みたいだったよ」と言う。

「へえ～。さく、目をつぶったの？」

「ううん。だれが歌ってるのか見たかったから……。ママ、いたらよかったのに」

「うん。………来年は、最後まで見るよ」

代休の一日

さくは発表会の代休でおやすみ。ものすごくいい天気。2月なのに、5月みたい。パジャマのままでごろごろしている。
さく「たいくつすぎる～」
私「どこか、行く？　電車に乗ろうか？」
さく「探検は？　車で」
私「うん。いいよ。じゃあ、まってて」
さく「……いいねえ、こんな日」
私「それとも、庭にする？　庭と車とどっちがいい？」
さく「まあいえば……、庭」
私「なんでママたち、外に出たがらないんだろうね。庭だって、一周したらすぐ家の中に入っちゃうし……」
で、結局、ごろごろ。
さく「ゲップをうまく使う人、いるかなあ？」

私「どういうこと?」
さく「たとえば、このおかず、ゲッ(ゲップ)、まずい、って。げ、まずい、のげの時に」
私「だすの?」
さく「うん。いるよね〜」
私「どうだろう……」

ゲップ2

さく、また『ピューと吹く! ジャガー』を読んでる。
さく「またおもしろいとこ、あった」
私「どこ? ………ふうん………」
さく「これね、カーカ、11巻までもってるんだよ。でも4巻までしか見せてくれないの。見せて、ってカーカに言ったら、ちょうどその時、ぼく、ゲップしちゃったのね。そしたら怒って、もう見せないって」
私「そうなの? ひどいね。わざとじゃないのに」

テスト

カーカ。テスト前なのに、いっこうに勉強する様子がない。そして、前日、夜の10時。

風呂《ふろ》から、のんきに、無心に大声で歌う声が聞こえる。あれほどの無心な声っていうのもめずらしい。小さな子どもが何も考えずにただ大きな声で歌ってる、というような声だ。中2なのに。小1時間も続いた。

そしてテスト当日。ほぼ一夜漬け。

カーカ「きのう、けっこう頑張ったんだよ〜」

私「でも、そういうのって、すぐに忘れるよね」

カーカ「そう。忘れるってわかる」

学校から帰ってきて、コタツで寝ているカーカ。そこへさくが遊びから帰ってきた。

さく「おっかあ。髪の毛切って。男の子っぽく」

私「うん。………でももう女の子には間違えられないでしょ？」

さく「今日、間違えられた」

私「え、あの服で？」

さく「うん」

私「遊んでるとき？」

さく「うん。河原で」

私「へえー。だれに？　おばちゃんみたいな人に？」

さく「うん」

私「じゃあ、あした、行こうか」
さく「今、切って」
私「いま?」
さく「うん。おっかあが」
私「う〜ん。じゃあ、カーカに切ってもらう? テストが終わったら」
さく「うん」
ずいぶん、気になってるようだ。朝になっても、今切って切って、と言っていた。

確定申告

去年の末にネットでたくさん買い物をしてから、変なメールが毎日何通も届くようになって、すごく嫌なので、もうメールアドレスを変えることにした。ついでにいくつかアドレスをとって、仕事用、個人用、会員登録用、買い物用などに分けることにする。買い物も、そんなに欲しくないものは買わない。そのピザ、どうしても食べたいか? どうしても? どうしても? と自問しよう。だいたい食べ物関係は、別に買わなくてもよかったと思うことが多い。

そんな今日、確定申告の書類を出しに行った。

ただ出すだけなので来年からは郵送にしたい。

帰り、初めての温泉にはいって帰る。その温泉で、番台のおばあちゃんが、私の帽子を見て、「その帽子いいね〜」と、さかんに褒めてくれた。それは、アジア雑貨屋で買った、布製で、つばのまわりに針金が入っていて、好きなように形を変えられるというもの。それに目をつけてくれるなんて、おばあちゃん、ナイスだよ。色柄はすごく地味でババくさいのに（だからか。）「このへんで買ったんじゃないんでしょ?」なんて、興味しんしんに聞くので、「えーっと、……国分《こくぶ》です」と答える。

確定申告の控えをなにももらわなかったのはおかしくはないか……、と帰りの車の中で考えついた。

控えを破りとるのを忘れた！

「控えありますか?」ってそういえば、聞かれたっけ。ぱっと思いつかなかった。「ないです」って言っちゃった。

帰ってすぐに税務署に電話したら、今日中にくれば探せるかも、と。今日はもう行けません、と言うと、しばらくもごもごして、返信用の封筒をいれた手紙を出してくれれば、すぐなら探せるかも、とのこと。切り際、「あ、返信用にも切手、貼ってください」とあわててた。さっそくポストに出しに行く。

途中で買ってきたシュークリームを食べて、一息つく。外はあったかい。もう春。梅も咲いてる。2007年2月20日。午後2時11分です。

テスト終わる

カーカのテストが終わった。私が子どもに勉強しろと言わないのは、カーカの人生なんだから、勉強したくなかったら、勉強しない人生を歩めばいいって思うから。それであとになって後悔したら、きっと私はカーカに、ザマーミロって言いそう。にやっと笑って。ま、カーカは後悔しないだろうけど。

子どもに期待をかける親ってなぜだろうと考えてみた。たとえば、家業を継いで欲しいとか、老後の面倒をみてもらいたいとか、プライドを満足させたいとか、それを自分に課せられた義務と感じていたり、自分の利益になるからだろうか。

そういう気持ちを全部取り除いたとしたら、親というものは子どもに対して、ただ健康を気遣う、なんだかわからないけど幸せを願う、というような漠然とした強い祈りだけが残るのかもしれない。

才能

カーカ「カーカ、いつか、広いとこにでていくわ」

私「そうだよ。カーカは広いところに出た方が、力を発揮できると思うよ。ママがこの14年間、カーカを見ていて、カーカの一番の才能だと思うのは、その物おじしないところ。そこが一番特徴的で、人にないところだから、そこを生かせばいいと思う」

カーカ「物おじしないって?」
私「人が気にするようなことが気にならないことが多いでしょ?　多くの人ができないことで、カーカは全然平気なこと。しゃあしゃあとしてて、なんで?　っていうような。そういうところが、一番の才能だよ」
カーカ「ふうん」
私「さくはね、………さくは、なんだろう………。顔かな〜。この顔」
カーカ「ふふっ」
私「あとは、……けっこう真面目に勉強もするし、足も速いし、字も上手になったし、やさしいし……」
カーカ「いいとこばっかりじゃん」
私「でも……普通というか……特別強いものはないよね」
↓ でも最近、話す言葉がけっこうおもしろいってことを発見。
カーカ「ああ〜」
さくは、カーカみたいに突出してない。冷静で、敏感なところがあるから、その部分が独特なものになっていけばいいけど。独自の感性、観点っていうのを心の中にちょっとでももてれば、人は安心なんだけどね。そこに支えられるから。強くなれる。

参観日

今日は参観日。午前中は小学校。

さくは私が行くのを楽しみにしているので、行く。ひとりひとり、3年生になるにあたっての作文を読むのだそう。

教室に着くと、知ってる子どもが、「さくくん！　お母さん来たよ」と、私が来たことを教えてる。そうそう、親を見たら子どもに声をかけたりしたっけ。今日はビデオをとるというのも、もう最近はビデオをとっていなかったので、さくのパパのちゅんちんが残念がっていたとカーカが言っていたから。運動会のリレーとか、マラソン大会とか、いろいろあったけど記録していなかった。私はビデオをとる趣味はないし。

で、前の方の廊下からみんなの様子をとる。名まえを呼ばれた順に前にでて読んでいく。教壇の前で読むのだけど、それぞれの子どもの読む姿勢がおかしくて笑った。いちばんおかしかったのが、いきなり両ひじを後ろの教壇に乗せて、両足でつま先立ちして読み始めた子ども。それも、バレエダンサーのトゥシューズみたいに、まっすぐというより、甲を突き出すように弓なりに立っていた。よくあんなことができるなという形だった。また、他の子もそれぞれで、個性が出てた。性格が体にまざまざと現れている。さくは、名まえを呼ばれるたびに、次は自分かと、どきどきしている様子。でも、なかなか呼ばれない。

そしてついに、最後近くに、さくの名まえが呼ばれた。あわててビデオカメラを向ける。きちんと立って、行儀よく読んでいた。まあ、おりこうさんな感じ。

終わったら、ほっとした顔をしていた。

午後はカーカの中学校。ふつうの参観日には行かないのだけど、今日のはひとりひとり選んだ漢字一字を習字で書いて、それを見せながら何か決意表明をするという「立志式」だというので、見に行く。

子どもたちそれぞれにさまざまな字を選んでいる。そこに個性もでている。字もいろいろあるなと思う。みんな緊張した様子で発表していた。カーカは、「木」という字を書いていた。男子は、勝負や戦い、努力、挑戦などをイメージさせる文字が多く、全体に一生懸命頑張ります、前進、という感じだった。女子は、もうちょっと自分のまわりの空気、根を広げ、養う的なイメージ。そういう違いもおもしろかった。たまに変わった人もいて、その変わりっぷりもおもしろかった。

着ていくちょうどいい服がなかったので、カーカの服を借りたのだが、気づいたようだった。花粉症で目がかゆく、鼻水もでていて、ずっとハンカチでふいていたら、カーカのお母さんが泣いてる、と友だちから言われたそう。

「花粉症だよ」

「でしょう？　変だと思ったんだよね。ママに言ってるわけじゃないし、そんな感動する

のじゃないから」

「うん。あれは泣くやつじゃないよね」

「やっぱり」

さくの誕生日

きょうはさくの誕生日。

「ぼくのこと祝ってくれる人が4人いたら全部買えるんだよね……」

「なに?」

「モンスターズジョーカーと、……」などとゲームの名まえ。ほしいゲームが4つ。

あとで買い物に行くことにして、午前中は空手の練習へ出かけた。

帰ってきて、「髪の毛を切って」と言い出す。

「切って、切って、いますぐ」

「じゃあ、『つゆこ』に行こうか?」＊つゆこというのは、さくのいきつけの床屋さん。

「いやだ。ママが切って」

「だって、上手にできないもん」

「ママ、切って、切って、切って」

あんまり言うので、それならと、庭に出て、ゴミ用のビニール袋に穴をあけてかぶせ、頭をださせて、ベンチにすわらせ、ハサミでちょきちょき切る。前髪もすっきりした方がいいと思い、ばささ切って、ふと見たら、ものすごく短くなっていた。眉毛《まゆげ》のちょっと上のつもりが、おでこの上の方までばっさり。あきらかにへん。これは、と思い、笑ったら、さくもガラスに映った姿を見て、変な顔をしている。

「やっぱり『つゆこ』に行こう」

玄関から、カーカを呼ぶ。

「カーカ、一大事、ちょっと来て！」

カーカが降りてきた。さくを見て、「なにこれ、ひどいね」

くり坊主！

今、さくは、こたつに頭から入り込んで泣いている。

「つゆこ」に電話したら、今からきてもいいと言うので、泣きべそのさくを着替えさせて、車で駆け込む。

「さっき私が切ったら失敗しました」

おねえさんも笑っている。

それから切ってもらったら、短くてさっぱりとして、いい感じになった。さくも、気に入ってる様子。帰ってカーカに見せたら、いいじゃない、と言う。それから、みんなで外に出て、お昼ごはんを食べて、買い物して、アイスなどを買って帰る。

それ関連で、似たような髪形のコメディアンを思い出し、紙に書いた。

「こういう人、いるじゃない？　だれだっけ。そんなに有名じゃないけど、たまに見かける。ほら、こんな顔の人、いるよね？　だれだっけ。えーっと、ほら、『リンカーン』にもでてて、でもそんなにメインな感じでもなく。こんなおでこで、おでこのところでまるく髪の毛が切りそろえられてて、目がまるくて、かわいい感じの……。」

うっすらと面影がある。カーカに見せると、

「パッと見た時に思い出しそうになるんだけど、思い出せない」

そう、そういう感じ。う～ん、もどかしい。だれだっけ。似てないけど、こういう感じ。

さくに聞いても、「バナナマンのひむらじゃない方？」とか。違う。ほら。いるじゃん！

わかりました。ＦＵＪＩＷＡＲＡの原西だった。

ある日、テレビの前に顔の描かれた紙があった。カーカが描いたものみたいだ。

「これ、ワッキー？」「うん」なんとなく似てる、似てる。

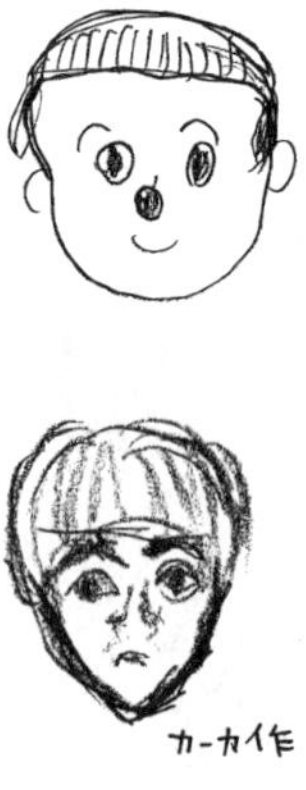

親の面倒

カーカが、「カーカ、ママのこと、さくに任せる」と言った。

私「それを言うなら、カーカはママの面倒をみないよ、でしょ？　さくがどうするかはまた別の話だから」
カーカ「うん」
私「いいよ。親の面倒をみなきゃいけないっていう義務を感じるの、よくないもんね」
カーカ「いいの？」
私「うん。ママだって、感じたことないもん。感じないように育ててくれたからね」
カーカ「どうするの？」
私「どうにかなるんじゃない？　ひとりで死ぬよ。ママは、孤独死ってそんなに悪いと思わないもん。死んで終わりと思ってないし。やっとお勤めが終わったか、よかったって思うと思う。死ぬ時に孤独に死ぬって、かえって死ぬまでにまわりの手を煩わさないってことだからいいんじゃないかな。病院で死ぬより、いつのまにか家で死んでたっていうのがいいなあ。静かに。あんまり人を驚かせず。それ理想。でも世間からは同情されたり、かわいそうとか悲惨だって言われたりするんだろうなあ。……物は少なくしとこう」

迷惑メール

迷惑メールがたまにきてて、それが去年の11月あたりからものすごく増えた。一日に数件も、エッチなのや押し売りなど。それが嫌で嫌でちょこちょこ対策をたてていたのだけど効果がないので、思い切ってアドレスを変更したらぷっつりとこなくなったのでよかった。

知人にその話をしたら、その人も同じ頃から急に増えたのだそう。まわりもそうらしい。それを聞いてほっとする。身に覚えがないのにエッチなのがきてすごくぬれ衣《ぎぬ》を着せられてる気分だったので、みんな同じだと知って安心した。編集者の人たちに聞いたら、みんなすごいって。1日40件、そういうメールがきたとすると、仕事のは中にポツリポツリ4～5件だとか。朝は、まず変なメールを消すとこから始まるって、すごく嫌だねそれ。どうにか対策を考えてほしいってみんな言ってた。

学年通信

中学校からの学年通信が週に2回ほど来る。今朝、なんとなくそれを読んでいた。

「どう思いますか」というタイトルの文章だ。

『昼食時間のことです。ある女生徒がミカンを食べていました。私はその前で食べていました。彼女の手にミカンの汁がついたのでしょうね。隣にいた男子生徒の学ランの袖《そで》のところで手を拭《ふ》きました。一部始終を見ていた私は、あまりにも目に余る行為だったので、当然注意をしたのです。しかし、その女の子は「いいえしていません」「私の手には、何もついていていません」と言い張るばかりです。おまけに「うるさいわね」と言わんばかりの顔つきです。100歩譲りましょう。手に何もついていなかったとします。では、食事中に男の子の袖に触る必要があったのでしょうか。その子が好きで触りたかったのでしょうかね。

いくらうるさくても注意しない方が正しいのでしょうか？　私はそうは思いませんが、保護者の皆様、生徒の皆はどう思いますか？　思春期の反抗は当然あると思います。大人が間違っている時に正義感を持って反抗することは大いに結構なことです。また、そのような反抗心がなければ立派な大人に成長しないでしょう。でも、自分が悪い行動をしたときには、謙虚に、心の中で反省し自問自答するのもこの思春期で必要なことなのです。これができないのを「わがまま」といいます。

こんな思春期だからこそ心を磨くチャンスなのではないでしょうか。私の考えは間違いでしょうか。』

こ、この行動は！

「カーカー」

「ん？」トイレにいた。

「この、ミカンの話、カーカ？」

「そうだよ。なんでわかった？」

「だって、これ、カーカがやりそうなことだもん。似てるもん。チョロ（前に飼ってたチワワ）をいじめたり。その子の袖でふいたの？」

「いや、手で。袖でふこうとしたけど、先生がいたから手でふいた」

「なんで？」

「これは、いつものことなんだよ。カーカたちにとってはふつうの」

「その子は嫌がってないの？」

「うん。笑ってる」

「でも……」

「ふざけてただけ」

「うるさいわねと言わんばかりの顔つき、だって」

「ただしらっとしてただけだよ。その先生、カーカのことが嫌いなんだよ。机ふきとかよく忘れててしないから」

「うん。確かにこの文章にはちょっと悪意を感じるけど。こんなひどい生徒がいるんですよ、みなさんも嫌ってください、私は正しいでしょ、みたいな。

注意しないのが正しいのでしょうか？　って、ここから論旨がずれてくし。

生徒たちはどう言ってた？」

「別に。いつものことだから。あ、カーカから言ったよ、これうちのことだよって」

「男子はなにか言ってた？」

「ううん」

「でも、制服でふくのはやめてよ。ママだったら嫌だよ。自分の子どもの服で友だちがミカンの汁をふいたら。制服とか持ち物って、その子の親が関係することだから、そういう親に関係することはやめてくれない？」

「うん」

「相手の親にも悪いでしょう」

なんか……。カーカも悪いけど、先生も変だよね。

でも、カーカを嫌う先生の気持ちも、ものすごくわかる！　こういうふうになっちゃうことが。私もそうだったもん。大げさにいうと今まで自分が信じてきたものが崩壊しちゃうんだよね。自分の思っていた正しさがカーカには通用しないから。自分が悪いのだろうかってなっちゃう。思い返せば、あのなごさん（私の弟の妻）でさえも一度あきれてたし、ちゅんちんなんて一時期すごく嫌がってたっけ。こっちが壊れちゃうんだよね、なんか。被害にあう。これほどの、なんともいえない……ある意味……危険物？　というのも、あまり見たことないな。説明がうまくできないけど、なにかをさせようとしたらダメなんだよね。自分の思うようにさせようとか、注意するとか。世間一般はまず関係ないし。本人がそう思ってないことを、そう思うように変えさせることができない。それをしようとしたら、こっちがダメージを受ける。ものすごくガン！　としてるから。テコでも動かないってやつ。

でもなごさんも、子どもができたら、子どもってこうなんだと、なっとくしたそう。

町内は家の中

今日は、一日中仕事で、事務的な根をつめる作業。ぼさぼさ髪に室内着にメガネで、コンビニへ牛乳とテレビガイドを買いに行く。友だちのオノッチがレジにいたので、「仕事中なのでこんな格好で失礼。私、この町内は家の中だと思ってるから」と言い訳する。ホント、そんな気持ちなのだ。

お別れ遠足

きょうは小学校のお別れ遠足。さくは、とても楽しみにしていた。天気を気にしたり。雨だと言われてたけど、きのうの天気予報で晴れになって、喜んでた。

お弁当を作っていたら、楽しみがなくなるから見ないようにする、と言いながら、でもこれをそっちに持って行くねと言って、お弁当のふたをわざわざ持ってきて、見ないように目を手で隠して、ふたをテーブルに置いてズッと押したので、私が詰めていたお弁当箱がテーブルから落ちそうになり、叱った。

私「お別れ遠足っていっても、だれとも別れないじゃない。2年生は1クラスしかないんだし。あ、6年生とは別れるか」

さく「それに、2年生とはお別れだよ。3年生になるから。さくの一生の中で7歳の2年生はもうないんだから。2年生とお別れ」

私「そうだね、2年生という年にお別れだね」

そして、「なんか気持ち悪い」と言い出し、

私「あ、そうだよ。ママも子どもの頃、遠足の朝に気持ち悪くなったことあるよ。緊張して。でもそれ、行くと治るよ」

さく「そう？　ママもそうだったんなら、そうだね」

いってきま〜すと、楽しそうに出て行った。

頭の中の小人

さくが漢字の小テストの間違った漢字をみながら、

「あのね、先生がこういったの。頭の中に小さな人がふたりいて、字をひとつ覚えたら、そのふたりが手をつなぐんだって」

余白に人の絵を描いて、手をつなぐところも描いて見せた。
「へえ~。じゃあ、たくさん覚えたら、みんなが手をつなぐんだね~」
「うん」
さくはこういうところ、とても素直だ。先生のいうことを真面目に聞いて、信じている。ちなみに、カーカはというと、同じことを言われたとしたら、そういうたぐいの話を先生が言っても、まず聞いてない。耳に入らない、聞いていても、記憶されない。
先生が言ったんだって？　とたずねても、そうなの？　知らない、と言うだろう。それか、ああ~なんかそういうことしゃべってたかも、と興味なさそうに言うだろう。
なにしろ今、目の前にカーカがいるのだが、一心にヘソのゴマをいじっている。そして、なんか食べた。
私「ヘソのゴマ、食べたの？」
カーカ「いや、かさぶた」
私「いつも食べてるの？」
カーカ「すてるの面倒くさかった」
私「味するの？」
カーカ「味しない」
私「そんなの食べるのやめてよ」
カーカ「うん」

礼儀正しく真面目な人は、いやふつうの人でも、カーカのこのとらわれのなさには驚くと思う。自分らしく生きられる場所に早く帰してあげたい。
私「高校、どこに行くか決めたの？」
カーカ「どこでもいい。どーこでも」
私「だったら、近くになるね。だって、調べるの面倒くさいでしょ？」
カーカ「うん」
旅行に行きたいな〜。でも、カーカもさくも、そんなに旅行好きじゃないしな。

土曜日の朝

土曜日の朝はのんびり。さくがチキンラーメンを食べていい？　と聞くので、うんと言ったら、お湯をわかして作っていた。

食べながら、「おいしいね〜。やっぱり手作りっていいね〜」なんて言ってる。

「そう？」

「うん。こんなおいしいのひさしぶり」

「そんなに？」

味見したらおいしく感じたので、私も作ることにした。私は「出前一丁」。

この日は一日、カーカとケンカ。昼頃起きてきたので自分でなにか作ってと言ったら、それからものすごく機嫌が悪くなった。

高校は遠くに行って寮に入ってと言うと、カーカもそう思うとのこと。

日曜の朝

今日は晴れておだやかな天気。食事中、さくの姿勢が悪いので、頭からすーっとおしりの真ん中までおもりのついた糸がたれているのを想像してみてと言う。すると、さくが、がっくりとあごをテーブルにのせて「重いよ」と言う。「そんなに重くないの。5円玉ぐらい。これから姿勢が悪いときは、このことを思い出そう、合図の言葉はなににする？」「マテン！」まっすぐの天からの糸。

それから、たまにお互い言い合う。2〜3回だけ続いた。
カーカは遊びに行った。
買い物にさくと出かける。行く途中の車の中。
さく「カーカがいないといいね」
私「静かだよね」
さく「2階から歌も聞こえないし、ゲームしても何も言われないし」
私「いい時はいいんだけど、機嫌が悪い時がいやなんだよね」
さく「うん」
私「見て、お山がきれいだね」
さく「ほんとだ」

店に入り、買い物カゴを持って歩いていたら、中学生たちが体操着でどたどた走りまわっている。

さく「カーカだ！」

見ると、カーカがかえるのかぶりものを頭にかぶって、男の子を追いかけ回している。

私「………」

ふうー。

買い物が終わり、またカーカの姿が見えた。友だち数人と歩く後ろ姿。ひとりの男の子がカーカのかえる頭を後ろからはたいている。カーカは我かんせずという態度。

さく「カーカだ」

私「………」

車に乗って、帰る。

私「ああいうかえるをかぶって走り回ってるところを見て、きちんとした人たちはよくないと思うだろうね」
さく「しつけがね」
私「そう。親のしつけがよくないって。………でも、カーカって、注意して直ると思う？」
さく「思わない」
私「そうだよね。言っても、きかないよね。でもあれ、先生が見たら注意するだろうね。

……ママもいろいろ注意した方がいいのかな?」
さく「おっかあ、注意してるじゃん」
私「してるよね」
さく「カーカはああいう人間に生まれてきちゃったんだよ、世の中に」
私「そうだよね。カーカって、もともとああいうことや、はずかしいことが、はずかしいって思わないんだよね。言っても、きかないよね」

という話を、午後遊びに来たしげちゃんとせっせに話したら、
せっせ「そういえば前に、スーパーの屋上の手すりから身を乗り出している子どもがいて危ないな〜と思って見ていたら、それがどうもカンちゃん（カーカのこと）にそっくりなんだよ」
私「じゃあ、きっとそうだよ。そんな危ないことする子どもといえば」
で、夜、聞いてみたらやっぱりそうだって。
私「もうそんなことしないでね」
カーカ「うん」
と言うが。

3月12日

朝、
私「さく〜、今日、3月の何日？」
さく「ん？　……えっと、12日」
私「だれかの誕生日じゃない？」
さく「え？」
私「ほら、うちって3月生まれがふたりいるでしょ？　ひとりは、さくの3日、そして？」
さく「ママ？」
私「うん」
さく「へえー」
私「さくは自分の誕生日、あれ買って、これ買ってってうるさいのに、ママのことは全然だね」
次にカーカ。
私「カーカ、きょう、何日？」
カーカ「え？　12日」
私「だれかの誕生日じゃない？」
カーカ「ママ？」
私「うん」

カーカ、にやりと笑う。トイレから出てきたさくに、
カーカ「さく、ママの誕生日だって」
さく「うん」
私「さっき話した」
カーカ「何歳？」
私「47」
カーカ「ふうん」
私「だれも覚えてないんだね」
カーカ、ちょっと決まり悪そうに登校。

あぶっち

あぶっちって好きなんだけど、カーカは顔があぶっちに似ている。

ところで、カーカは、いつも不潔な、人のいやがることをするくせに、たまに私にからかわれると、ものすごく怒る。先日も、ニュースで、鼻に豆を20年間詰めていた男というのがあって、さくと「カーカみたい！」と笑っていたら、急に機嫌を悪くして席を立っていった。ものすごく嫌だったようだ。そういうふうにからかわれるのが。あんまり怒るのでこう言った。

「カーカの普段の言動から作られた、カーカのイメージがそうなんだよ。汚いことしたり、

へんなことしてるから。そう言われたくなかったら、きれいなカーカになればいいじゃない。カーカが清潔で立派なカーカだったら、ママだってあんなこと言わないよ。自分がしたい時はいつも汚くしてるくせに、人からは言われたくないなんて甘いよ。へんな人じゃなく、誰からも文句言われないようなきれいな自分になればいいじゃん！　自分を高めたら、だれも失礼なことを言わないよ。きれいなカーカになりなよ！」

気が合うようになった

さくが、「最近、カーカと気が合うようになったんだよ」

私「どんなふうに？」

さく「アニメでね、あれ？　主人公の声が変わったねってカーカが言うから、大人っぽくなったよねって言ったら、そうそうそう！　って。そういうこと最近何回かあるんだよ」と、うれしそう。

鳥が死んでいた

台所の窓から見える倉庫の入り口のガラス戸の前でやけに最近鳥がうろうろしている。不審に思って近くに行ってみたら、なんと鳥が死んでいた。そばにいた同じ種類の鳥が逃げていった。

どうしたのだろう。ガラス戸があることがわからずにぶつかったのかな。たまにある、そういうこと。ぐったりとしているその鳥を、軍手をはめた手でそっと持ち上げ、前の畑の梅の木の根元に置く。咲いていた野の花をたむけた。

倉庫の前に帰り、周りをみわたすと、なぜか鳥のフンがいっぱいある。鳥の仲間が死を悲しんで周りをうろうろしたのだろうか……。

数日後。たまにそのガラス戸を見ていると、また同じ種類の鳥がきて、ガラスに軽くぶつかっている。それを何度も繰り返している。中に入ろう入ろうとしているようだ。なぜだろう。台所の窓を開けた音で逃げていった。

近づいてじっくり見てみる。ここから何かが見えるのだろうか。壁の絵、置き物、ガラスの空き瓶？

ガラス戸の前につんである木の枝の山（剪定《せんてい》した木の枝を短く切ったもの。たきつけにしようと、乾燥させるために置いてある）がいけないのかな。それが巣のようだから。で、その枝を別の場所に移動した。

すっきりとさせたのに、やはり見るたびに鳥が中に入ろうとして何度もガラス戸にぶつかっている。気になる。また死んだらいやなので、夏の日よけ用すのこ、ガラス戸2枚分の大きさのものが脇に立てかけてあったので、それを広げてガラス戸を隠した。ガラス戸は3枚ある。

また見ると、今度は隠されてない部分のガラス戸にぶつかっていってる。むむむ。また外に出て、今度は隠されてない部分の前に箱を2段に重ねて置いた。これで中が見えなくなるだろう。

あの鳥がなにを思ってあんなことをしていたのか気になる。いっそ、戸を開けてみようか。テレビで青いものばかりを集める習性の鳥がいるのを見たが、なにかに心惹《ひ》かれているのか。

カーカのいけない食べ方

これはもう、小さな小さな頃からなんだけど、私がカーカに直して欲しい食べ方がある。ぜひとも、そういうところはなくしてほしい。カーカは食べ物に対する執着がものすごく強い。数人で分けて食べるという時は、必ず数を数えるし、ひとつずつ分ける時は、必ず人のものがよく見えるようで文句を言う。そっちの方が大きいとか、そっちの方がよく焼けてておいしそうとか。じゃあこっちあげるよと言うと、そうしたらそれも嫌みたいで、いいと言う。

で、嫌な食べ方とは、まるで何日も食事をしていなかった人間が数日ぶりに物を食べるような食べ方をする時があるのだ。お腹がすいている時などに。左手でコップを持ちあげながら、右手で物を食べるとか、左右の手と口で別々の動作をすること。ガツガツと。そんなにあわてなくても大丈夫なのに、ものすごく行儀悪い。見ていてみっともないなあといつも思う。ふたつ以上の動作を食事中に一緒にしない方がいい。

先日も注意した。下品だよと。でも本人は無意識にそうしちゃうようなのだ。あわてる感じに。あれはやめてほしい……。

食べ物に対する執着心の強さ。これはいったいどこからくるのだろう？　私はある日、あえてなんでも好きなものをたくさん、飢餓感や危機感を感じないように、たっぷりと用意してもみたが、そうやっても変わらない。不思議だ。

やりたいこと

私がいつもコタツの上のパソコンの前にじっと座っているのを見て、カーカが同情するような声で、「ママ、なんかやりたいことないの？」と聞いてきた。

「あるよ。ママね、いますごくやりたいことがあるの。それにはまず地ならしをしなきゃいけなくて、それに時間がかかるの。でもそこをうまくやんないといけないの。きれいな花を咲かせるにはまず土づくりって言うでしょ？」

「うん」

「だから……」とひとしきり熱く熱く語ったら、

「ふうん。やりたいことがあるんだ」と安心した様子。

つまんなそうに見えたのだろう。

正義感が強い？

夕食中、カーカに担任の先生から電話。

「はい……はい……はい……はい……はい………。どうも、さよなら」

「どうしたの？」

「先生がすみません、って」

「なんで？」

「きょうカーカが怒ったから」

「カーカが？」

「うん」

　話を聞いてみると、先生が前に宿題は1ページって言ったのに、今日は2ページと言いましたと言ったのだそう。それで、1ページと聞いてますってカーカが言って、先生は2ページって言って、前にもこういうことがあって、他の生徒はいつものことと別に反論もせずに黙ってたけど、カーカはむかむかしたから先生を怒ったのだそう。

「どうやって？」

「こんな顔して」

　見ると、うつむいて鬼のような般若《はんにゃ》のような顔をしている。

　それで、先生が今になって、もしかしたら間違っていたのかもしれないと思い、すみませんでしたとあやまってきたのだそう。
「それって正義感？」
「じゃ、ない。カーカ、1ページしかやってなかったから怒ったんだけど、それがもし反対だったら、2ページを1ページって言われてたら、ほっとして言わないもん」

「先生の間違いによって自分が窮地におとされたから言ったんだね」

「うん。すみませんって5回ぐらい言ってた。ずっと考えてたのかな。……そういえば先生、生徒にあの時あやまればよかったって後になって考えて後悔することがあるって言ってた」

「ずっと気になってたんじゃない？」

「うん。もしかしたらそう言ったかもしれないっていうような言い方をしてくれればいいのに、絶対に言ってないみたいな言い方をするからいやだったんだよ」

なめて確かめるタイプ

テレビガイドをみていたカーカ。
カーカ「本になにかついてる～。……お酢だ」
私「なめたの？」
カーカ「うん。カーカは、なめて確かめるタイプなんだよ」
私「ママは匂いをかぐところまで」
カーカ「確かめたいんだよ」
私「べたべたしてた？」
カーカ「してた」
私「探究心があっていいんじゃない？」

カーカ「うん」

私「でも毒だったら恐いね。なめて確かめるタイプにはね」

カーカ「『パッチギ！』見よう」と言って見はじめる。

私も見る。

私「なんかさあ、人種が違うからって差別するのって、最低だよね〜」

カーカ「うん」

私「頭悪いとしか思えない。だって、自分がよその国に行ったら、自分がそうされるのと同じなんだよ。他人を、その人がただその人ってだけで差別する人って、本当に腹が立つ。そういう偏見のある人は、バチが当たればいいと思うよ。人を差別する人って、自分を差別してるんだよ。無知のなせるわざだよね」

ふと見ると、さくがまた車椅子を乗り回している。母、しげちゃん用に買ったものが届いて、それがことのほかスムーズに動いておもしろいのだ。鼻血だしながら。（さっき鼻血がでて、ティッシュを詰めている）

さく「ボクこれ、自由自在になったよ〜」

私「すごいね〜」

くるくるくるくる部屋中を回っている。通るのが困難な狭い部分を通るとき、コツがいるらしい。

さく「車の運転みたい。……車の運転どうするのかわかんないけど……。そして、後ろに行く
オッケー！　一回もぶつからなかった。さっきはぶつかったけど。そして、後ろに行く
のも、大切」

私「うわー、すごい！」

さく「なんか、汽車みたい。ガタンゴトン、ガタンゴトン。……そして、こうやって景色をたのしむ……」と、外を見ている。

夜、私も乗ってくるくる回る。おもしろい。軽い。左右のワッカのにぎり方まわし方を調節すれば方向転換も簡単だ。1階で行けるところに全部行ってみる。風呂、仕事部屋、OK。トイレは中までは入れなかった。残念。

それを見て、カーカも乗ると言って乗り始めた。

「絶対にぶつけないでね、ぶつけないでね」と、私。

「なんで？」

「どうしてもいやな理由があるから」

「なに？」

「教えない」

「教えてくれないと納得できない」

「いやだ。教えたくない」実はその理由とは、カーカってぶつけないって言っても、そん

なに気にしないで平気でぶつけるようなところがある。それで、絶対にぶつけてほしくなかったから、理由があると言った。

「教えてよ」

「いやだ」

怒りだしそうなので遠くへ行く。

考えすぎなんだよ

コタツのまわりにクッションが2個ある。革のカバーのと布のカバーの。布の方はすべるので、私とカーカは革のを使いたがる。昼間、私は革のを使っていた。夕方カーカが帰ってきて、私がごはんの用意をしていたら、革のカバーのをさっと、自分のところにあった布のと替えていた。私の場所にボーンと布のを投げている。

私「ちょっと、そんな乱暴に投げないでよ。替えていい？　って聞いてよ」

カーカ「聞いたらダメって言うから。見てないと思って急いだの」

私「そんな乱暴に投げないで。そういう荒々しいの嫌いだから」

カーカ「ママは考えすぎなんだよ。もっと気楽に考えたら？」

私「投げるってことを？」

カーカ「うん」

私「投げることが嫌だって言ってるんだよ。それ、気楽とかいう問題じゃなくて、注意してるの。もしカーカが他人だったら何も言わないよ。親だから注意してるんだよ」
それを嫌だと思う人がいるということを教えるつもりなのだけど。
カーカ「ママ、カーカのお菓子、食べてないよね」
私「食べてないよ、なんにも」
カーカ「冷蔵庫の中の位置が変わってたから」
私「だったら、たぶん邪魔だったから移動したんだよ」
カーカ「さく、食べてないよね」
私「そんな怖いことするわけないよ」
カーカ「よく食べてるよ」
パソコンすると言って、私の部屋に行った。パソコンは1日1時間半まで、ゲームは1時間までと決めているのだけど、本人に任せるといつのまにかずるずると長くなっていて、それで時々言い合いになる。時間とか、ちゃんと自己管理してほしいのだけど、それがどうしてもできないようなのだ。なぜなのかわからない。そうしようと思ってもできないのかもしれない。脳に問題があるのかもしれないと思うことがある。すっかり忘れていたということが多すぎるのだ。学校でもそうらしい。
でも、使用時間を守るということは、気をつけていたらできると思うし、本人も目覚まし時計を準備したりして頑張ってはいるけど、おとといも長くやっていて、それできのうは1日禁止にしたのだ。

これからは始める時にパソコンのコードを手渡しして開始時間を確認し、終わった時にまたコードを受け取って時間を確認しようと提案した。すると、えらく機嫌悪く、「そんなの面倒臭いじゃない。じゃあ、ママが風呂にはいってる時にも絶対手渡ししてよね！」とケンカごしで言うので、「どうして協力して問題を解決しようと言う気持ちがないの？そういう例外の場合はそのつど話し合ってうまくやっていけばいいじゃない」「じゃあ、時間がなくて緊急の時も？」などといっそう嚙《か》みついてくる。で、こっちがいろいろ工夫して時間を管理できるように協力しようとしてるのに、文句ばっかり言うのでそれって本末転倒じゃないかなと頭にきて、コードを引き抜いて、「もう貸さない」と言う。

「そんな子どもっぽいことしないでよ！」

「子どもっぽくてもいい」

パソコンも押入れにしまった。いつもそうだけど、約束や一度決めた決まりを守ろうという気持ちや、誠意とか、謙虚さとか感謝の気持ちがまったく見られない。

たとえ不条理に思うことがあっても、親の世話になっているあいだは親の言うことをきかなくてはいけない。正常な子どもだったら、それがたまに嫌で嫌でたまらなくなり、それで早く家を出たいという自立心が芽生えてくるものだ。それは自然の成り行きだと思う。親なんて、口うるさくて嫌なものでいいんだと思う。その時、親も嫌な気持ちなんだけどね。

「アンビリバボー」をみていたら、体が麻痺《まひ》している息子を車椅子に乗せてマラソンをしているお父さんの話題だった。トライアスロンにも挑戦している。そして、年とってからそのお父さん、お医者に「体を鍛えていなかったら50歳までに心筋梗塞《しんきんこうそく》で死んでいましたよ」と言われていた。つまり、その息子を押して走ったことで、父も助けられていたのだ。う〜ん。そういうこと、ありそう。どっちかがどっちかに一方的に負担をかけているだけ、ってことはない。私もカーカに助けられているのかも。

そうだとしても、強く言うところは言わないと。

カーカがギタークラブから帰ってきた。コタツに寝ころんでいたさくに、「出て出て」と言ってる。ぐずぐずしていたら、痛いことしたらしく、さくが鼻血をだした。そのティッシュを見て、「きたない」と言う。それから「カーカのお菓子食べた？　食べた？」と聞いている。食べてないって言ってるのに。これ以上一緒にいたくないので、さくと眠る部屋に行く。カーカには自分の機嫌がすべて。機嫌いい時はうきうきして、機嫌が悪いと当たり散らす。酒癖の悪いおやじみたいなので、目にはいるとからまれる。で、そういう時は私たちはさーっと去る。蜘蛛《くも》の子を散らすように。さわらぬ神にたたりなしと。ひとり残される孤独なおやじ。人の気持ちも知らずにきままにふるまっている。自由だ、ぐらい思いながら。本当は避けられてるのに気づいていない。そして私とさくはますます助け合い慰め合い、カーカはますます嫌われる。その悪循環。

カーカって、人の欠点を指摘することに長《た》けていて、自分は言い逃れがうまい。典型的な「自分にやさしく人に厳しい」タイプ。こういう人に対して心やさしく誠実に対応しようとすると、誠実な方がバカをみる。対処法は、近づかない、に限る。が、いかんせん、娘だ。扶養の義務がある。困った。修行の日々だと受け止めるとしても、そうそういつもは思えない。

日々小さなことをいちいち注意するとものすごく雰囲気も悪くなるし、エネルギーも使うし、家も暗くなるので我慢する。私が我慢して波風たたないようにしてると、一見、平和でうまくいってるように見える。（むこうも我慢していると言ってるが。）けど、いったん我慢できないぐらい頭にくることがあると、今まで小さく我慢していたものまでふき出す。今までだって、我慢していたんだよ。でもそう言うと、また機嫌が悪くなる。じゃあ私が我慢をやめて毎日怖い人になって、家の中が息詰まる緊迫感のある日常にした方がいいのか。それもひとつの方法だと思う。この家の居心地が悪ければ早くここから出て行ってくれるかも知れない。

私が我慢している限り、彼女はこの家が快適な家だと勘違いしてしまう。今のところ、なんだかんだ文句は言っても、すごく居心地がいいはずだ。王様のように威張ってるし、好き勝手にふるまい放題。怒る人は私だけで、それもむこうにしたら理不尽らしい。たとえばひとりおいてどこかへ逃げるというような荒療治も効果がない。自力でなんとかする性格じゃないから、そうなるとまわりに迷惑をかけまくる。まわりのいい人たちがやってくれちゃうし。そして結局私があやまることになる。だれにも頼れない、だれにも甘えられない状況にひとり放り込むしかない。

彼女はこれからの長い人生の中で、その傲慢《ごうまん》さを正し、人に感謝するということを、かなり苦労しながら学んでいかなくてはならないだろう。

言い方がすべて

カーカが友だちの家に遊びに行って帰ってきた。機嫌はいい。優香主演の「輪廻《りんね》」、まあまあおもしろかったよ、などと感想も言ってる。それから、DVDを入れる袋がないので私のを欲しかったらしく、「袋が欲しいから、ママのDVD、2枚ずつ入れていいよね？」と言う。「うん？　どういうこと？　じゃあ、いちいち取り出さないと中身がわかんなくなるの？」と聞くと、「いいじゃん」と言う。「嫌だ」と言ったら怒り出した。
私「あのね、人になにかを頼む時は、その人がそれをしてくれるような言い方を工夫して言わないと。言い方がすべてなんだよ。今の場合、袋が欲しいんだけど、このママのDVDを2枚ずつまとめて入れて、余ったのをもらっていい？　とかって、どうでしょうかってお願いするような気持ちで聞いたら、ママも考えてあげたのに、いいよね！　なんて強制的に言われると、ちっともやってあげる気にならないよ。親子じゃなくても、人に物を頼む時は、言い方を考えないと。謙虚に言わないと。人の心を動かすって何かっていうことを考えないと」

カーカ「なにも聞いてないよ！　さっきから！」と耳に栓をしてるように、聞いてない！　を何度も繰り返しながら2階に行った。偉そうな態度しかできないから、物をたのむことが苦手なのだろう。

おしゃべり

夜、さくが風邪気味で食欲もなく寝た。私とカーカは今日はいつになく話がはずんでいろいろと語り合う。今度、「ドラリオン」を観たあとに行きたいお店の話。テレビ、映画の話。

ダメ親

私はえらそうにあれこれ言ってるけど、まあ、ダメ親だろう。子どものためにできるだけ時間をとられたくないので、いろいろなやり方を丁寧に教えたりしない。でも、ダメ親の教育的効果というのもあるだろう。

条件

春休みに、また東京のちゅんちん家に行くふたり。どのゲームを買ってもらうか相談しながら紙に書きつけている。さくが、カーカにこう言ってるのが聞こえた。

「ひとつだけ条件がある。パパにわがままを言わないこと」

カーカはいつも、買って買ってとわがまま言ってるのだ。

そのあと3人でいろいろ話していて、去年DVDで観た映画「マニアック2000」というスプラッタ・ホラーの話題になる。アメリカ南部の小さな町を偶然訪れた旅行者の一団を襲う悲劇。底抜けに明るい音楽にあわせて繰り広げられる残虐祭り！

残酷なんだけど妙なんです。その思い出話をしていて、そういえばずっと前にテレビで観た映画が忘れられない。人が野菜みたいに畑に植えられてて、たしか、つれづれノートのどこかに絵をかいたはずと部屋に行ってさがしたけど、見つけられなかった。さがしながら読んでいたら、私の抜いた親知らずの歯を使ってカーカをおどろかす場面があった。アハハハ〜と笑いながら、そこを読み上げたら、「ママがそんなふうだったから、カーカはこうなったんだよ！　絶対にそうだよ！」と大声で抗議していた。

春分の日

さく「ね、つばを全部だして飲んでみるね。音きこえるか」
私「きこえた」
さく「ちがう、飲むところまで。きゅって。いい？」
私「………きこえた」
さく「ちがう、ぐっていうの。………きこえた？」
私「うん（ウソ）」
さく「よし。それなら成功」

めだまやきを食べながら、
さく「オレはきみが好きだぜ！　………たまごの」
私「それね、昔から言ってるよ」
さく「え？　ボクが？」
私「ちがうよ。人が。そのギャグはね、だれもが思いつくことなの。君が好きと、黄身が好き。だれでもが」
さく「えへへへ」

さくのプチトマトを食べようとして指でつまんだカーカ。
私「やめなさい」
カーカ「なんで？」指をはなす。
私「さくのじゃん。なんで？　って聞くカーカがおかしいよ」
カーカ「さく、食べないと思うから」
私「そう思うのはカーカでしょ？　なんで勝手に決めるの？　おかしいよ」
あきらめた。

さくが「なるへそ〜」と言った。

私「それ、なにで知ったの?」
マンガの『ジャガー』を指さす。
私「ハハ。それか。ママたちの子どもの頃から言ってたよ、それ」

洗濯物を干している時。おちんちんのところをさして、
さく「女の人は、ここをぶつけても痛くないの?」
私「うん。ここには骨があるからね」
さく「いいなあ~」
私「男の子は、たまたまがつぶれると痛いんだってね」
さく「うん。すごい痛いんだよ」
私「あれさあ、おかしいよね、サッカーの時、みんな押さえてて。最初見た時、びっくりしたよ」
さく「ああ、うんうん、これね」と両手で、その真似。

近所の喫茶店にピザの配達を注文するかどうか。みんな注文したい。でも、だれも電話をかけたくない。で、1時間ほどぐずぐずする。電話をかけることや品物を受け取ることがみんな苦手なのだ。私はヒマにまかせ、そのピザのチラシをじっと見る。「ピザを始めました!」という大きな文字。いったいなぜこの喫茶店、ピザの宅配を始めようと思った

のだろう……。そこにドラマを感じる。
ついに、私が電話をかける役、さくがインターホンにでる役、カーカが受け取ってお金を払う役、ということで話が決まる。
電話をかけ、しばらくしたらピザがきた。じゃあ、ママこたつに隠れてるからね。
カーカ「なんでカーカたちってこんなに恥ずかしがりやなんだろうね」
私「恥ずかしいんじゃなくて、パジャマだから相手に失礼かと思って」
カーカ「恥ずかしいんだよ」
私「面倒くさいんだよね……挨拶《あいさつ》とか……」
録画しておいた「リンカーン2時間スペシャル」を観ながら食べる。

午後、パジャマのままのさく「うわーっ、つまんない」
私「つまんないって人生にとっていいんだって」
さく「つまんなすぎる～」
私「退屈が人を深めるんだよ」
DVDをごそごそあさって、「ターミネーター3」を見はじめた。
後日、さくがカーカに「退屈っていいんだって」と話しているのが聞こえる。

宇宙旅行

さく「ぼく、大きくなったら宇宙に行きたいんだよね、3人で」
私「3人で？　3人って、だれ？」
さく「さくとおっかあとカーカ」
私「なんだ、好きなんじゃん、カーカのこと」
さく「いやあ……、まあ。お金は払ってもらうけどね。……ひゅーって宇宙船で」
私「そうだね、将来は安くなってるかもね」
さく「1万円ぐらいになってるかも」
私「…………宇宙のどこに行きたいの？」
さく「太陽」

人んちの親

さくの友だちが7人来て家で遊んでる。ジュースを出してあげた時、昔、子どもの頃嫌だったことを思い出した。友だちの親なんかからお菓子や飲み物をすすめられて、いいって断ってるのに、遠慮しないでとか言って無理に食べさせられたこと。そういうこと多かったなあ。

今私は、「ジュース飲む人？」と手をあげさせて人数分だけ出した。8人の中で6人。ふたりは飲みたくなかったよう。

先生は最初に出会う変人

洗濯物をたたみながら、先生って変な人多いよね、という話をカーカとしていた。

私「そうだよ。だって、ふつうの会社勤めの人だったら、ふつうの人たちにもまれて矯正もされるだろうけど、先生って、子ども相手だから、変なところは変なまま、ずっといっちゃうからね。先生って、子どもが最初に出会う変人、最初に出会う大きな壁かもね」

たたんだエプロンを見て、

カーカ「そうだよ。だって変なこと言うんだよ。小学校のとき、女の先生だったんだけど、そのエプロンを授業で作ったんだけど、そのポケットを見て、『これ、あそこを隠すみたいだよね』だって。対応に困ったよ」

「先生は、おもしろいこと言ったって思ったんだろうね」

「うん」

「で、どうしたの？　しどろもどろに、あやふやに、へへ～って？」

「うん」

遺伝的衝動性

今日、兄のせっせと電話で話していて、私たち親子（母、兄、私）が持っている衝動性について、熱く語り合ってしまった。それというのも、母しげちゃんという人は、昔から衝動的に行動することがあって、なにかを思いつくとそれがどんなことであっても、今すぐ、夜中でも、やろうとするところがあった。小屋を作ったり。すぐに人に深刻な手紙を書いたり、貸本屋をはじめたり、風呂《ふろ》をオブジェで飾りたてたり。その思いついたことがどんなにとっぴょうしもないことでも。

そしてこの人の悪いところは、一度アクションを起こすと、それでもう満足してしまい、急にどうでもよくなるところだ。いつだったか、母から妙な、腹立つような手紙がきて、あわてて問いただしに行ったら、それ、なんのはなし？　ああ～、そういうこともあったっけ？　別にいいのよ、としゃあしゃあとしているではないか。勝手に問題提起しておいて。手紙をだした時点で気が済んだらしい。本人にとっては、だしたら、それで終わりなのだ。言えば終わり。そのあと相手がどう反応しても、関係ない。そういうことだらけだった。

で、最近もそういうことをして、ある人に手紙を書いたけど、その人が訪ねて来た時には、いつものごとく、もうどうでもよくなっていたらしいよと、兄と話していて、

私「前は、私たちにもよくきてたよね、勝手な手紙」

せっせ「僕は読まなかったよ」

私「私も捨ててた時期があった」

せっせ「読まずに送り返したこともある」

私「心で思ってるだけにすればいいのに」

せっせ「それができないんだよ」
私「………でも実は私も同じなんだよ。衝動的なことをしちゃって、あとで悔やむことが多い」
せっせ「僕もだよ。ついきのうも、衝動的に株を買って、しまった〜と思った時にはもう遅くて、今朝は死にたいと思っていたら、案の定さがってて、さっき底値で売ったよ。損したけど」
私「なんで売るの？　しばらく待ってればいいじゃない」
せっせ「そうすると、損が増えるから」
私「名も知らない会社？」
せっせ「いや、大企業」
私「え？　じゃあ、なんで？　わからないでしょ？　あがるかもしれないじゃない」
せっせ「いや、さがるに決まってる」↓この日、底値で売ったこの株はそのあと暴騰したそうだ。数時間待っていれば、利益がでたのに。本人は、まあ私の株なんていつもそんなもんです、と自嘲《じちょう》ぎみに言っていたが。↓その後、その株、ますます値が上がっている。
私「……株、性格に合わないんじゃない？」
せっせ「すっごく合わないと思う」
私「やめれば？」
せっせ「……うん。本当にそう思うよ」

私「でも、衝動的にやっちゃうんだよね」
せっせ「そうなんだよ」
私「うちの親子の特徴だよね。でも、弟と妹にはそういうとこ、みられないよね。しげちゃんと、せっせと私だよね。そういうのは。本当に困る。もうやめたいんだけど」
せっせ「抑えられないんだよ」
私「そう。あれ、なんだろうね。興奮ホルモンみたいなのがでてるのか、その瞬間、かーっとなっちゃって、いい気分になっちゃって、抑えられないんだよ」
せっせ「そう」
私「自信たっぷり、意欲まんまんで、全肯定、気が大きくなって」
せっせ「そう」
私「で、ひとたびその山を越えたら、急にその反対になるんだけどね。閉鎖的で、ものすごく慎重で、厭世《えんせい》的」
せっせ「まさしく」
私「人を巻き込むのだけは、やめたいね」
せっせ「人はまずいよね。イチキ氏（おじ）のこともそうだったけど」
私「そう。人はやめようよ」
せっせ「人とか犬とか、命のあるものはね。やめた方がいいね」
私「うん。絶対に生き物がからむことはやめようよ。私も、それだけは、やめようと思う。……昔、衝動的に手紙を出したことがあって、出してからハッとして、なんてことをしたんだって、郵便局に電話して、必死でとめたことがあったよ。ぎりぎりんとこで。それとか、FAXをだして、また、ハッ、なんてことをしたんだって思って、その間にいる人にすぐさま連絡して、それは渡さないようにとお願いしたり。でも、パソコンがでてきてから、私たち衝動人間には、困った時代になったよね」
せっせ「そう、なにしろワンクリックで」
私「真夜中でも」
せっせ「止める人もいないし」
私「たとえいても言わないし、たとえ止められてもやるし」
せっせ「そう」
私「ああ〜、思い出した……」
せっせ「あれは、危険ですよ」
私「よく衝動的に買い物もしたよ。真夜中に。今度、衝動に襲われたら、我慢することにしよう」
せっせ「でも、あれ、我慢したら、またしばらくしてから、もっと大きくなってやってくるんだよ」
私「そう！　そうなんだよ！　ある時さあ、また来たから、いや、我慢我慢って我慢したの。できるじゃないかって思ってたら、2ヶ月ぐらいしてからまたそれの強い衝動がきて、それも我慢したんだけど、次にまた来た時はすんごく大きくなってて、ついに我慢できなくて行動おこしちゃった。それも今思うと、やらなくてもよかったと思う。うれしかったのは一瞬だけで」

せっせ「そうなんだよなあ」

私「でもね、私、おんなじ失敗は繰り返してないよ。いちおう学習能力はあるみたいで、まるきり同じ過ちはさすがにないよ。成長してんのかな。

でもとにかく人がらみはやめた方がいいね」

せっせ「うん。生き物はやめた方が」

私「せっせは、いいじゃん。お金とか物だから。人をからめないから」

せっせ「それでも、死ぬほど後悔するんだよ」

私「なにしろ、私たち3人、本当にそういうとこ同じだから、共感するし、同情するよ。しげちゃんからは、被害にあい続けてるし。この話、例をあげだしたら、きりがないね」

せっせ「でも、それでもどうにか、そう大きな被害もなくやってこれたんだから、いいよ」

私「まあね。確かに。大きなトラブルはないね。基本的には慎重派だから」

最近気づいた。カーカも同じかも。こうしたいと思ったら大興奮して、すぐにやらなきゃ気がすまない。そして峠を越えたらすっかり忘れてる。

さくの絵

さくがなにか紙を折りたたんだものを「これは見ないで」と言いながら私の目の前のゴミ箱に捨てた。なに？　と言いながら広げて見たら、学校で描いた絵だった。

タイトル「おかあさんがにんしんしたらいいな」

説明　「ぼくはいもうとがいないのでこのえをかきました」

さく「笑うから」

私「笑わないよ。ほら、笑ってないでしょ？　さく、いもうとって書いてあるけど、いもうとがいいの？　前、おとうとがほしいって言ってなかった？」

さく「おとうとだった」

私「この右上のがカーカ？」

さく「うん」

私「最初赤ちゃんを描こうとして、うまく描けなくて消したんだね。えんぴつの線がのこってる」

さく「うん」

私「いいじゃゃん、この絵。よく描けてるよ。今まで描いた中でいちばんいいよ」

ケンカ

子どもたちがケンカしてるのを見てて思った。人はその場所から離れられない場合、自己主張して戦うしかない。戦って自分の居場所を作るしかないんだなと。すぐにまた遊び始めたけど。大人になるとぶつかりあうようなケンカってめったにしなくなる。私も子どもの頃はケンカしてたなあ。

世界フィギュアスケート選手権2007東京

浅田真央が無事すべり終え高得点もでて安心してバックステージへ入った。泣いている。そこをテレビカメラが追う。
私「この、楽屋裏を映すの嫌いなんだよね。インタビュー、すぐ聞きすぎだよ」
カーカ「だよね」
私「まだヒーヒー言ってるじゃん」
聞きつづけるインタビュアー。どんな気持ちですか？　とか。
私「もういいじゃん、もういいじゃん」
ヒック、ヒック。
私「まだ聞いてる〜」
CMになる。エアロチョコのCM。真央ちゃんの愛犬エアロのぬいぐるみだって。
私「犬、エアロチョコに似てたから、名まえをエアロにしたんだってね」
カーカ「そうそう」

私「それをエアロチョコが聞きつけて、こうやってCMにしてね」
カーカ「うん」
私「エアロチョコもにこにこだね」
カーカ「エアロって名まえがいいね」
私「おしゃれだよね」
カーカ「うん。マロン、なんかと違って」
私「ホントホント」

漢字

さくが漢字の宿題をしている。
さく「心はうまく書けないんだよ、意味がわかんないから」
私「そうだね、なんか、あてがないよね。たてとかよこじゃなくて、ななめとか、てんてんで」

風呂

カーカは風呂《ふろ》好きじゃないので毎日は風呂にはいらない。2~3日に一回だ。で、カーカがはいった次に風呂をためると、お湯の表面に白いものがたくさん浮かんでいる。
「もう、きれいに洗ってからはいってよ、白いのがいっぱい浮いてて本当に嫌なんだよ。

つるばあちゃん（亡くなった祖母）みたいじゃん」と言うと、「うん」と言う。

このあいだなんて、剃《そ》ったらしい毛がいっぱい浮かんでいて、さくとふたりで気持ち悪い〜って言いながら桶《おけ》ですくって出した。それを言ったら「あ〜あ」と遠い目をして笑っていた。

よく聞くと、あの白いのは足の裏の皮膚らしい。お風呂にはいってふやけた頃、掻《か》くとぼろぼろよく落ちるんだって。

鼻息でフエ

さくが3年生から使う新品の笛を持って帰ってきた。

その笛をカーカが鼻息で吹いていた。嫌がるさく。わかるよ。気持ち。

洗ってあげる。

終了式

小学校と中学校の終了式。通知表などもらってきた。さくが言うには「ぼくたち3年生になるけど、先生ね、また3年生の先生になれるように校長先生にお願いしてるんだって。ぼくたちもそれに賛成してるの。ほら、なれてるからね」。

先生が好きなんだなと思い、うれしい。

カーカの通知表、「自分をおさえて行動することが苦手なようです。思いつきの衝動的な行動が見られました」だって。やっぱり～。

パン屋

初めてのところのチーズパンを買って食べた。自然派のパン屋さん。

カーカ「Pのチーズパンの方がおいしい」

私「そう?」

カーカ「いや、こっちは自然でいいかもしれないけど、あっちは人工代表で」

私「そうだよね。あっち、人工的にふわふわしてるよね。でも、あっちのおばちゃん、一生懸命働いてるよね」

カーカ「うん、そうだよね」

私「ちょっと寂しそうな顔のね」

カーカ「うん」

リモコン

ビデオのリモコンが壊れた。最初は電池を入れる蓋《ふた》がとれた。これはまだ、なくても使える。1年ぐらいたって、次は、ハードディスクのタイムワープができなくなった。分単位で早送り巻き戻しができるやつ。これは困った。これができないととても不便。それで思い切って電器屋さんに電話してみたら簡単に電話で注文できた。そしてすぐに来た。3千円弱。非常にうれしい。不便だったので、ありがたみがわかる。

セクハラ

私は、さくのおしりを、気が向くたびにさわる。というか、パッとつかむ。移動するとき、席を立つとき、寝るとき。日常の句読点だ。だってかわいいし、気持ちいいから。さくも、平気。慣れてるし。さわられても、もう意識にもなさそう。

純真無垢《むく》で、ただかわいく、気持ちいいもの。そういうおしり。

で、思うんだけど、おじさんたちが若くてかわいい女性のおしりをさわるのも、やらしい気持ちがある人が多いのだろうけど、私と同じようにただかわいいきれいなものという気持ちからの人もいるんじゃないかなあ。本当に変な気持ちはなく、たださわりたいという気持ちはすごくわかる。幼児の頭をなでるとか、赤ちゃんの手をにぎるみたいな自然な衝動なんだけどな。気持ちいいんだよ、平和とか安心みたいな気持ち。

春休み

春休みって家にいるよね、子ども。

私「笛ってどうやるんだったっけ。下から順番に指をはなすんだっけ」

カーカ、また鼻息で笛を吹く。さくが嫌がる。

カーカ「いや、鼻の方がいいかと思って」

さく「口、口！　どうみても口！」

カーカ、ティッシュごしに口で吹いてた。

そのあと、最近千円札を折って作るターバン野口っていうのがひそかに流行《はや》ってるんだってと、パソコンを見ながらターバン野口をカーカとふたりで折る。私はすんなりうまくできたのにカーカは何度もやり直して失敗した。逆ギレしてムカムカしながらやつあたりしてる。ゲーム買って買ってとうるさい。

「何度もやり直すからいけないんだよ。ちょっとずれても、いきおいで一気にやったらできるのに」

そのあとスプラッタ映画「ホステル」を観た。観なくてもよかった。

今日はおとなしいね

さく「ママ、今日はおとなしいね」
私「え？　だって、今これ整理してるからだよ」
学校から配られた紙類を見ながら捨てていいのを選んでるところ。
さく「いつもなら『ヘキサゴン』で正解したら、わーって言ってるのに」
そうかな？　そうでもないと思うけど。なんか、さく、変。カーカの方を見ると、カーカも不思議そうな顔をしている。それとか、
さく「ママ、ママはこの暮らしに満足してる？」
なんて急に言い出して、またさくの心配性の波か。

離任式

小中学校の先生方の離任式があって、ふたりとも登校した。

カーカにどうだった？　と聞いたら、転任される先生の名前を教えてくれて、けっこうみんな文句も言ってた先生だったけど、さすがに離れるとなると泣いてた生徒もいて、感動的だったらしい。

私「そうなんだよね！　嫌だと思ってた先生も、べつに悪い人じゃないんだよね、先生は一生懸命なんだよね。ただちょっと考え方が違うってだけで、悪くはないんだよ」

カーカ「うん。ちょっとよかったよ。いい、感じだった」

そうそう。

仕事

仕事するために仕事部屋にいたらふたりがやってきてテレビを見始めた。あっちで見てよと言うと、こっちの方が雰囲気がいいんだもんって。

「筋肉バトル!!」。「ひろみちおにいさんが一位?」なんてカーカが言ってて、なんかおかしい。ひろみちおにいさんって、普通に。

桜の公園

さくとカーカの友だちが遊びに来てる。あたたかい午後。桜も咲き始めてるんじゃないかな。見に行こうかな。で、「みんなー、桜の公園に遊びに行かない? ドライブして」。ゲームしてるから「3時から行くー」。

で、3時。5人で車に乗って、途中で飲み物とかりかり梅を買う。

桜は、6分咲き~7分咲きというところ。でも、けっこうきれい。人も少ないし。なにしろ風が気持ちいい。いいなあ~。子どもたちもアスレチックしたりつつじの迷路でかくれんぼしたり、大興奮。桜を見て、地面のすみれを見る。ここのすみれはうすい水色。いつだったかもらって家に植えたっけ。今、家で咲いている。ほうれん草のように大きく育ちすぎて、今では時々葉を刈り取っているほど。

あたたかい陽射しの下の遊具にすわってゆっくりと回りながら風を顔にあてる。

天国っぽい。行ったことないけど。

東京

春休みなのでイカちん（ちゅんちん）のところにふたりが遊びに行く。最初の日は私も一緒に4人で「ドラリオン」を観にいく。まずその前に昼ごはん。表参道から路地をちょっとはいったところにカフェがあったのでそこにした。外国人ばっかりだ。親子連れが多い。メニューはアジア風。ナシゴレンなど。

イカ「せっせって、一日一食だっけ？」

私「うん」

イカ「実は僕も最近それぐらいなんだ。一日一食か、1・5食ぐらい」

私「へえー。何時ごろ食べるの？」

イカ「5時ごろ。お腹すかせて」

さくに向かって

イカ「学校で友だちを笑わせたりしてないの？」

さく「うん」

私「さくは学校ではけっこう真面目だよ」

イカ「僕の子どもの頃はどうやって笑わせようかってそればっかり考えてたけどな」

そうなんだ。

カーカの学校のこととか勉強のこととか話してて、
私「カーカって、勉強しなきゃいけないって全然思ってないんだよね。ふつうは、好きじゃなくてもうっすらと心の奥で、勉強するのが仕事というか当然っていう意識があるでしょう？　それがないんだって」
イカ「ふうん」
カーカ「そう。そこが人と違うなあと思う」
カーカの高校のことを話してて、
私「カーカは、高校、遠くへ出た方がいいと思うんだよね」
カーカ「うん」
イカ「へえー」
私「全貌《ぜんぼう》がつかめないところにいた方がいい。カーカって全貌がつかめるところだと、たぶんストレスを感じると思う」
イカ「さくも東京に来るか？」
私「いいよ、東京に引っ越しても」
イカ「そろそろそう言うんじゃないかと思った」
私「えっ、思ってた？」
イカ「うん。ひとしごと終わったって感じなんでしょ？」
私「だいたいね、3年ごとに引っ越してるんだよね、今まで。もう3年以上たったからさ。次は都心の地下鉄の駅の近くの便利なところがいいな」

でもしばらくは、まだ今のままが仕事しやすいかな。もっと子どもたちが大きくなったら引っ越してもいいな。というか、宮崎とどこかとの半々がいいな。


食事が終わって、そのまま表参道を駅のほうに行けばよかったけど、イカちんが竹下通りを通って行こうかなどと言うものだから、ものすごい人ごみの中を遠回りして歩く。すっかり気分がダウンした。

私「こんな道、通っていこうなんて言うから」と、ぶつぶつ。

イカ「カーカがよろこぶかと思って」

私「だって、友だちと一緒ならそりゃ楽しいだろうけど、親と一緒で、何か見るわけでもなく、この人ごみだし、楽しいはずないよ」

さくも大人たちのお腹しか見えない人ごみを苦しく進みながら疲れたような浮かない顔。

やっと駅の前を抜けて、「ドラリオン」の会場へ。入ったら、薄暗くていい感じ。すっかり機嫌ももどる。イカが「飲み物買ってこようか？」とみんなに好きなものを聞いて、さっと買いに行ってくれた。

私「こういうとこ、いいね」

カーカ「うん」

私「せっせも、言えば買いに行ってくれるけど、もともと飲み物を自分から買いに行くことはないもんね」

カーカ「そうだね」

このショーを観ること、さくは前から気乗りしてなくて「見たら頭が痛くなるかも」、カーカは「ショーって眠くなるんだよね」なんて言ってた。

私「じゃあ、楽しみなのは私とイカちんだけ?」

でも、観終わったらけっこうよかったとみんな満足げ。私は途中ちょっと寝てしまった。でもさくは、早くパパのところに行こうと急がせる。さくらでも見に行こうかと思ったけど、疲れたのでやめて、3人と別れる。


3泊して、ホテルまで送ってきてくれた。ふたりともめいっぱい遊んで疲れている。また夏休みねと言ってバイバイ。

夜、家に帰って、さくが「カーカ、一回もお風呂《ふろ》にはいんなかったよ」と言う。で、風呂をいれたので「カーカ、はいる時、絶対に外で体を洗って外で流してから、中にはいってね」と言う。あの白い足の皮膚がたぶんものすごく多くでるだろうから。

始業式

先生だれだった？　と聞いたら、カーカ、また同じ先生。中学校3年間ずっと同じだって。やさしいけどやさしすぎる先生。先生も気の毒だ。またカーカの遅刻や言うことをきかないことに悩まされるだろう。

お昼、インスタントラーメンと買ってきた穴子の押し寿司《ずし》をさくとカーカ半分ずつ。押しっこを食べたと言って。またそのあとのはしっこを「ちょうだい」と言って一口食べたら、急にカーカが泣き出した。はしっこを食べたと言って。まただ。いちばんおいしそうだったのに、もういらないと、号泣している。その泣き方がものすごく気持ち悪かった。変だった。すぐに寿司をかくした。うぇんうぇんひーひー泣いている。いやだなあ。

しばらくしたらおさまった。

あとで信頼できるカーカの友だちが来たので「カーカって時々すごく変なんだよね。頭がおかしいのかと思うことがある」と言ったら「大丈夫ですよ。学校ではそんなに変じゃないですよ。……たまにありますけど」と。

イカちんからのメール

『無事着きましたか？　ふたりとも元気に学校に行ったかな？

今回、ふたつほど印象的なことがありました。

①ゲームソフト屋で、ふたつのゲームを手にしたかんちゃんがさくに「どっちのゲームがおすすめか聞いてきて」と命令。どうするのかと思っていたら、さくはしばらくためらったあと、レジの人に「どっちがおすすめですか？」と聞いていました。で、女の店員は意表をつかれたように「う〜ん」と言って、「これはやったことがあるけど、こっちのほうがあとから出てるので多分おすすめです」と言う顔が真っ赤になっていて、ふとさくを見たらさくも顔が真っ赤。かんちゃんは結局そのおすすめのほうを買いました。

②映画館で「ナイトミュージアム」を見てたとき。展示物が夜になると生き返るという話なのだけど、終盤、いがみあっていた展示物たちが協力して悪者に立ち向かい勝利を収める、という比較的くさい場面のとき、ちらっと横を向いたらかんちゃんが輝くような笑顔でスクリーンに見入ってて、その笑顔の輝きぶりになにかジンときました。まあまあという内容の映画だったけど、さくが終わって場内の通路を歩きながら「おもしろかったね！」とフォローするようにくるくる廻《まわ》りながら言ってました。見せてくれてありがとうという気持ちがあるんですね。さくは気をつかってくれます。

かんちゃんとさくは、けんかもするけど、ときどきふたりですごく協力しあうというかいい連携をみせるときがあって、そんなときはこっちも嬉《うれ》しいような開けた気持ちになりますね。「ドラリオン」も楽しかったです。今回もいろいろとありがとうございました。』

イカちんの手紙や電話は、基本的にしんみりしてる。実際会うとそうでもないのだが。

（今、なぜということもなくしみじみ考えるのだが、この人、いったい私のどこを見てた

たし。

こちらからもお礼と夏の計画を返事する。またまたいっぱいゲームを買ってもらってたんだろうなあと思う。私もなぜ結婚したのか、不思議)

自転車

3年生になった、さく。まだ自転車に乗れない。前に買った自転車は、ガレージにはおいてある。まわりの友だちたちが乗り回しているのを見て、そろそろ乗れるようにならないと、と補助輪を外して練習をはじめた。ひさしぶりに乗ったら小さくなっていた。練習するのに苦しそう。自転車屋さんへ行って、サドルをあげてもらう。庭の小道を乗りながら進む。一歩進んだら、よろよろと倒れそうになる。よろよろ。バタン。まだバランスがとれてない。夕方までやって、でも一歩は進めた。

次の朝は日曜日だったので、朝から練習。私がいる部屋の前の小道を通る時、見てあげる。まだまだぜんぜんダメだ。ころんだり、よろよろしてる。しばらくぐるぐるしていたら、だんだんにコツがつかめたようで、たまに2～3回ペダルを踏めるようになった。

そして、夕方には……10メートルほど走れるようになった。

夜、さくがギャーアと叫びながら走ってカーカから逃げてきた。

「どうしたの？」

「くさい匂いをかがせようとしたの」

カーカを叱る。が、ちっとも悪いと思っていない様子。

くさい匂いを無理やりかがされるなんてすごく嫌だな。

1クラス

カーカがさくの新学期用の名まえを書いてくれてた。
カーカ「さく、何組？」
さく「1組。だって1クラスしかないもん」
カーカ「ああ、そうか」
私「なんかクラス替えがなくてかわいそう。ママたち3組あったからさ」
さく「そんなことないよ。いいよ。そんなにたくさんの人と友だちにならなくてもいいし」
カーカ「どうだった？　3組って」
私「新学期になるたびにどきどきしたよ」（カーカたちは2クラス）

万かつサンド

こないだ空港で「万かつサンド」を買ってきて、家でさくが食べた。
その「万かつサンド」という名まえを妙におもしろく感じたので、「万！」「カツ！」「サン」「ド！」「ポヨンパン！」をリズムよく大声で3人で繰り返し叫ぶ。
私「万！」
さく「かつ！」
カーカ「サン！」
私「ド！」
全員「ポヨンパン！」

タイミングがちょっとでもずれたらやり直し。何回か練習を繰り返し、うまくいく。言う順番を変えたりして何回かやった。
それから一週間ほどたって、さくが、あの言葉なんだったたっけ、あの、ほら、と言い出した。
私「ああ〜、なんだっけ。思い出せないね……」
さく「シュー、マイ……。………万、かつ、サンド！　ポヨンパン！　だ」
私「そうだ、そうだ。よく思い出したね〜。なにか食べ物って思ったんだね。シューマイ……」

頭の中は

夕食の時、みんなで話しててさくが子どもらしいアホなことを言ったので、カーカと笑った。そして歌で表現。

私「さくの頭の中は………からっぽ～。ママの頭の中は～ぎっしり～。しげちゃんの頭の血管は～つまった～」

ハハハ～と笑うカーカ。

私「これは冗談じゃないから言っちゃいけません～」と言いつつ「ふふふ」と笑う。

マンチンコカーン

ぼんちゃん（私だけが使ってるさくの呼び名）がゲームで獲得してきた録音機に声を吹きこんで遊んでいたので、私にも貸してもらい「ぼんのあたまはマンチンコカーン」といれたら機嫌を悪くして、泣き出した。「べつにいいじゃん。気にしなきゃいいんだよ」と言っても、くすんくすんしている。

「これね、退屈な時やしゅんとなった時に聞くといいよ、ほら。………（カチッ）………『ぼんのあたまはマンチンコカーン』」

くすんくすん。

「なによ、こんなことぐらいで」からかわれるのが嫌いなのだ。「ダメだよもっと平気になんないと」

カチッ。「ぼんのあたまはマンチンコカーン」

くすんくすん。

しばらくして機嫌もなおったので「ぼんのあたまはって言ったのがいけなかったね。入れなおすね」と言って「みんなだいすきマンチンコカーン、マンチンコッカンマンチンコッカンマンマンチンチ（ここで録音いっぱい）」と入れた。それはよかったようで、何度も聞いてる。


その録音をまた聞こうとボタンを押したら、それは再生ボタンではなく録音ボタンで、消えてしまった。ショック。で、新しいのをいれてあげた。こんどは「おしり、おしり、おしりからうなぎがにょろ〜ん」。

翌朝、部屋でごろごろしていたら、ぼんちゃんがのばした足の下のクッションの下に偶然その機械があったようで、小さく「おしり、おしり、おしりからうなぎがにょろ〜ん」と聞こえてきてふたりで笑った。「やっぱりこれいやだね」「うん」と、ぼんがいれなおした。「うなぎのトンカツ〜、うなぎのトンカツ〜」と。そのあとカーカを起こすために「カーカのおしりからうなぎがにょろ〜ん」をいれてカーカに聞かせる。

ぼんの最近のお気に入りのアニメは「スポンジ・ボブ」。朝から毎日、録画していたのを見ていて「これは飽きないいんだよね〜。スポンジが主人公っていうのがいいんだよね〜。

海の仲間もいいんだよね～。場面が変わる時に泡がでるのもいいんだよね～」とご満悦。

スポンジボーブ、スポンジボーブ、パンツが四角～。私も「パンツが四角」ってところが好き。替え歌にして「パンツが黄色～」と歌ってる。黄色っていうのは、うんちがついてるっていう意味で、それを自分だけでひっそりと思いながら歌う。

ほかにもいるの？

朝。ぼんちゃんは、今日も同じパーカーを着ている。この冬～春はずっとこればかり。袖《そで》なんかもう短いのに。大きめじゃなく、ぴったりか小さめの服が好きみたい。

私「毎日同じ上着着てくる人、ほかにもいるの？」とぼんちゃんに聞いた。

ぼん「うん。いるよ。だれだれちゃんとか、だれだれくんとか……」4～5人の名前をすらすらとあげている。

私「毎日替えてくる人もいるんでしょ？」

ぼん「うん」

私「同じの着たい派と、替える派と、2種類いるんだね」
ぼん「うん」
先日半袖のTシャツ2枚、新しいのを買ってきたのに、まだそれを着てくれない。今日もいつもの古いのを着ている。靴下は新しいのはいたよと言うので、靴下は新しいの買ってないのになあと思いつつ見ると、それは数ヶ月前に買ったものだった。

ケンカ

カーカとケンカ。というか、カーカがひとりで機嫌を悪くして、大声で泣き叫んでいる。原因はくだらないことだ。パソコンのゲームをさせてというので、5分だけと言って私が体を45度よけたら、移動してと言われ、面倒だからこの体勢でやってと言ったら、それで。私のことを意地悪だと言う。私はカーカをわがままだと言う。

あまりにも泣き叫ぶので、その声が風呂《ふろ》の中にまで聞こえてきて、恐ろしかった。こんな興奮状態の時に殺傷事件はおこるのかもと、いつもはかけない風呂の鍵《かぎ》をかける。殺されたくない。

怒って、塾を休むと言ってたけど、風呂からでたらいなかった。ぼんが「塾で友だちと会ったら気分も変わるかもよ」と。さっきから心配していたのだ。「明日になったら直ってるよね」（直ってた。）

ボブ

コンビニでお菓子を買ってきた。「スポンジ・ボブ」のマスコットやキーホルダー入りのがあったから買ったら、すごくよろこんで、マスコットのぬいぐるみをうごかして遊んでいる。ひとでのパトリック・スターとスポンジ・ボブ。

ぼん「人形が動けばいいのになあ〜」とひとでを見つめてぼんやりとつぶやく。

私「でもさあ、いい動きだったらいいけど、悪い動きはいやじゃない？　そのひとでが手をちくちくちくちく血がでるまで噛《か》んだとしたらどう？　スポンジ・ボブがぺっぺっぺってつばを吐き続けたらどう？」と言ったら、きゃはきゃはと笑っている。

ＰＴＡの役員

新学期といえば、ＰＴＡの委員を決める時期。いつも決まらず気まずいムードになる。中学校にもなると参観日に親もあまりこないし。学校や学年によってムードは違うけど、特にカーカの学年は気まずさ満点だ。私は途中から転校してきたからよくはわからないけど、役員をやりたがらない人ばっかりみたいで。少数の人のいい人がしょうがなくやらされてるという感じ。あの嫌なムードが嫌いな私は、役員をやるのは義務だと考えて、いつも1回だけやることにしているので、1年の時にやった。だからもうやらない。やったからもういいでしょうという気持ちなので、選出のための集まりがあるそうだが、行かない。

あのムードを味わいたくなくてやったんだから。集まりに行かなくても文句はでないだろう。どうにかならないものだろうか。あの、だれもやりたがらないのをやらせる感じ。やったら損みたいなムード。これが楽しく明るい人がいると全然話は別で、けっこうおもしろおかしくできるんだけどね。みんなをひっぱっていく明るいムードメーカーみたいな人がいると、みんなも変わるんだけどね。年代や地域性によって、ずいぶん変わるみたいだけど。集団ってあんなもんなのかな。

関係ないけど、先輩づらするのが好きな人がいて、なにかというと人に教え込もうとする。うっかり質問などしようものなら、「あなたもそろそろ……しなきゃいけないね」などと上から説教するみたいに教え込もうとするからすごく嫌だ。年下なんだよ～。別になにも教えられたくないのに。でもそれがやっとわかったので、その人の説教スイッチが入っちゃったら、これからはすばやく去ることにするつもりだ。今までそれがわからずに、礼儀と思って相手の話を聞いていたら、いきなりえんえんと教え諭されて、聞かされて、まいったなあと思っていたので。あれ、相手かまわずスイッチ入っちゃうみたい。なんか、「……ってどうなの？」とか「どうしたらいいの？」なんて言葉で。いや、人を見たら入るのかもな。まさか動くものを見たらってことじゃないよね。猫とか犬とか。あ、でも犬にも話しかけてたな。犬にも説教してるのかもな。

メダカ

家の水鉢にいたたくさんのメダカがおととしの寒い冬に全滅してしまった。その前の冬は越冬できたのに。聞けば、そのメダカをくれた人のメダカもその時に死んでしまったそうだ。氷がはって、ずいぶん寒かった。

そして去年はメダカなしで一年すごし、今年もそうしようと思って水鉢をのぞいたら、ぼうふらがたくさんいた。これもいやだなと思い、メダカを外で飼っている知り合いのところに行って、先日3匹もらってきた。

水鉢もきれいに掃除して、今、その3匹がのびのびと泳いでいる。さっきエサをあげた。

私「見てごらん。このエサのてんてんがみんな等間隔に散らばっているでしょう？　これ、ほら、このつぶつぶ」

ぼん「うん」

私「同じ間隔でね。ふわっと。こういうところが宇宙のすごいところだと思うんだけど。この秩序がママの好きなところなんだよ」

しばらくして見たら、どうやらその3匹のメダカたちは全滅した模様……。どうしたのだろう？

ハナをフンフン

ぼんちゃんがハナをフンフンフーンといわせていたら、それはでっかいハナクソがでてくる合図。この数日のうちに左からと右からひとつずつ、でたのを見せてくれた。直径1センチ。じっくりと眺めて、ティッシュごしにさわっては、ほれぼれする。本人はすっきりした〜と言っている。フンフンフーン、ポーンとでる。

なぜかでっかいハナクソが時たまでてくるそうなのだ。

父親がいない気持ち

ウィーで似顔絵を作って遊ぶ。カーカ、さく、私、パパ（さくの）、せっせ、しげちゃん、なごさん、長澤まさみ（「プロポーズ大作戦」の時の）、と主にカーカが作った。けっこう似ている。
カーカ「他にだれ？　むーちゃんは？（カーカのパパ。離婚したので遠くにいる。数年、会ってない）」
私「いやだ。……でも、大学生になったら会うんでしょ？　どうなんだろう、どんな気持ちなんだろう、父親がいないって。親が離婚して遠くにいるってね。わかんないなあ。ママはずっとおとうちゃんがいたからさ、死ぬまでは」
返事なし。親子でも環境は違う。

本物のカーカ、にせもののカーカ

わたしとぼんは、意地悪なカーカをにせもの、いいカーカを本物と呼んで、それぞれに対応している。今朝、「今はにせもの?」とぼんがそっと聞くので、「本物じゃない?」と言ったら、それがカーカに聞こえたようで、「なに? 本物って」

大判焼きの数のことで冷蔵庫のところでぼんと小声で話していたら(あと2個しかないから、ふたりで食べようか)、カーカが聞きつけて、「なに小声でしゃべってるの?」「だって、カーカ、ハハハ、なんか、よく怒るから、小声になっちゃった。仲間じゃないんだね、カーカって」

やさしく思いやりをもって仲よくするというカーカじゃないので、どうしてもぼんとふたりで仲間みたいになってしまう。一緒に楽しもうとするとがっかりさせられることばかりだったので、こうなってしまったのだ。カーカがみんなを仲間というより敵みたいに見ているから。ほしいほしいちょうだいちょうだいと、損得でものを見る。人を疑いの目で見てる。疑うからどんどん孤独になっていくのに。与えたら、与えられるのにね。にぎって放そうとしないから、みんながさわらぬ神にたたりなしって距離をおいてしまう。

本物とにせものの話をぼんとしてて、

私「ママたちもにせものかもしれないよ。合言葉を考えようよ。本物だけが知ってる合言葉」
ぼん「うん」
私「………じゃあ………おしり、マンモスね」
ぼん「うん」
私「おしり」
ぼん「マンモス」
私「これ言えなかったらにせものだからね」
それ以来、おしり、マンモス、おしり、マンモス、を思い出すたびに繰り返す。……ってこれも2~3回で自然消滅。

けれど今はゴールデンウィーク。朝から3人でずっと家にいて、ふたりはゲームしたり、3人でごはんを食べたり、けっこう楽しく過ごしている。旅行の計画を話したり、庭で自転車に乗ったり、おやつを食べたりして、平和です。
夕方。6時。ごはんも食べ終え、みんなでわらわら庭に出る。雨がぽつんぽつんふっているけど、私は草むしり。というか、散歩しながら目についた草をちょんちょんと引き抜く。子どもふたりは自転車で家のまわりを一周する小道をぐるぐる回り始めた。これが最近のブーム。「リンダリンダ」の歌のコーラスをふたりで歌いながら走っているが、なんどもリンダリンダと歌っては、「ちがう！　なんで3回言うの！」なんてカーカのきびしいダメだしが響く。私もたまに加わる。小道にはりだした木の枝についてるミノムシが気になって走りにくいと言うので、その枝を切ってあげる。雨ぽつぽつの中、夕方の庭の中。ぐるぐると回り続ける2台の自転車。次は「オー！　マイキー」のセリフをしゃべり始めた。ふたごの男の子、タイムくん、ローラ……。私もたまに加わる。

……ゴールデンウィークの夕方が、わきあいあいと暮れていく……。

人間本立て

いまだに同じベッドで寝ている私とぼんちゃん。3年生になったらべつべつに寝ようと言っていたのに、もうひとつフトンを用意するのが面倒で。部屋も狭くなるし。で、今日も隣に寝ているのだけど、本を読む時にちょうどいい本立てになる。生ける書見台。たまに動くのが玉にキズ。

夕方自転車

「来てね」と言ってぼんちゃんが走っていった。庭に、夕方の自転車こぎに。夕方の自転車こぎと私の草むしりは最近の恒例。窓の外をくるくる通っていくのが見える。

庭に出て草をむしる。

「おっかあ～、見て見て～」片手で運転している。

「うん」

曲がり角でぐらっとして、あわててハンドルをつかんでいる。

また一周してきた。こっちをちらちら見ている。「見て～」

見てあげる。見てもらいたいものだよね。子どもって。

また一周してきた。木の陰に隠れる。私をさがしている。ふふ。「ここだよ～」

私を見つけて、またやってる。「見て見て～」

フロで

さくがフロで「見て見て～」と。見ると、木の桶《おけ》をくるくるまわして、それにおちんちんをあてている。まるでレコード盤に針を落としたよう。

「それね、昔のレコードみたいだよ。そうやってまわしてたんだよ」

行き場のないエネルギー

カーカが体をかきむしっている。始めはささやかなカミソリ負けだったらしい。それがかゆくてかいていたら、どんどんどんどんかゆくなって、ますますかいていたら止まらなくなって、今では背中から腕まで真っ赤に腫《は》れあがり、脇《わき》の下はかさぶたになっているそうだ。腕をあげるのも痛いと言う。

そういう過剰なところは前からあった。薬味を山盛りにかけたり、うな丼に山椒《さんしょう》をスプーン一杯かけたり。とにかくちょうどいいところでやめるということができない。それと似ている。やめられないのだ。最初そうかゆくもない時にわざとかいていたら、どんどんエスカレートしてしまった。もうここまできたら治るには時間がかかるだろう。皮膚がごぼごぼ。過剰なエネルギーの行き場がないからだと思う。なんか精神的なもの。

「病院に行った方がいいんじゃない?」と言うと、病院嫌いのカーカは「まだいい。水泳までに治らなかったら行く」とのこと。エネルギーがあり余ってるからしょうがない。

成長

子どもが成長していくということは、自分も成長しているということで、それはある時点から老化と呼ばれるようになる。

最近、遠近両用メガネとパソコン用のメガネとふつうの近視用のメガネを作り、使い分けることにしたが、普段は夜の運転時に近視用をかけるぐらい。

で、老眼になると、年とってガックリ……と思う人が多いが、私は常日頃が悲観的な物の考え方をしているので（へんに期待しないってこと）かえってこういう時は、目が悪いのに文明の発達によって手軽にここまで矯正できてよく見えるようになるということが驚異だし、すばらしくありがたい！　と感謝の気持ちしか浮かばない。よく巷《ちまた》には、オレも（私も）年をとったなあ～なんてガックリと肩を落として寂しそうにしている人がいるが、ああいう人たちって、老化や死がたまらなく悲しく怖いんだろうな。私はどういうふうに老化していくのか、どういうふうに死へとむかっていくのか、興味があるけどな。死に近づく自分がどう考え、どう感じるのか。想像と実際の比較をしたい。老化も死も自然なことなんだから、たぶん嫌なことじゃないと思うんだけど。自然でいることに気をつけていれば、痛みもそんなにないと私は思う。

そのメガネ屋の店員さんが遠近両用のことを、最初は慣れるまで使いづらいですよ～とか、ついにきましたねとか、私も最近これにしたんですとか残念そうにこぼす感じで、遠近両用メガネができて手渡す時にも、うれしそうに「お仲間ですね～」と言うのでムカッときて、「私はメガネも作れないほどの極度の近視で矯正手術もしたことがあるので、こうやってメガネで矯正できるなんて有難いと思います」と言っといた。白髪と同じだよ。なぜそんなに否定したがるのか。

成長＝喜び、衰えていくこと＝悲しみ、以外の見方ができにくいのはわかるけど、それにぼんやりと流されるままではいけない。本当に悲しいなら、その悲しみを正面から見据えるべきで、そうすれば、悲しみを通り越すだろう。

草は花を咲かせ枯れていく。枯れていくことに抵抗していない。淡々と、生きてきたように死んでいる。死ぬことも、生きることだ。死ぬことを生きようよ。

やる気が生まれたか？

ゴールデンウィークのあいまの学校の日。カーカもぼんちゃんも帰ってくるなり遊びに行った。カーカは「ママ！　やりたいことと！　心理学か、保育士。さっき子どもがにこっとしてきて、すごくうれしかったんだよ。カーカ、ずっとにこにこしてたんだよ」

私「新しく生まれたんだね、その気持ち」

カーカ「うん」

夕方、食後、いつもの庭遊び。きょうはバドミントン。カーカのかゆみ対策の何かを買いに行こうと、ドラッグストアへみんなで行く。ガーゼ、包帯、ネット包帯、滅菌ガーゼ、軟膏《なんこう》2種を購入。これですこしはおさまるといいけど。軟膏も強いので長くは使用できないし。その購入中のこと、包帯を見ていた時、

カーカ「ママ。前にカーカがママの声を聞きたくなくて耳栓してた話、本に書いた？」

私「うん。たしか、書いたと思う。掃除機かけてる時の。なんで？　だれかに言われたの？」

カーカ「ううん。おもしろいから書いてほしいなって思って」

私「ああいう極端な話とか、悪い話、ひどいことこそ書こうと思うんだよね。だってそれを読んだ人が、これよりはましかって思ったり、安心したり、力になったりするでしょ」

カーカ「ああ〜、そういうことかあ〜」

私「そうじゃなくても本当だしね」

真っ只中

ゴールデンウィーク真《ま》っ只中《ただなか》のみどりの日。混んでる時にはどこにも行きたくないし、行くつもりもない。みんなにもそう言ってたしそのはずだったのに、どういうわけか鹿児島に映画を見に行くことになった。カーカとカーカの友だちとさくと。なぜそうなったのか今でもわからない。混む時期の混む感じを忘れていたのだと思う。すっかり。

カーカたちは「スパイダーマン3」、私は「バベル」。チケットはパソコンで購入済み。

で、10時に家を出て、高速で鹿児島へと向かう。さすがにいつもより交通量が多い。途中、前を走っていた軽自動車が不思議な動きをして左に停止した。ん？　と思いながら追い越していたら、なんと左からタイヤのホイールキャップがくるくると皿みたいに縦に回りながらこっちに来るではないか！　パニック！　このまま行くと私の車の前の部分に当たりそう！　うっ、うっ、おっ、おっ、とハンドルをぶるぶるしていたら、どうやらわずかに右にそれたようで、右の車線へとくるくる回りながら行った。後ろを走っていた車に当たった様子はないのでどうやら事故にはならなかったようだが、怖かった。自分はちゃんと走ってても人の事故に巻き込まれることもあるので怖いよね。

ドキドキしたまま走行する。すると高速の出口付近が渋滞していた。渋滞なんてこの5年で初めて。あー、ゴールデンウィークか。映画に間に合うかなあ……とちょっと心配になる。それに、たぶん、あの総合ショッピングセンターも人が多く、駐車場がないような気がする。どうにか15分前ぐらいに着いたけど、やはり駐車場は満車。まわりをぐるぐる走ったけどない。しょうがないので子どもたち先に行かせることにした。チケットの

予約番号を渡す。それからまわりをぐるっと探し回って、大きな家具屋の駐車場にとめた。それから歩いて映画館へ行ったら、なんとそこも長蛇の列。スパイダーマン人気かな。最後尾に行ったら案内のおじさんがいたので予約していることを告げたら中の機械で発券できるとのこと。人波をかき分けて中に入ったら奥に機械がポツンと2台。まわりにはだれもいない。ここに並んでる人たち、だれも予約してないんだ。すぐにチケットがでてきた。中に入って、先に入っているはずのカーカたちを探す。いた。終わったらロビーで待っててねと声をかける。

終わって、「おもしろかったー」と子どもたちは満足そう。なにか食べようととんこつラーメンの店へ。ここでも人が待っている。3時半なのにこの混みよう。お昼時はどんなにか混雑してたんだろうな。こんな混んでる時に混んでいそうなところに来たのが間違いだった。来週の土曜日でもよかったのに。そして、ラーメンを食べて帰ろうとしたら、ゲームコーナーに入ろうと言う。行きたくなかったけどプリクラ1回だけ待つ。これがまた時間がかかる。その間でっかいアメをとるクレーンゲームを4回やって全然ダメで、700円（1回200円、3回500円）があっというまに消えた。円盤をうちあうゲームを1回やったらやっとプリクラからでてきたので、帰途に就く。帰りの高速のパーキングで下りたら、鹿児島名物のしんこ団子と両棒餅《ぢゃんぼもち》があったので列にならぶ。いつもならひとっこひとりいないのに。並んでいてもなかなか進まない。おじさんがしんこ団子を焼くのに時間がかかってる。そこへいきなりものすごいどしゃぶり。テントの屋根に雨がたまり、店の人が棒で下からつついてたまった雨を外に流している。ザーッ。並んでる足もとにも雨がナナメに吹き込む。やっと私の番になって、お団子5本300円と両棒餅を買って車にもどる。

家に帰りついたら、疲れたのでお団子など食べてお風呂に入って、9時過ぎには眠った。

一晩中

ゆうべ一晩中、雨とカミナリ。朝起きて、となりのさくに、
私「ゆうべすごかったよ、カミナリ」

さく「ああ〜、よく寝たわ」
私「雨の日って、よく眠れるよね〜。なんか落ち着いて」
さく「音がいい時があるのよ」
私「そうそう。ザーザー、ポツポツ、サァーってね。今はちょっと降りすぎだけどね」
さく「うん」
休みの日は昼ごろまで、好きなだけ寝ていることがあるが、そういう日はものすごくリフレッシュした気分になる。眠りに眠り、目が覚めてもまた眠り、うとうとしながら夢を見ながら眠り、起きた時はなにもかもが新しくて気持ちがいい。いろんな取るに足りないことは忘れている。

今夜はモス

今夜の夕食はモスバーガーがいいと言うので買ってきた。が、帰ったらカーカがウオーッと叫んで悲しんでいる。聞くと、ハンバーガーひとつじゃ足りないから2個買ってきてという電話をしてたんだけど私が携帯をもっていかなかったのでそれを伝えられず、それで悲しいらしい。

買ってきたのは、モスチーズバーガー（さく）とフレッシュバーガー（私）、スパイシーモスチーズバーガー（カーカ、辛すぎたらしい）、プレーンドッグ、チキン2個、ナゲット、オニオンリング（冷えて失敗）、サラダ。

それで、もしお腹がすいたらとんこつラーメンをあとで食べに行こうと私は言った。
(行かなかった。)

カメムシの匂い

ある日、いつもはわりと物静かなさくがウォーッウォーッと急に叫びだして、着ようとしていたシャツを脱ぎ捨てて水道に走った。カメムシの匂いがしたらしい。ものすごく嫌いなんだって。私も嫌いだけどここまでじゃないな。時々洗濯物についているから困る。

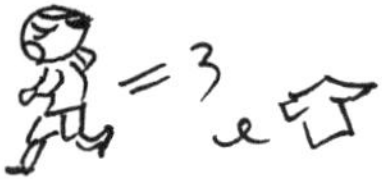

カメムシ

顔

テーブルの上の皿を片付けていた。それを床にねころんで見ていた子どもたちが「ママの顔って怖いね」と言う。
私「そうそう。そうなんだよね。よく言われる」
カーカ「こっから上（鼻から上）が怖いんだよ」

誕生日

テレビを見ていたさくが急に「おおっ、おおっ、ママの誕生日や母の日になにもしなかった」
私「母の日はまだこれからだよ」
さく「昔は絵とか描いたのに」
私「いいよ別になにもしなくても」
さく「じゃあ、ありがとうって10回言うわ」
私「うん」（言わなかった。）

ケンカ

神経衰弱をしようと言って3人で集まったけど、トランプの並べ方でカーカとケンカになった。カーカはトランプをきちんと並べたくて、私はバラバラに。それでなんだか言い合いになって、もうやらないことになった。で、私の部屋でさくとふたりで神経衰弱を一回した。そしたら機嫌も直って、カーカに「さっきの『世界仰天ニュース』のベビーシッターの話、なんだった?」と聞きにいったらまだ怒ってて「知らない。見てない」とむっつりして言う。床を見るときちんと並べてあったトランプがぐちゃぐちゃになっている。ふ～んと思いながら戻ってしばらくしたら、遠くから鼻歌を歌う声が聞こえてきた。

私「あ、カーカ、もう機嫌直ってる」

さく「ホントだね。カーカとママ、絆《きずな》が多いんじゃない? ふつう家族がケンカしたら一日かかるのに。さくとカーカだったら一日かかるよ」

私「そうかな」

でも次の朝、さくのランドセルが盛大に蹴り倒されてて、教科書が散乱していた。

「ほら、白い花が咲き始めたね〜」と玄関前の庭を見ていたら、「草にしか見えない」とさくが言う。でも違うのです。ここにあるのは好きな植物だけ。かなり厳選している。写真を撮って記録する。好きな庭の草花が咲く順番があって、最初は5月上旬の水色の花、それから1週間〜2週間ずつ、ピンクの5弁の、青い5弁の、ピンクのねじり花と続く。それが私のお気に入りの草花の流れ。

家庭訪問

今日はカーカの家庭訪問。3年続けて同じ先生なので気を遣わない。3年生になって全体的にやけにみんな落ち着いてきましたとおっしゃる。これから入試までのテストの予定などをカーカに説明している。将来の希望や行きたい高校はありますか？　と聞かれ、まだわかりませんと答えている。私からは「本人が望むようにと思っています。高校に行かないと言うならそれでもいいというぐらい。彼女の人生ですから好きなように。どんなふうに決めても応援するつもりです」と表明しておく。先生の手前、応援と言ったが、口を出さないという意味。

この先生は記録が趣味で、学校の行事でも普段の様子もいつも写真を撮ってるし、3年間毎回家庭訪問の時には親子の写真を撮っていた。謝恩会の時に使うつもりらしい。そればかりか、数年か数十年後の同窓会の時に見せようと思っていてまだみんなに見せていない写真があるんですよなどと言っている。

「先生はそっち（記録すること）に焦点を合わせてますよね～」

庭で写真を撮られる。この写真のおかげで、先日フィラリアで亡くなった犬の写真をたまたま家庭訪問の時に撮っていたら、それを遺影に使いたいとたのまれたとか言っていた。「じゃあ、これからも家庭訪問では犬まで撮っとかないとですね」と言ったら「いや、いつも、犬、猫、牛、豚までは撮ってますよ。このあいだは○○君のおじいさんとおばあさんがちょうど竹を持って歩いてきたので、撮らせてもらいました」私はこっそり隣のカーカに「それも使えるかも」とささやく。

それからカーカのことを、「食欲旺盛《おうせい》ですよね」とおっしゃるので、「はい」と答えたら、いいにくそうに言いよどんでいるので「なにか？　落ちたの拾って食べてましたか？」とうながしたら、「はい。落ちただけじゃなく、○○君が踏んだものを」「踏んだもの？　……ものは何？」とカーカに聞いたら、「キャベツ」「キャベツ？　そんな水っぽいものを？　炒めたもの？」「汁物」「ふ～む。……おもしろかったの？」「うん。食べたらおもしろいかなって思って」

先生「そうだったの？」

カーカ「はい」

先生が帰ってから、

私「先生、本当に食べたくて食べたと思ってたみたいだね。そうだったの？　だって。先生、真面目だからそういうのわかんないんだよ」

カーカ「うん。そうなんだね」
家庭訪問、無事終了。

その日の夜。
私「カーカ。あのキャベツってどれくらいの大きさ？」
カーカ「これくらい（2×3センチ）」
私「なんで食べたの？」
カーカ「食べた方がいい雰囲気だったから。みんながやめた方がいい、やめた方がいいって言ったから、ここで食べたらおもしろいと思って」
私「ふうん。ウケると思ったんだね」
カーカ「そのあと納豆を4つ食べたら気持ち悪くなった。なんでか」
私「その納豆は落ちたんじゃないよね」
カーカ「違うよ」
私「上履きで踏んだってとこが気持ち悪い」
カーカ「男の」
私「それトイレにも入ったんだよ」
カーカ「そうなんだよ」

ホタル

シソのことをソセ、ソセって言ってたの、どっちだったかなあ……。

ホタルが飛び始めたというニュースを見たので、さくと夜、思い立って出かけてみた。さくはパジャマなので車から見るだけねと言う。どうせだれもいないし、真っ暗だから大丈夫だよ。私なんて頭に緑色のタオルキャップまでかぶってる。

近くのホタルポイント3箇所をまわったけど、一匹もいなかった。そういえばこの辺は寒いから遅いんだ。あと10日後ぐらいにまた来ようと、帰る。

病気の治し方

さくが夕方、頭が痛いから風呂《ふろ》にはいると言ってひとりで入って、でてからも治らず、食欲がないと言って早々に寝た。家では具合が悪いとみんな風呂に入る。風呂で体をあたためて頭痛や具合の悪さを追い出すのだ。私がいつもそうしていたからか、カーカもさくもそうなった。薬は極力飲まないようにしているので、自力で、自然治癒力で治す。風呂から出たら、ひたすら寝る。するとたいがい次の朝には治っている。私は時々、おなかをさすってあげるぐらい。

自分から風呂に入ると言ってさっさと入りに行ったところがおもしろかった。たぶん一生こうだろうなと思う。この話をカーカにしたら、カーカと一緒だねと言っていた。

次の朝、すっかりよくなって昨夜食べ残したおかずとご飯をぱくぱく食べて学校へ行った。

立ち当番

今朝は中学校の立ち当番。信号のところに立って登校する生徒を見守る。年に中学校一回、小学校一回、当番がまわってくる。紙にはひとりしか名前が書かれてなかったので、今年はひとりかと思いながら7時半に指定された横断歩道へ向かう。去年はふたりだったが、生徒数が減ったのだ。また、いつもは腕章があるのだけど、数が足りなくて今回はなかったという。ひとりで立ってるなんて、変人に見えないかなと思いながら着いたら、今日は交通安全の日なので、地域の民生委員のおばあさんふたりと交通ボランティアらしきおじいさんひとりが、旗や棒を持って立ってらしたので安心した。挨拶《あいさつ》をして、おじいさんの近くへ立つ。

この立ち当番というのが苦手。ひとつは、生徒におはようございますと挨拶しなきゃいけないところ。恥ずかしい。それから、車を止めることができない。とっさの判断力と臨機応変な決断、機敏な動作、うむをいわさぬ強い意志、が必要だ。この中でも特にうむをいわさぬ強い、というのが苦手。車に、止まってと制することができない。いつも、止まってくれる車があらわれるまでじっと待つ、という性格なので。で、おじいさんにたよって主に私は挨拶を（1テンポ遅れ気味に）していたら、おばあさんたちの方面の車がなかなか止まってくれず、おじいさんが、ちゃんと旗を立てて止めないとダメですよ、わき見が多いからと注意していた。おばあさんたちもずっとおしゃべりばかりして気が緩んでいたので、一挙に緊張が高まる。おじいさんは子どものことをよく考えてくれているようで、私が「大きなトラックがスピードをだして通ると私たちでも怖いですよね」と言うと、交通事故が多い、飲酒運転やわき見が多いですねとおっしゃっていた。

それでもこの朝、そこを通った中学生は30人ぐらいか。少ないものだ。8時になって、のんびりとした女子3人がおしゃべりしながら渡っていった。

おじいさんが「三羽ガラスが行ったからもう、終わりかな」とおっしゃる。「いつもなんですか?」と聞くと、うなずいている。「あと一羽ガラスがくるかもしれないけど、まあ、もういいでしょう」というので、挨拶して帰る。最初は嫌だったけど、そのおじいさんのおかげで、最後はすがすがしい気持ちになれた。

言いたいうんち

夜、風呂に入ってたらカーカが、

「ママー、太いうんちがでた」

「ホント?　どれくらい?」

「これくらい」と手でまるを作る。

「長さは?」

「長さはそうでもないの」

「ふうん。まあ、調子いいんじゃないの？」

こういう、人に言いたいうんちの報告をする時のカーカは素直というか、本当に普通の精神状態だ。こういう時がいちばん素かも。非常に素直。

前、長いのがでたから見せようとしてくれて流さないでとっといてくれたが、あれだけはやめるようにしてもらったっけ。それと鼻血。朝起きて洗面所に行ったら、シンクが真っ赤。気持ち悪いし、驚いたし、聞いたら、夜鼻血がでて、たくさん出たので見せようと思い、とっておいたそうだ。それも、見せなくていいからと言う。朝見た時、恐かった。

おかしくって苦しい

おかしくっておかしくって、笑って笑って苦しいってこと、大人になるとあんまりなくなる。あるとすれば、いまここで笑っちゃいけない！　って場面でなんかおかしいことがあった時ぐらいかな。

またフロで

きょうはさくがフロで、足を大きく広げて後ろまわりをするような恰好《かっこう》をしてチンチンを真上から見せて「うなぎ～」と言っていた。

「はいはい」

今日からひとりで

セミダブルのベッドで一緒に寝るのも狭くなったので、さくは廊下にフトンを敷いてそこで寝ることにした。以前にカーカが寝ていた場所。

これでふたりとも寝返り自由。

次の朝、どうだった？　なんて聞くので、

「ん？　のびのび眠れてよかったよ。さくもゆっくり眠れたでしょう？」

「うん？　まあ、ふつう」とちょっとだけ寂しそう。

そして2日ほどがたった。あそこで寝るとリアルな夢を見る～なんて言ってる。

遠足、強雨

きょうはさくの遠足。でも天気予報によると、なぜか今日だけ強雨。そして、朝からやはり雨。天気ならバスに乗って公園に行く予定だったけど、学校遠足だ。数日前から天気のことは言ってあった。雨の可能性が強いって。きのうも、晴れたらいいなあ、バスに乗りたいなあと願っていたのでちょっとかわいそうだけど、これもしかたない。お弁当とお菓子を詰めて、傘をさして登校した。

ホタルのこと、忘れてた

庭にホタル草がたくさん生えたら、ホタルの時期。そろそろいいかなと、また夜、さくとドライブした。けれど、10匹ぐらいしか見れなかった。時期が終わったのか、時間か天気か。

夜のドライブだったねと、家に帰る。

頭に詰まってる

朝起きてトイレにいって、ぼんやりとした顔でさくがやってきた。

「ぼく、いいことと嫌なことが頭に詰まってるわ。半分ぐらい。ぼく、頭を使ってるのかなあ」

ん？　なんだろう。聞きたい。ブランコにうながす。ブランコに乗りながら、

「夢を見たの？」

「ううん。夢は5〜6回しか見ないけどね」

「5〜6日ってこと？」

「うん」

「どんなのが詰まってるの？」

「たとえば、1月1日に、お年玉をもらって、おせち食べてとか……。もうすぐいいこと

があるけど、そのあとにちょっと嫌なことがあるとか……」

「いつも頭の中では何か考えてるもんね」

「大人になっても少～ししか使わない人もいるんだって。そうならないようにって先生が言ってた」

「さくは使ってるの？」

「うん。半分ぐらいね」

抱っこ

夕食時、アニメの「ちびまる子ちゃん」を見ていたさくが、「アニメって年が変わらないんだよね」とつぶやいた。

「まる子ちゃんって、何歳？」

「3年生」

「じゃあ、さくと一緒だね」

「うん」

そして、そのアニメは子どもってたまには抱っこしてほしいものなんだというような内容で、「僕と同じだ」と言う。

「そうだね。さくもむしゃくしゃした時とか、抱っこしてって言うもんね。抱っこされたら、どんな気持ちになるの？」

「すっきりする」

「ふう〜ん」

それはなんか、重要なことのような気がした。なんだかわからないけど、心に留めておく。

おうち好き

さくが「ママはいいね、ずっとおうちにいられるから。そういう仕事で」と言う。
私「うん」
さく「8歳ぐらいの子どもでも、学校にいかない人いるよね」
私「うん。少ないけどね。でもきっと楽しくないよ」
さく「仕事を見つければいいいんじゃない？」
私「どうやって？」
さく「ママは自由な仕事だからいいね」
私「さくも自由な仕事をすれば？　でもママも昔は外に出てたよ。今は、家にいてできるようにしてるけど」

朝の会話

朝食の時。

さく「ママから見て世界はどんなふうに見えるの？」

私「う〜んとね、地球みたいにまるくて、上の方は空みたいに広がってて、地面の近くにいろいろな色をした生き物がうごめいてるの。きれいな色や赤黒い色の生き物たちが。さくは？」

さく「わかんない」

私「そういえば、きのう変わった夢見たよ。戦争があって、怪我したり死んだ兵士が帰ってくるところにママがいてね、次々と死んだ兵士が運ばれてきて、次の人にこれを渡してってだれかにおにぎりを渡されて、見たらその兵士は死んでなくて、生きてたの。おにぎりを口にあてたら、口を開けて食べようとしたの」

さく「ふふ」

私「それでね、ママは思わず感動してウッて泣きそうになったの。でも同時に、これって人間同士が戦ってるんだよね。なんか人同士で戦って死んだり悲しんだりするのってアホくさいなあって思ったの。別に猛獣や怪獣と戦ってるんじゃなくて、気持ちもわかるし、似てるし、意思の疎通もできる人同士なのにって。なんか同情できないっていうか、自分たちで勝手にやってるっていうか。仲間割れとか、兄弟げんかみたい。それで死ぬこともないだろうにって。そこまでねえ」

帽子をかぶってたら、

さく「きょう、どこか行くの？」
私「うん。山登り。でもこのあいだみたいに大変なのじゃなくて、お花を見に行くの」
さく「いいなあ〜」とうらやましそう。

心配

さくが「今日だけこっちで寝かせて。おっかあのことが心配で」なんて言う。

「なに？　なにを心配したの？　また死ぬこと？」

「ううん。ちがう」

「なに？　なに？」と聞いてるあいだに大きなあくびをして寝てしまった。

スポンジ・ボブ

さくが風呂《ふろ》あがりのはだかんぼうで「スポンジ・ボブ」の歌を歌いながらこっちにやってきた。

一緒に続きを歌う。うしろを向いて、歌にあわせておしりをくいっくい、してみてと言うと、やってくれた。

そのあと、いつもの大きなハナクソが奥から出てきそうと言ってから、ハナをフンフンさせて出してた。今日は両方のハナから出てた。見せてもらい、じっと見て、ふう〜むと感心する。「さくってすごい特技がいろいろあるねえ〜」

空手

今日はさくは空手の日。すぐ近く。私の帰りがおそくて、帰ったら、空手着を着ながらうまく紐《ひも》が結べなくて、もう数分遅刻だから行かないとぐずぐず言う。

「コラ！　さく！」と一喝したら、ビクッとして、行った。

1時間後、汗びっしょりになって帰ってきた。すっきりしている。

「ぬいだら？」

「うん。パンツもぬいでいい？」

「いいよ」

全部パーッとぬいで、はだかでソファにすわっている。

「こうやることとあんまりないでしょう？」と肌触りを楽しんでいる。

「そうだね。庭を散歩しようか。はだかでいいよ」

「うん」

はだかで散歩。

「昨日ね、蜂《はち》の巣を2個、枝ごとすてたんだけど、その蜂がいるかもよ。そしたらさく、

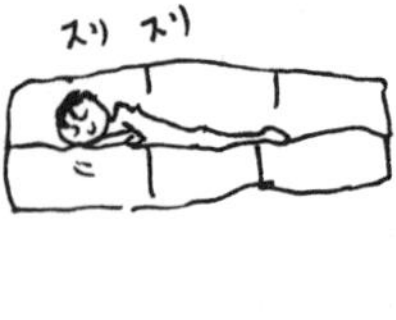

無防備だね」

するとガヤガヤ声がして、カーカと友だちの声。さくはあわてて家の中に入って行った。

しばらく留守

朝起きて気分がよかったので「おはよう、ぼんちゃん、ママちゃんよ～」と歌ったら、さくもそれに応《こた》えて「おはようママちゃん、ぼくちんよ～」。

あさってから私が仕事で数日留守するので、そのあいだ、子どもたちふたりだけ。夕食は友だちに作って持ってきてもらうことになっている。朝食はパンやコーンフレークで。キャンプみたいなものだ。さくが水泳があると言うので、洗濯の仕方を教える。ぬれた水着やバスタオルはすぐに洗わないと大変だから。洗濯機の使い方、干し方。家の中に干せるように物干しも移動した。「大きなのは、ここね」

夜、3人で買い物。カーカのアイロンドライヤーとさくの漢字練習帳、明日からの朝食用パンなど。ローソンで。スピードくじをやってて、3枚引けると言う。

私「ひとり一枚ずつだよ～」

カーカ「カーカ、くじ運悪いからだれか引いて」

私「いいじゃん、ほら、引いて」

すると、私、生茶。さく、いちごのアイス。カーカ、はずれ。

カーカ「ほらね」

私「ママとさくまで当たった時、カラくじなしかと思っちゃった」

帰りにガソリンを入れに行く。そこのおにいさんがカッコイイ。
私「カーカ、見て。ほら、この人、カッコイイでしょ？」
カーカ「ああ〜、そうだね。髪型もいいね」
私「うん」
カーカ「いくつぐらい？　19？　もっと上か」
私「う〜ん。わかんないなあ。……年ってぜんぜんわかんない」
帰り。
私「でも、仕事以外のことなんて絶対聞けないよね。お客としての会話以外は話せないよね。壁は厚いよね」
カーカ「そこがいいんじゃん」
私「年、いくつ？　なんて聞けないしね。でも、そこがいいんだよね。その方がかえってお客として長く見ていられるし」
カーカ「だから言ったじゃん！　今」
私「気持ちの流れを言いたかったの。こうこうだけど、こうだよねって流れを」

怒ってるような言い方

カーカが学校から帰ってくるなり、さくに怒鳴ってる。
「洗濯、したでしょ！　したでしょ！」って。

よく話を聞いてみるとこういうことだった。

さくが朝、洗濯したまま干すのを忘れて学校に行ったので、それを発見したカーカが干してあげた。臭くなるところだったんだよ。だから、反省して、お礼を言えと。

「ほら、ごめんなさいって、早く言ったら？」とさくに耳打ちする。

さく「ごめんなさい〜」

私「言ったよ」

カーカ、あっちへ行った。

私「カーカもねえ、もっとふつうに話せばいいのにね。いつも怒ったみたいに言うから、よくないよね。がみがみがみがみ」

『でんぢゃらすじーさん』

さくが今好きなマンガは『でんぢゃらすじーさん』。夏休みになったら、パパのところに遊びに行くから、その時にたくさん買おうかなと言ってる。

今日は豪雨でカミナリがなっていたので学校まで迎えに行ったら喜んでいた。集団下校になるはずだったけど、カミナリがなるので待っていたところらしい。

外は薄暗い雨の中、家でごろごろしながら『でんぢゃらすじーさん』を読んで「今日は特別な日みたいで、明日は休みで、なにもなくて自由で、しあわせ〜」と言ってる。

日曜日

カーカは今日は日曜参観日だったけど、風邪で休んだ。めずらしく熱もでて、きのうは「ママ……手……」なんていって、私に手をにぎってもらってた。

そのことをさっきさくに「きのうさあ、カーカ、ママにおててにぎってもらってたね」とからかったら、「まあ～いいじゃん、ああいう時だからさ」とカーカにやさしい。

今日はだいぶよくなったけど、休むというので先生に電話をした。

そしてごろごろしてすごす。たまに私の部屋にやってくるさくが、「前さあ、ママの腕におさるみたいにぐるっと抱きついてたよね、ぼく。あんな抱き枕がほしいなあ」

「ふつうはこういうのを抱き枕にするよ」とV字形のクッションを見せる。

「ママの腕みたいに棒みたいなのがいいんだよ。そして、ここ」と私のひじの皮をぐりぐりしてる。「気持ちいいんだよね～。あと耳たぶ」

「自分のはどうなの？」耳たぶ。

「硬いんだよ。……細い棒みたいなのがあればいいんだけど……」

今日の夜はしゃぶしゃぶ。さっきまでカーカとケンカしてた。なにしろ言葉が通じない。私の聞き方が悪いという。私は「人がどういうふうに受けとるか考えて話さないと」。カーカって、相手がどういうふうに思うかという視点が欠けてるような気がする。自分のところから出て行かない。そして、人のことばかりを変だ変だと言う。
「千の風になって」の最初の部分をみんなで歌う。
雨が強く降ってきた。
「この雨に負けないように歌おうよ」とさくが言い、みんなで大声で歌う。

牧場物語

塾から帰ってきたカーカがゲームをつけたら、1ヶ月ほどやっていた「牧場物語」がデータなしになっていたと言う。さくはもう、寝てる。
カーカ「さくだ……。どうしよう。ぶったたきたいけど、ダメだよね」
私「うん……。どうしてそうなったのかな？」
カーカ「最初からやろうとするとこうなる」
私「さくが勝手にやったの？　触られたくないものは、しまっといた方がいいよ」
カーカ「やってもいいって言ったけど……。………うう〜、どうしようもないよね」
私「うん」
カーカ「どうしたらいいんだろう」
私「ママも言っといてあげるよ。明日。カーカが怒ってたっていうより、すごく悲しんでたって言う方が効くかも……」
カーカ「でも、やったって言わないのがいけないよね」
私「そうだね。たま〜に、さくってそういうとこあるよね。怒られそうなことを隠すとこ」
カーカ「うん」
私「前もさ、ママのお気に入りのガラスの急須《きゅうす》を割った時、黙ってたじゃん」

カーカ「すぐばれるのにね」
私「うん」
カーカ「あん時、どうしてたんだっけ。ふつうにテレビとか見てたんだっけ」
私「うん。しれっとして。そして、ママが発見して、ぎゃあーって叫んで。ガラスが飛び散ってたから危なかったよね」

次の朝、さくにこのことを尋ねたら、
さく「僕、さわってないよ。『牧場物語』、やったことないもん」とのこと。
どういうこと？
私「それ、勝手に消えることあるの？」
カーカ「うん？　……不良品かな？」
私「電源もつけてない？」
さく「うん。みんな僕のこと信じてない……」
いや……。こういうのってわかんない。カーカも、別にもう怒ってないし、いいのかな。
夕方、カーカが帰ってきて、ゲームを始めた。
私「結局、わかんないの？　データが消えた原因」
カーカ「うん」

私「さくはどうだった？」
カーカ「ウソついてる感じじゃなかったなあ。友だちかな」
私「でも、友だちとは上で『塊 魂《かたまりだましい》』やってただけだったよ。ここにはこなかったもん。しばらくやってみて様子をみたら？」
カーカ「うん」
私「ママさあ、今度から、さくが言うことを、それが何でも、信じるってことにするわ。だって世界にひとりでも自分を絶対に信じてくれる人がいる方がいいと思わない？」
カーカ「うん」
私「もし殺人事件がおきて、さくが死体の前に包丁を持って立ってても、さくがやってないって言ったら、それを信じることにする。そうすることに今、決めたから、カーカもそのつもりでいてね」
カーカ「うん。それ、言ってね、ちゃんとさくに」
私「さくに？　さくのこと絶対に信じるから、ウソは言わないでねって？」
カーカ「うん」
私「うん。さく対他人の場合ね。カーカ対他人の場合は、カーカを信じるから。で、さく対カーカの場合は……ふたりで話して」
カーカ「うん」
私「カーカもそうしてね。ママ対他人の時は、ママを信じてね。だって、嫌だったよ、

『それでもボクはやってない』。疑われるって嫌だよね」
カーカ「ああ〜、そういう時ね」
私「そう」

小物の墓場

衣類部屋の窓枠はカーカの小物の墓場みたいになっている。ポケットに入れていた小物がそこにどんどん置かれていく。さっきふと見たら、お手製のトランプがあった。網走《あばしり》監獄を思い出す。受刑者がこっそり作ってトイレのすき間に隠していたというトランプ。裏を見ると、三和ファイナンスの広告チラシだった。ジョーカーにはバカと書いてある。あとで聞いたら、学校でトランプを禁止されたので、ティッシュの中に入っていた広告でみんなで作ったのだそう。受刑者も中坊も、禁止されて考えることは同じだ。カーカに網走監獄の受刑者が作ってトイレのすき間に隠していたというお手製トランプの写真をみせたら、「カーカたちと同じだね〜」なんて言ってる。

さくの絵

紙が一枚、落ちていた。見ると、線描きの絵。人かな。
小さな人と大きな人。かわいい絵だ。
この素朴さがいい。

私「さく、これさくが描いたの？」
さく「うん」
私「何の絵？」
さく「大きな人と小さな人が合体してるの。合体生物。大きな人はあんまり器用な仕事ができなくて、小さな人は体が小さいから大きい仕事ができないから合体したの」
私「お互いに助け合ってるんだね。これ、もらっていい？」
さく「うん。そんなの10秒ぐらいで描いたんだよ」

あわのお風呂

あわのお風呂《ふろ》にする？　と聞いたら、するというので、あわ風呂にした。ゴーグルをしてあわの中をのぞいてみると言う。

「どうだった？」

「見えなかった」

それから、山のようにふくらんだあわの中に、顔をつっこんでみた。ふわふわの感触が、えもいえぬ奇妙な気持ちよさ。ふたり並んで何度も顔を入れる。

千の風になって

遠くから「千の風になって」が聞こえる。子どもたちが歌ってるんだ。私も続きを歌う。

オペラ歌手みたいに歌うのっておもしろい。口が縦にのびる感じが。
みんなで歌う。最初の4行しか知らないので、そこだけを繰り返す。

土曜日の午前

毎日、蒸し暑い日が続く。5分でも外で作業をすると、汗びっしょりだ。
きょう、カーカは山の冷たい渓谷に水浴びに行くと言って、早起きして出て行った。さくと朝食を食べる。テーブルの上に、オレンジ色のファイルがある。
私「さく、カーカのテストの順位表、みせてあげようか?」
さく「うん」
私「ほら、見てごらん。カーカ、前はひとけたの時もあったのに、勉強しないからこんなにできなくなったんだよ。さく、知ってるでしょ? カーカがちっとも勉強しないの」
さく「うん」
私「寝てばっかりいるよね」
順位表をじっと見て、これは……まあいいね、これが……と数字を見比べてる。
私「これ見て、すごいね、このどんどんさがっていくところ。英語と数学が比較的いいんだね。理科と社会と国語がダメだね」
乱高下ぶりが極端。いい時と悪い時が交代交代にあって、最近は悪い方が勝ってる。
すると、「このパン、あとひとくち食べたら、宿題するね」と言う。恐くなったのかも

ピューと吹く!ジャガー
マンガに夢中

カエルの
かぶりもの

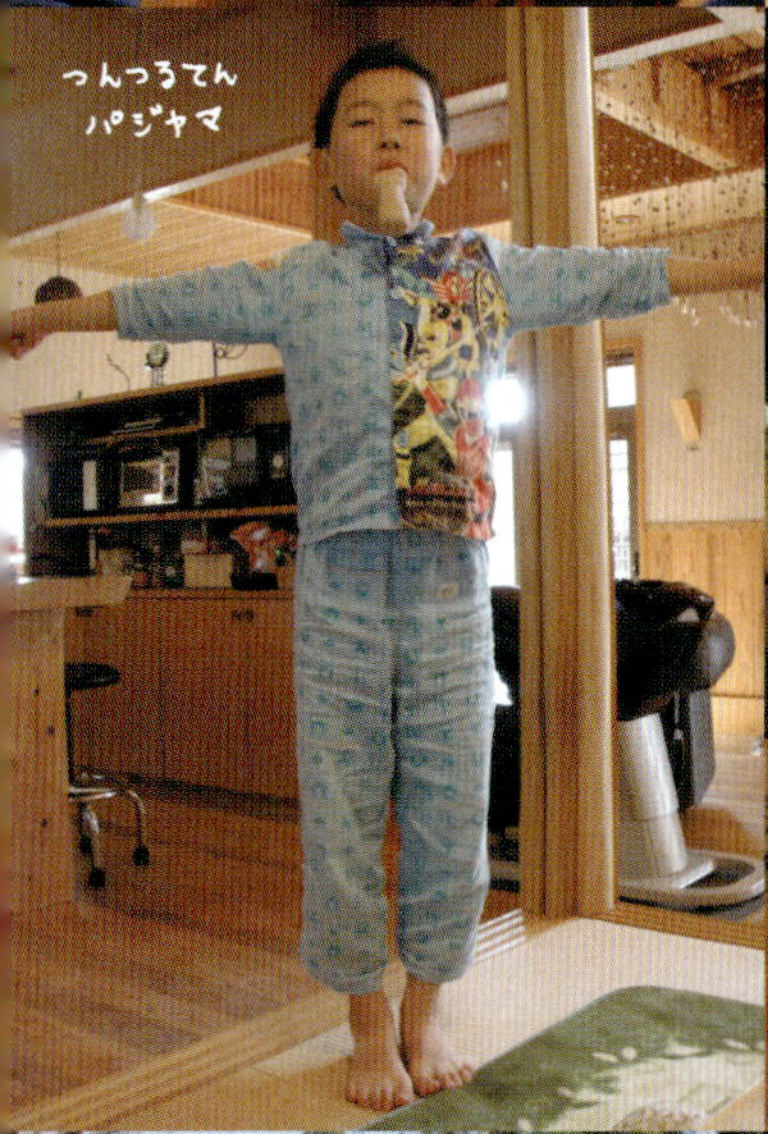
つんつるてん
パジャマ

べんきょう中

今日から ひとり寝

桜の公園

洗たくものを
干すれんしゅう

ものおき

ブランコ

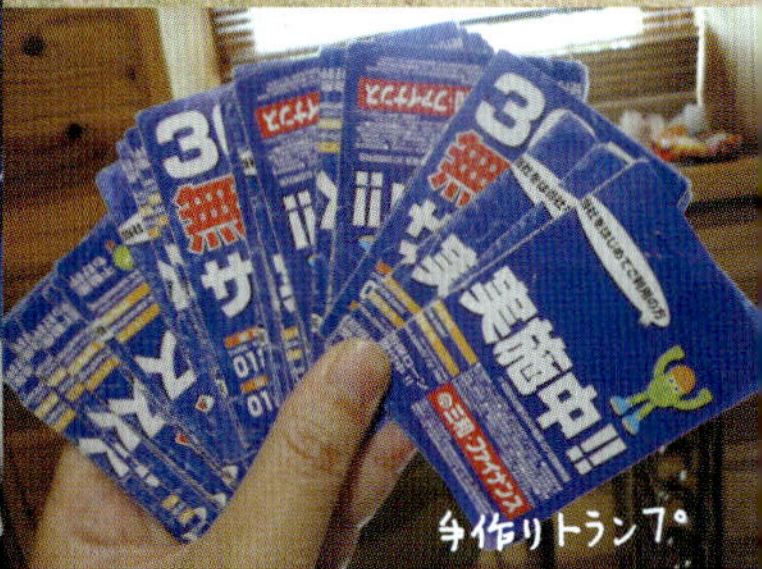

手作りトランプ

カーカのチキンなんばん

この葉の先がいたい!

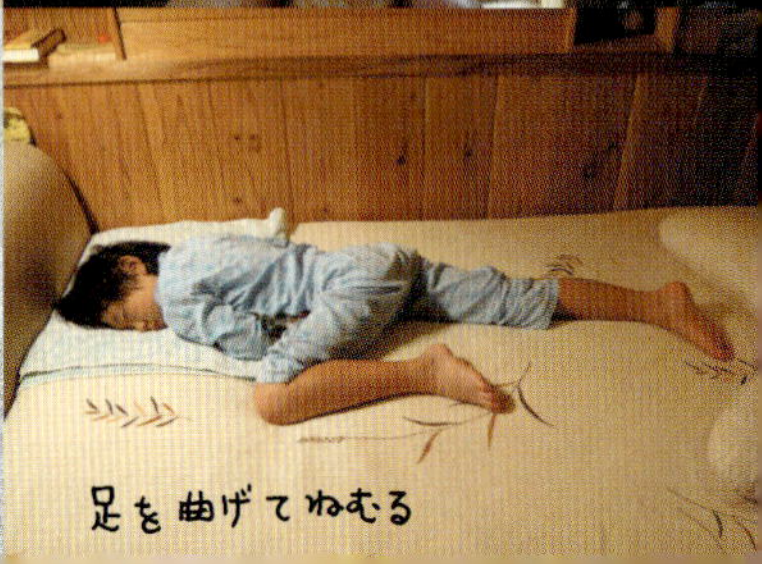

足を曲げてねむる

ねがお
ウォッチング
夏まつり
カーカのつけ毛

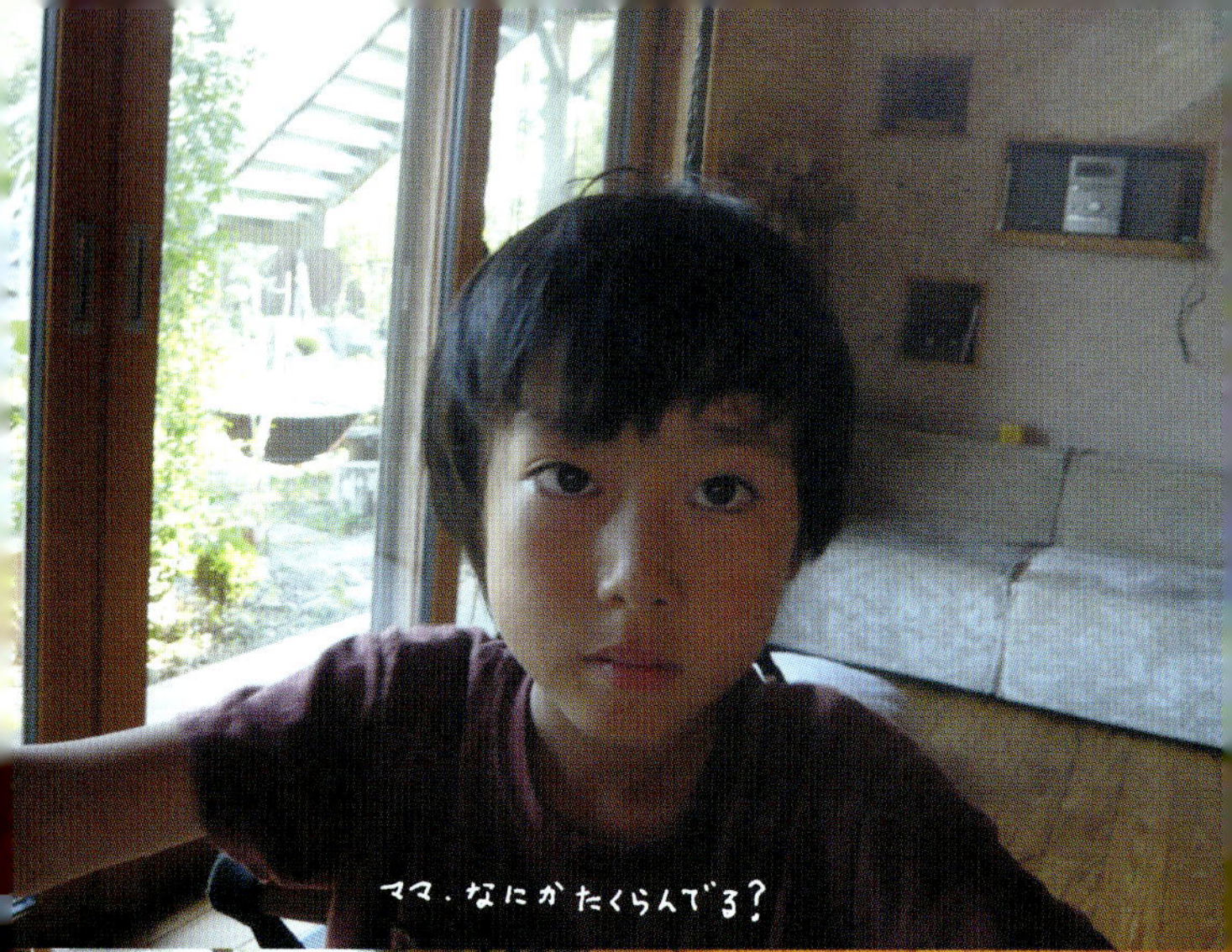

ママ、なにかたくらんでる？

パンツに手

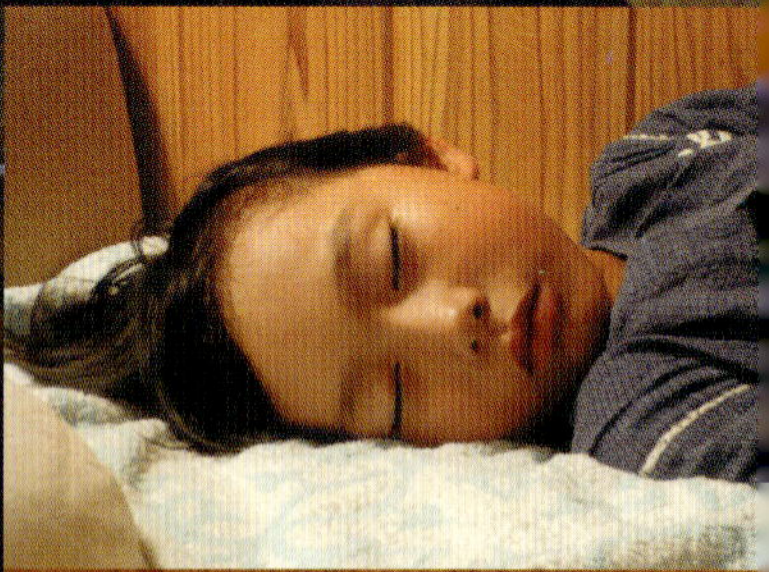

白熊

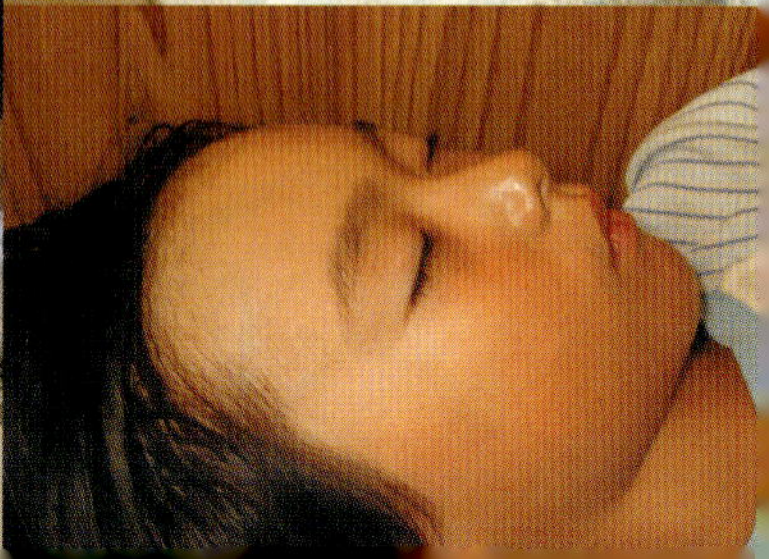

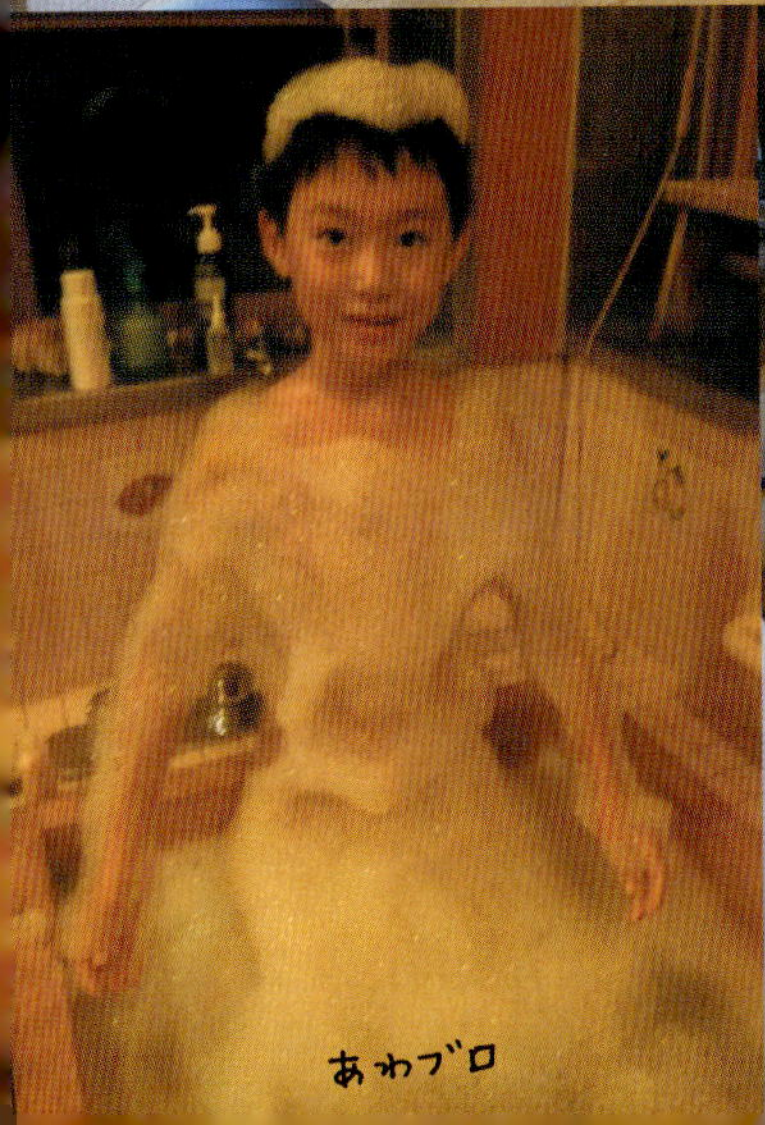

あわブロ

だらだら

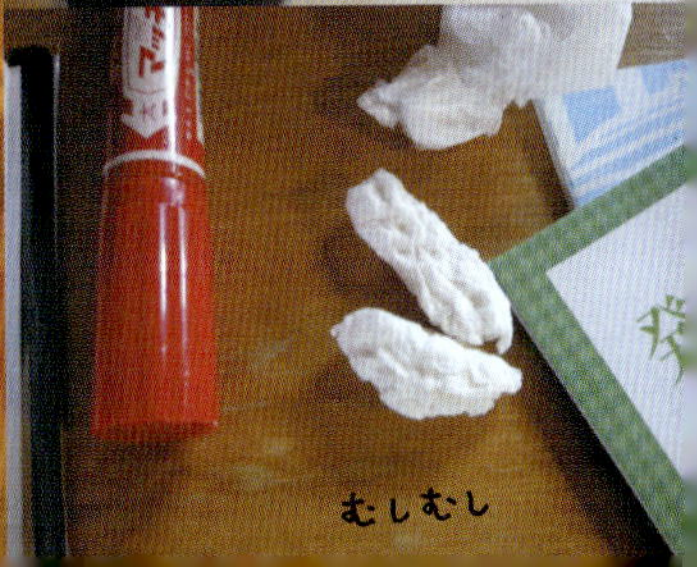

むしむし

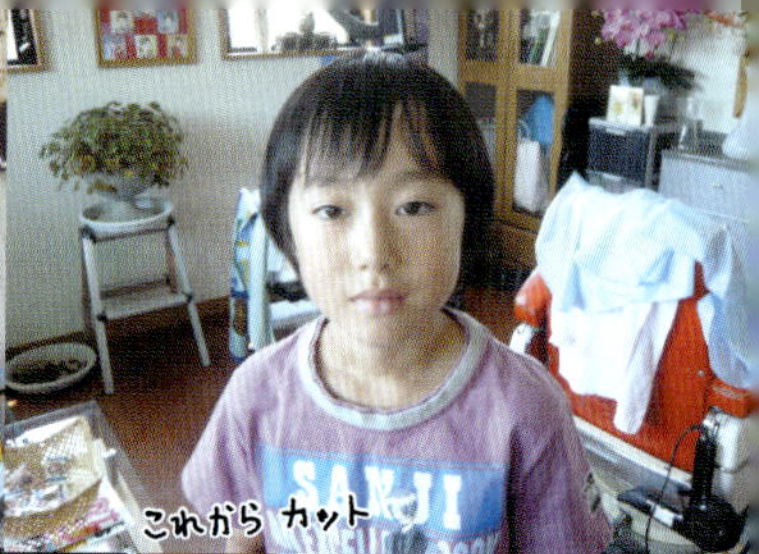
これから カット

完成

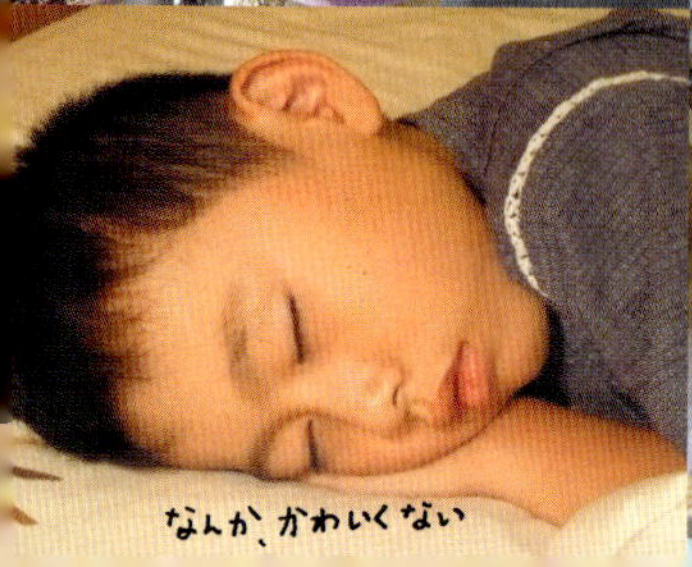
なんか、かわいくない
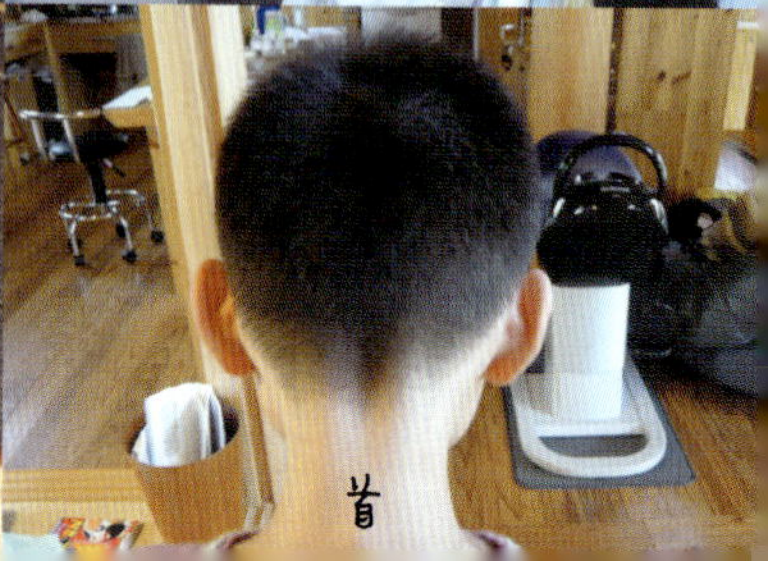
首

アップルパイ

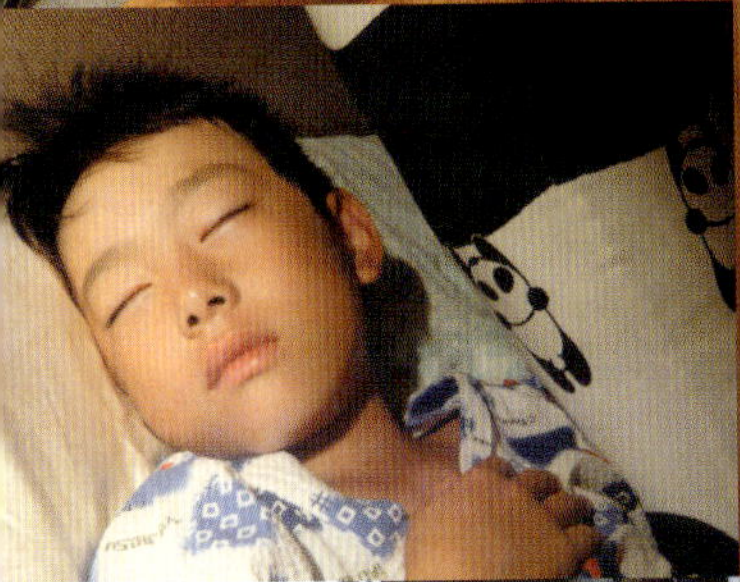

中学3年男子！
地面には さつまいも
↓
やきいもに

中学校の運動会・雨

カーカたちがかいた絵
白岡の辞書に「敗北」という文字はない

さく、ねぐせ①

チーズのおかず

ねぐせ①

めだまやき

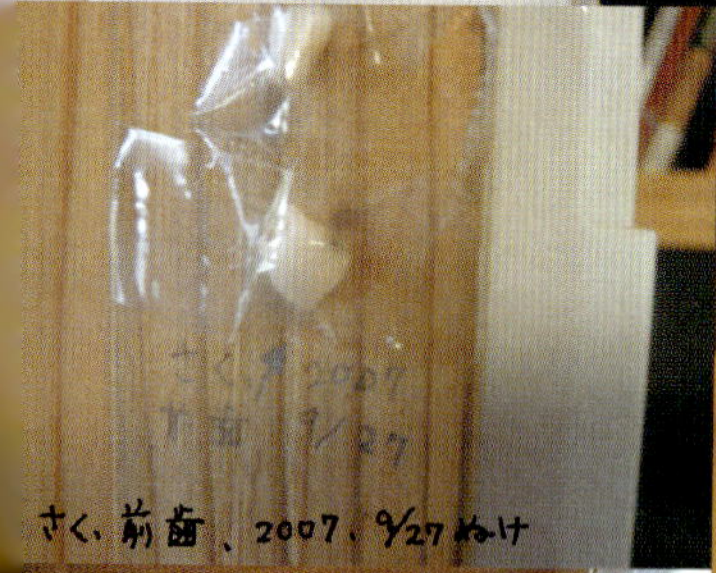
さく、前歯、2007、9/27ぬけ

テレビの左に
歯の墓場

封印
封印

くちびるグミ

コスモス

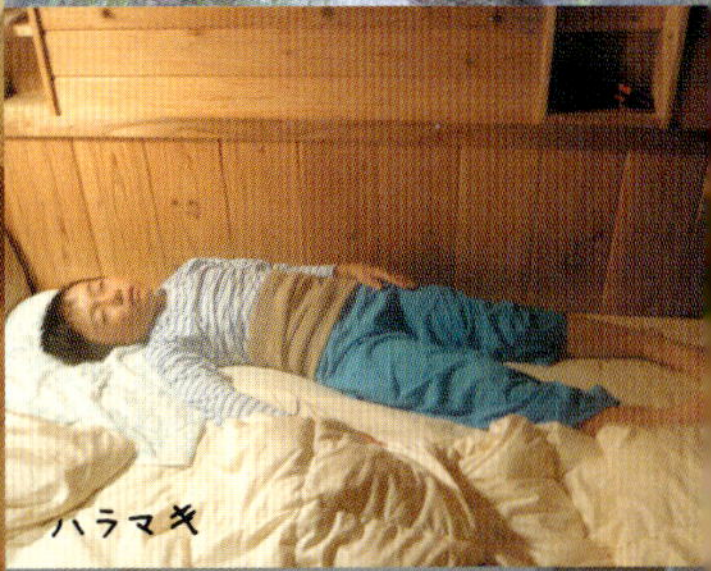
ハラマキ

封印にバラ

ねぐせ②

ねぐせ③

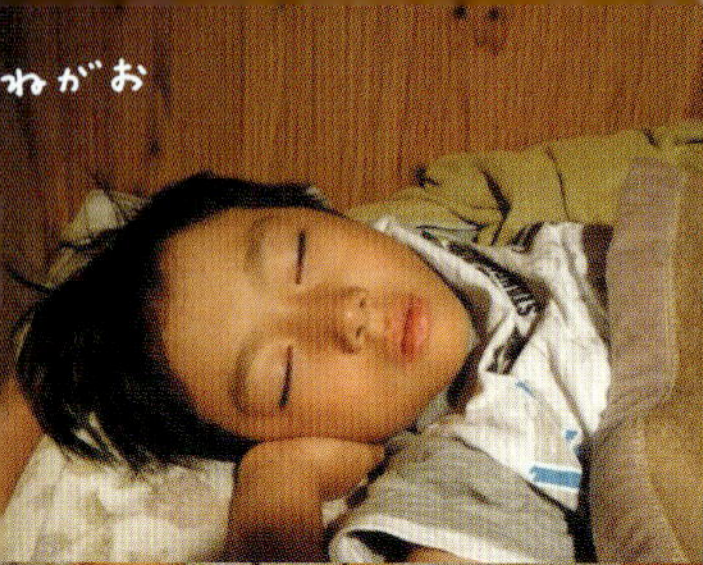
ねがお

シュークリーム!!

丸型

スイートポテト

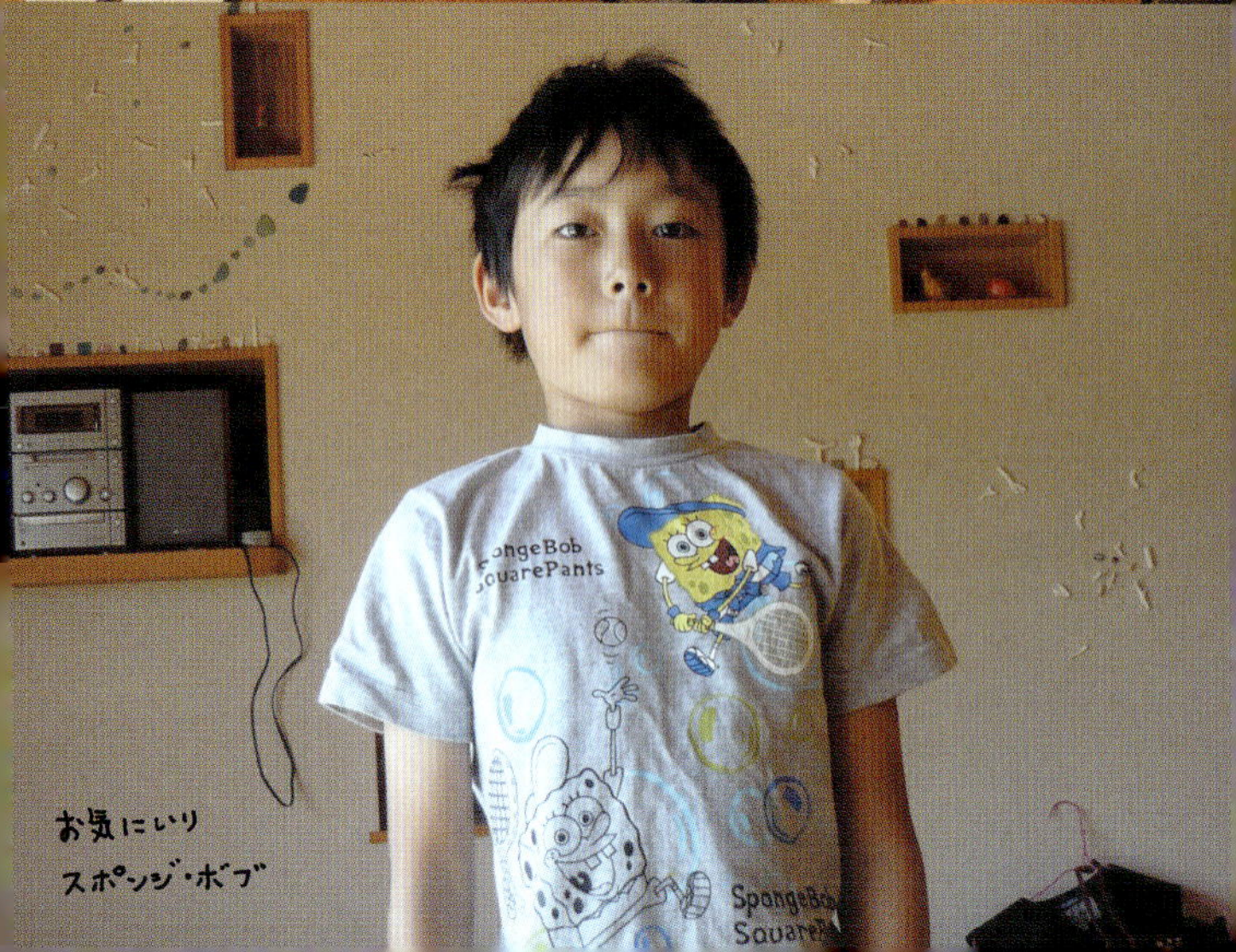
SpongeBob
SquarePants
お気にいり
スポンジ・ボブ

ねぐせ④

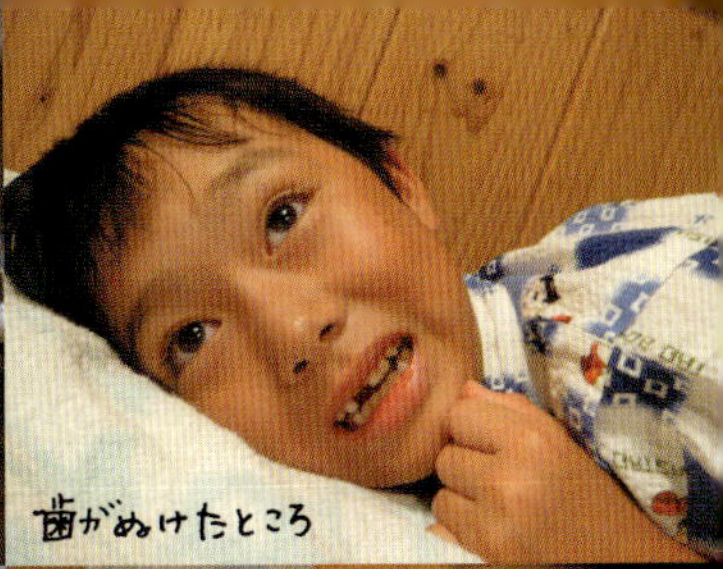

歯がぬけたところ

やきりんご

むしむし

今日から別々

いつものポーズ

にんじゃ

トイレのカベ

先生からの手紙や新聞の切りぬき

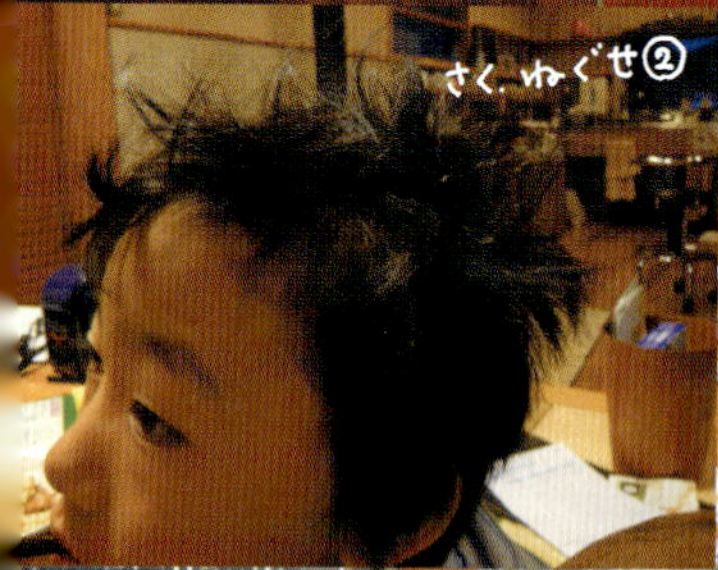

さく、ねぐせ②

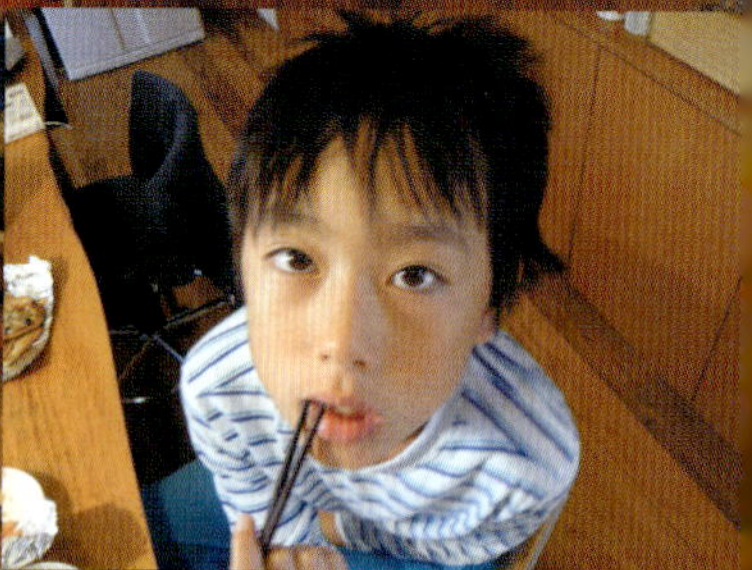

お年よりに人気のぼうし

スパゲティ

トリが ぶつかった

マロンとさく

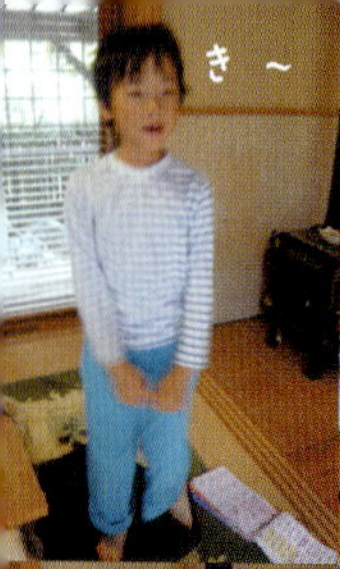
き〜
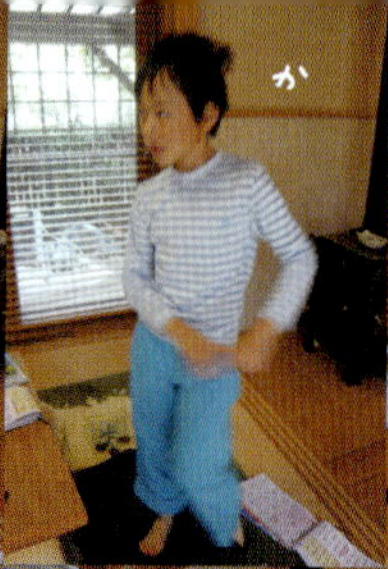
か
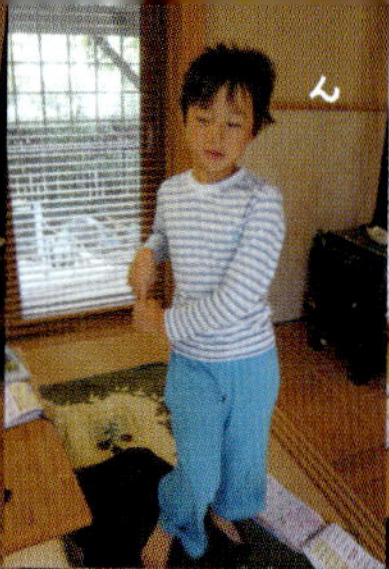
ん
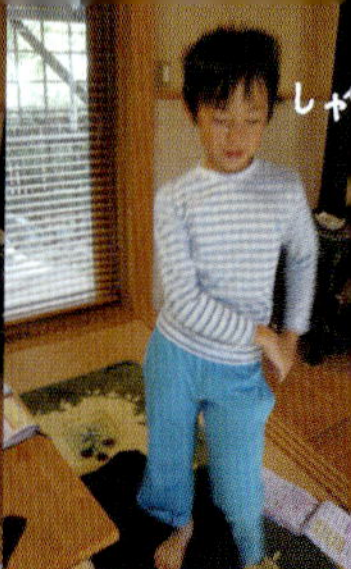
しゃ

ま
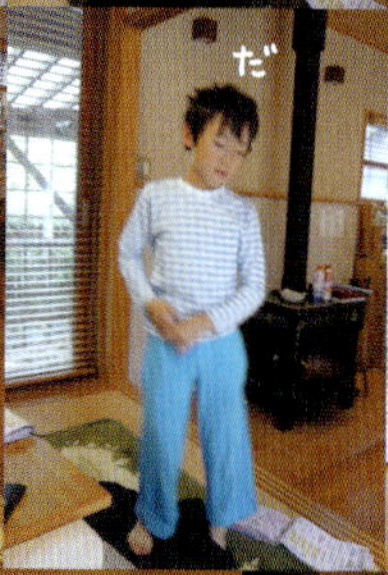
だ

か
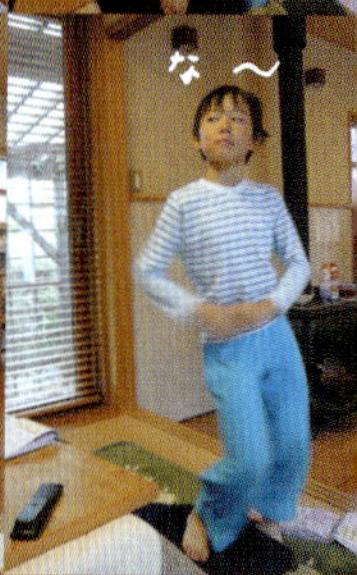
な〜

ねぐせ⑤

オムレツ

また作った

コタツだした

ていぼうを走る!

マラソン大会

いちょう

さく、2位!
くるしい〜

PECORIUNIV.

庭で

しれない。カーカの成績のさがりっぷりに。

今年は受験で大変、とか、大変ね、というお母さんがいて、びっくりした。なにが大変なのだろう。私の生活には何の関係もないのに。大変だとしたら勉強しなきゃ受からないところを受験する子ども本人だろう。カーカは自分の実力にあった学校を受けるし、勉強については親の私は関係ないし。いつもと変わらない。

夏休みの旅行の計画をたてているところ。

青空焼肉会

さくが学校の野球部にはいったので、今日は野球部の焼肉会。父兄もたくさんこられてる。さくの年代になるとカーカの時より親の年齢層が低くなるせいか、より軽快な雰囲気。

私たちは焼く係。男性陣はみんな、ただの酔っぱらい。女性たちも肉を焼きながら、一段落ついたら飲み始める。6時から9時まで。服が焼肉の匂いに染まる。子どもたちは食べたら屋内でギャーギャー遊んでいる。さくに持っといてと渡された缶ジュースをバッグに入れたら、中身が漏れていて、デジカメがその中につかり、壊れた。ショック。

次の日、電器屋さんに持って行ったら、修理しても安心できないかもと言われ、新しいのを買う。半年前に買った同じカメラのニュータイプ。カメラってすぐにマイナーチェンジするが、前の方がよかったな。試しに部屋に来たさくを撮る。

日曜日のくつろぎ

日曜日の昼間。家にいる。テレビでは録画しておいた「脳内エステ　ＩＱサプリ」。子どもらは答えを考えてる。私もちらちら見ながら考える。そして、冷やし中華を食べる。

さくが「家でみんなでまったりして、いいなあ〜」と言う。こういうふうにみんなで家でのんびりゆったりしながら遊んだり食べたりするのが、さくは好きだ。マンガ読んだり、だれかが何かをしてたり。

夜、私が自分の部屋にいたら、大きな音がして、カーカが「うるせんだよ！　バカ」と言うのが聞こえた。私は静かに椅子から立ち上がり、廊下をそっと歩いて近づく。そして、

「カーカ。今、なんて言った？」

「なんて言ってた？」

「うるせんだよ！　バカ、って」

「ああ〜」

「言ったでしょ？　この家では乱暴な言葉はやめてって。ママの気分がダウンしちゃうから」

「だってさくが、大きな音を立てたのにあやまんないんだもん」

「さく、ごめんなさいって言いなさい。とにかく、ママに聞こえる距離であういう言葉を

使うのはやめてね。仕事に支障があるからね。外で友だちと使って」そう。しつけのためではなく、言葉によって私の気分がダウンしてしまうので、私の前では悪い言葉や乱暴な言葉を使うのはやめてもらうことにしてる。荒く感情的な言葉によって、嫌な気持ちになってそれが継続してしまうので。最初はしつけのためかと思ったけど、違った。本人がどういう言葉を使おうと自由だ。でも私の前で使われると困る。

自分をコントロールしないで、むきだしの感情を荒々しく人にぶつける、というのが嫌なのだ。できるのにしないという、その甘えみたいなものが。

カッとなる、ってあるが、そのカッを、いったん溜《た》めずにそのまま反射的に出す粗暴さ稚拙さが、私をブルーにさせる。

いったん溜めて、一瞬あらゆる角度から検証して、覚悟してだすカッは、いい。

小学校参観日＆バザー

参観日バザーの日。授業参観は15分ぐらい見るだけにして、バザーに行く。私もさくの自転車などをだした。時間まで待つあいだ、他のお母さんたちとすこししゃべる。非常に感じのいい人がいて、その人と。あと、名まえは知らないけど、時々見かけるやはり感じのいい人がいて、その人とも。見ているだけでなごむ、やさしそうな、ふっくらとした、平和な感じの人なのだ。あと、最近私が興味を持っているすこし変わった感じの不思議な人がいて、その不思議さをもっと味わいたいと思っていて、その人がいないか探す。いたけど、他の人としゃべっていた。そのほか、苦手な人が数人いるのだが、いつかその人たちへの苦手を克服できたら、どんなにか達成感があるだろうと想像する。自由でパッと心が広がる感じがする。それで、いつか苦手じゃなくなったらいいなと思う。それはたぶん、きらくにしゃべったりできた時だろう。

ガラスの食器5個セット200円と、粉洗剤200円と、タオルセット50円を買う。

そのあと、お昼を食べに行った時、一緒に食べたふたりに、さっきの名まえを知らないやさしそうな女の人のことを、「この人、知らない？　よく見かける人」と紙に似顔絵を描いて見せたら、しばらくあれこれ相談してて、Hさんじゃないかということになる。

夕食の時、カーカにその話をした。

私「似顔絵描いて、ちょっとふっくらしててやさしそうで……って言ったら、ふたりはHさんじゃないかって」

カーカ「そうだよHさんだよ」

私「え？　なんで今の話だけでわかるの？」

カーカ「だってわかるもん。その感じでなんとなく」

私「似顔絵、見る？」

カーカ「うん」

持ってくる。

私「これ、あんまり似てないけどね」
カーカ「ああ……でも、ちょっと似てる。Hさんだよ」
私「うん。なんかさあ、ママ、最近、テレビ見ながら似顔絵描いてるから、どうもうまくなったような気がするんだよね。その、今日も似顔絵で人を表そうとしたところなんて、そういう自分にハッとしたんだよ。そこまで似顔絵が自分の身についてるのかって。それでね、お昼食べながらもね、前に座ってるオノッチの顔を見ながら、似顔絵描けそうだなって思いながら、話を聞いてたの」
カーカ「そうだよね。なんか趣味がある人って、その目で見ちゃうよね」
私「そうそう。そうやって、オノッチの顔も、ハルさんの顔も見てた。見方が違うの。おしゃべりと同時に、違う気持ちで見てんの。輪郭……眉《まゆ》……目、鼻筋……口……、表情……って」
カーカ「わかるわかる」
私「今のカーカも、描けそう。なんか、心の画用紙に目でなぞってるわ」

大雨

7月の上旬。先月からずっと雨が降り続いている。しかもここ数日は、特に雨量が多い。きょうは土曜日。雨の音にときどき驚きながら、家の中でゆったりと過ごす。子どもたちもそれぞれにマンガを見たり、テレビを見たり、静かにしてる。雨の日はいい。

チキン南蛮

宮崎名物チキン南蛮。

鶏肉に衣をつけて揚げて、甘酢にくぐらせ、自家製タルタルソースをつけて食べる。

たまに外食をするとなると、子どもたちはみんなこれ。きょうは私もチキン南蛮にした。

お腹がすいていたので不機嫌になり、行きがけカーカと不毛なケンカをしながら、店に着いて、注文して、パクパクと全員無言で食べる。食べ終えると、すぐに店をでて家に帰る。

家でくつろぐ。もう機嫌は直っている。

きょうのチキン南蛮、カーカのがいちばんこんがりと揚がっていて、衣の細かいのがついていていておいしそうだった。さくのはまるで鯵《あじ》フライみたいに見える。私のは肉が大きかったけど、衣がぺらりとしていた。カーカのみたいに、もっと複雑な形状の衣がよかった。

自転車

私「カーカが自転車に乗れるようになったのは小学1年生の時だったよね」
カーカ「うん」
私「ちゅんちんがせっかく教えてくれてたのに、カーカがすごく意地悪で、ちゅんちん怒ってたよ」
カーカ「なんとなく覚えてる」

私「カーカって、すごく意地悪だったもん」
カーカ「頭のいい意地悪?」
私「ううん。すごく性格の悪い意地悪だった。ひねくれた意地悪」
カーカ「なんとなく覚えてる」

メッセージ付きカード

さくが学校から帰るなり、「ママー、ちょっと来てー、渡すものがあるのー」と大きな声で呼んでいる。

「なにー?」と行ってみたら、「はい」と何かを渡された。見ると、皿を洗っている絵が描いてあり、「いつもさらをあらってくれてありがとう」と書いてある。授業で描いたメッセージ付きカードだと言う。

「へえー、絵も上手になって。ありがとうね」

その話をカーカにして、カードを見せた。

その日の夕食の時、さくが「あのカード、感謝してるってことのたくさんの中のひとつだからね」という。

私「………こんなこと、カーカ、言ったことないよね」

カーカ「カーカも今、そう思った」

私「カーカって、感謝するどころか、どうしてもっと自分によくしてくれないんだって怒るよね。なんでそんなに尊大なのか」

カーカ「……きのう、思ったんだよね。カーカってさくぐらいの時、したくないことがあると、どうしてカンちゃん、しなきゃいけないの？　ってむかむかして泣いてたよね」

私「そうそう。キィーって。宿題にも、怒ってたよ。なんでこんなことしなきゃいけないの？　って、そして、腹を立てて泣いてたよ。どうしてカンちゃん、朝から宿題しなきゃいけないの？　エーンエーンって。ものすごく嫌そうに。しなきゃいけないってことが納得できないようだった。ふつうの人と違うよね、考えが。ふつうの人は、ふつうに宿題とか遅刻しないとか、したくなくてもそうしなきゃいけないものなんだなって、しょうがないって、そこは言わなくても納得してるじゃん。カーカは、そう思わないんだよね」

カーカ「カーカだけだよ。去年の夏休みの自由研究と宿題だしてないの」

私「やんなくていいの？」

カーカ「もう、先生、忘れてるよ」

私「やんなきゃいけないって思わないの？」

カーカ「思うよ」

私「でも、思い方が違うんだよね」

カーカ「うん」

私「それほどは思ってないもんね。カーカは、本当に、自分にとって今、意味あることしかしないタイプだよ。学校よりも、実社会に出た方が生きてる実感がわくだろうね」
と、ここで、2ヶ月ほど前に占い師のミラさんにカーカのことを尋ねたことを思い出した。その模様を以下に書きます。

＊

銀「上の子が、毎日あまりにもイライラしてて、意地悪だし、いい時はいいんだけど、機嫌が悪いとすごく人にあたるのが嫌だ。文句ばっかり言って。せっかく家族でいるんだから、その場を楽しくすごしたいのに」

ミラ「しょうがないんですよ。自分の中に獣を飼ってるようなものだから。檻《おり》ん中にいたらいいのに。魂と自分の性格との葛藤《かっとう》なんです。存在とか、生まれた意味とかそういうので悩んでるから。今悩まなくてもいいんですけどね。どうせ考えたって答えなんかでないし。

このまま進むしかないんですよ。まだひらめかない。彼女が悪いわけじゃないし。

素直じゃないから、ただ夢を夢として語れないんですよ。決めなきゃいけないって思ってるから、それがかわいそうなんですけど、決められないからイライラしてる。でもこの年でこれだけ悩んでたら大きくなって迷惑かけないからいいですよ。

………感情的にイライラしてたら出てけって言っていいんです。他に言ってくれる人がいないから。言ったほうがいい。単に甘えてるだけ。今はあせらなくていいし、急がなくてもそのうち何か見つけるだろうから、何かやるから。ヒマで。
高校にいって、ここじゃない、こんなことやっててもしょうがない、悩んでた自分がバカみたいだって思って、そしたらなんかしだしますよ」
銀「イライラしてもいいんだけどさ、その気をこっちまであびたくないんだよね。性格だろうし、扶養の義務はあるし、しょうがないと思ってるんだけど、でもあのむかむかの被害を最小限にしたいの。ひとりでやっててほしい。こっちにぶつけずに。何て言ったらいちばん効果ある？」
ミラ「………『イライラしてても自分がつまんないだけでしょ。ふつうに静かにしてれば？』って。離れるのがホントはいいんですけどね。感情的にイライラしてたら、出てけって言っていいんですよ。悪いと思わない方がいい。言いたいことは淡々と言えばいいんです」
銀「わかった。………もし他の、もしなんて言ってもしょうがないけど、私じゃなく他の人が親だったらどうなってた？」
ミラ「他の人だったら、ノイローゼになってるぐらい。うちの子はヘンとか言って」
銀「ふうん。じゃあ、ま、このままでいくしかないね。で、たまに怒って」
ミラ「そうです。言った方がいいです。嫌な気持ちになるだろうけど。言わなきゃホントわかんない。言ってもわかんないですけどね、今は。でもあとでわかるから。ああ〜こういうことだったのかって」

銀「煮ても焼いても食えないの」
ミラ「煮ても焼いても食えないですよ」
銀「でも大人になったら、二十歳すぎたらよくなると思ってるんだけど」
ミラ「もう放っといても大丈夫ですよ。どっか行ってます。ずっといるのは下のお子さんですよ」
銀「下の子はね、いっつも私のこと心配してるけど。死なないでって。私のこと好きらしくって」
ミラ「ふふふ。下のお子さん……、（カードを観て）いっしょにいてあげれば十分だって。しあわせだって、ここに生まれてよかった〜。このしあわせがいつまで続くかと思うと不安になるけど、今はしあわせだからって。家が好きだから」
銀「そうなんだよ。急にね、突然、ふと上を見上げて、この家っていいね〜、ここっていいね〜、って言うんだよ。へー、いったいなんでそんなこと思うんだろうなあ、なんて不思議に思いながら聞いてるけど」
ミラ「繊細なところがあるから、かえって他の人が親だったら、いろいろ言われたりさせられたりして傷ついたりしたかもしれないけど、なんにも言われないし、よかったんじゃないですか」
銀「うん」

次の日、帰宅。カーカに、「ミラさんと会ってね、カーカのこと聞いたよ。聞きたい？」と言うと、かったるそうにうなずいた。

「イライラしてたら自分がつまんないだけだから静かにしたら？　って言えばいいって。でね……」

「ふうん。もういいわ、つづき、紙に書いて」

私も言う気がなくなったので、話すのやめる。まあいいや。実践実践。


夕方、友だちと遊んで帰ってきてコタツで寝ていたカーカが機嫌が悪くなって、夕ごはんを食べながらさくを怒って泣かしたりし始めたので、さくを呼んでふたりで脱出した。コンビニでお菓子を買って、ドライブして帰ったら、ごはんを食べ終わってて、また寝ていた。これで起きたらもう気分も変わっているだろう。さくには、「カーカがイライラし始めたら、病気と思って、あんまり気にしたらダメだよ。カーカが悪いんじゃなくて、そういう時期だから。高校生か大学生になったら直るからね。機嫌が悪くなったら、こうやってしばらく離れよう。そうしたらしばらくしたら、カーカもおさまってるでしょ？」

「うん」

「だから、意地悪されてもあんまり気にしたらダメだよ。泣かなくていいから。病気だと思ってね。カーカも自分の気持ちがコントロールできないんだから」「うん」

機嫌のいいカーカが本物のカーカ、機嫌の悪いカーカはにせもののカーカ……。

次の日、ゴールデンウィーク初日の夜。またにせもののカーカが出現した。さくにトランプのゲームを教えてあげるといって無理やり教えようとしたら、さくがわからないからやらないとトランプを机に置いたら、それに怒ってどなり始めた。それを注意したら、ふてくされて私の言葉尻《じり》をとらえて文句言い始めたので、「外へ出てなさい」と言って外へ出した。風呂《ふろ》にはいっていたら、さくが「カーカ、どこにいるんだろう。僕、見てくるね」と心配して庭に探しに行った。

さくが「カーカ、中に入ってもいいの?」と聞きにきたので、「あやまったらいいよ」と言ったら、カーカが来て「すみましぇ〜ん!」と変な顔をしてあやまった。

風呂からでて、「スネーク・フライト」のDVDをみんなで観ることになり、その前にカーカと話した。

「カーカに、話したいことがあるんだけど」

「うん」

「カーカがママのやり方が嫌なら、この家を出てだれかカーカがこの人の言うことならきけるという人のところに行って世話になりなさい」

変な顔をしてる。

「そんな人はこの世のどこにもいないと思うけど。カーカとママは32歳も年が違うんだから、ママの方がいろんなことを知ってるんだよ。同じだと思わないで。ママはカーカと別に戦ってるわけではないし、勝とうと思ってるわけでもないんだから、ケンカじゃないんだから、教えようとしてるんだから、ママの言葉のあげあしをとってそこだけを攻撃したりして、どんな意味があるの？　数年後には、大学生になったりしたらどうせ離れていくわけだから、それまでママが思ったことは教えようと思うし、いけないと思ったことは注意しようと思って言ってるの。ママの言い方の間違いを指摘するんじゃなくて、一生懸命、言葉を間違いながらもママが言ってることを通して、ママが何を伝えようとしているのかを聞いてほしいの。何を言おうとしているのか。さっきのは、人に何かを教えるって忍耐強く教えなきゃいけないんだよって言ってたの。逆切れしてたでしょ？　人に何かを教える時は、辛抱強く教えなきゃ」

「だってさくがトランプを投げるんだもん」

「さくは教えてもらいたがってなかったでしょ。さく、トランプ教えてほしかったの？」

さく「ううん」

「無理に教えようとしてたでしょ」

「するって言ったもん。さくがいけないんだよ、教えてるのに、もういやだって言って投げるから」

「もういやだって思うような教え方をしてたでしょう。理解してないのにどんどん進めて。だからいやだと思ったんだよ。わかんなくて。教えるには、相手が理解するようにゆっくりと辛抱強く教えないと。

カーカは、自分の感情を表に出しすぎるんだよ。ふつう人は20パーセントぐらいしか外に出さないんだよ。カーカは全部出してるじゃん」

「へー、そうか。知らなかった。みんなそうなんだ。じゃあ、これからそうする」と本気で感心している様子。

「これからカーカの言動が間違ってると思ったら、今日みたいに外に出すから。感情がおさまるまで。感情がおさまったら話をきけるでしょ」

「じゃあ、外からさくに叫ぶ。外から家に向かって大声で文句言うから」

「いいよ。………警察が来たりして」

そういえば、前、「人が嫌がるようなことはやめなさい」と言ったら、「だって嫌って言ってないから、嫌じゃないんだよ。嫌だったら嫌って言うでしょ」と答えた。「嫌だけど嫌って言わない人も多いよ。さくだって嫌だけど、嫌ってすぐに言わないこと多いじゃない」

「じゃあ、嫌って言えばいいのに」

「でも言えない人も多いんだよ。気を遣ってたり、ちょっとのことだったら我慢しようと思ったり、まさかもう中2だからそんなことしないだろうと思って相手を信じてたり。前にカーカがみかんの汁つけた子も、別にうれしくはなかったと思うよ」

「でも嫌って言ってなかった」

「嫌って思ってたかも」

「わかるんだよ」

「わかるはずないじゃん、人の気持ちなんて」

「わかるんだよ、もういい。ママにはわからないよ」

「なぜわかるはずないって言うかというと、実際カーカがママの気持ちをわかってないと思うから。違うふうにとらえてる。だから他の人の気持ちもわかってないと思うよ」

「わかるよ」

「わかると思ってれば？」

「うん」

という感じ。本当に、なにか大事なものが中心につながってない。結びついてない。芯《しん》からのびてる線がない。地面から自分を通って天へとのびてく線がない。天から自分を通って地面につながる線がない。どこにもつながってないから、比較も照らし合わせも基準もないみたい。どこかとつながっていれば、安心だし、それと照らし合わせて世の中のものを受けとめられるのにね。ふつうは多かれ少なかれそれがあるのに。さくはあるよ。ママとか、家とか、なんか安心できるものが。安心できるものがあれば、そこにわかめのように足場を築いて、小さくてもしっかりとつながって、そこから世界をのばしていけるのに。自分の世界を構築していけるのにね。

安心できないから大切なものがもてない。大切なものがないから人にやさしくできない。これやったら悪いって思わない。思いやりがない。

そう………、愛がないんだ。

カーカとさくがそばでゲームしている時にこう考えていて、うっかり口から、

「カーカって、(愛がないんだ)」と声がもれた。

「なに？」

「いや、なんでもない」

「言って」

「言ってもしょうがないこと。それ聞いてもしょうがないような」

「言って」

「いやだ」

「じゃあ、なんで言ったの？」

「ハハハ……つい声にでちゃったんだよ。心の中で思ったことが、つい。心の奥のふか～い本心からのつぶやきだったから」

「ふうん」

「そういえば高校のこと、ミラさん言ってたよ。ママの予想と同じだった」

「なんて？」

「言っていいの？」

「うん」

「(聞きたいんじゃん。)近所に行くんじゃないですか？　って。そして行ってから、いろいろ、こういうものかって思うって。ひとりで遠くには行かないって、それほどの強い

気持ちはないから」

「強い気持ちはないよ」

「だったら、近所っていったら、普通科は2校しかなくて、ひとつは進学校で厳しいから嫌でしょ？　だったらもうひとつのとこだね」

「うん。でも、それもつまんないかも……。ちゅんちんに聞こうかな？　どこか東京の寮のある高校」

「だったら自分で連絡して調べてもらってよ。ママは調べられないから。それに細かくフォローできないよ。いろいろついて行ったりはしないよ。ママはね」

＊

というのを思い出し、
私「あのね、ミラさんが言ってたけど、もしカーカの親が、このママじゃなくて他の普通の人だったら、ノイローゼになってるかもって。あまりにもカーカがわかんなくて」
カーカ「へえー、それ初めて聞いた」
私「だからさ、カーカはママを選んできたんだよ。ママがいいって。他の普通の人だったら、遅刻しないようにあれこれずーっと注意するかもよ。とか、勉強するように毎日きりきりしたり、手伝いしなさいって毎日バトル。ママでよかったんじゃない？　自由にさせてもらって。さくもね、他のおかあさんだったら、あれしなさいこれしなさいって言われたかもしれなくて、そうしたら嫌だったろうから、ママでよかったんだって」

カーカ「それはそう思う」
私「え？　どういうこと？」
カーカ「さくはママがよかったと思ってると思うよ」
私「とにかくね、他の人だったらノイローゼになってるぐらい、カーカってむずかしいんだよ」
カーカ「ふうん」
私「ママがよかったんだね。よかったっていうか、まだましだと思ったんだよ、この人がって」
そういえば、最近、カーカ、あんまりイライラしてない。いつも食べては、テレビ見て、歌聞いて、寝てばっかりいるからかな。好きなことだけやってるから。よくテレビを見てるし。
そのあと、私はハンモックに乗って庭を見ていた。
カーカ「でもちゅんちん、ひとつだけいやなとこがあるんだよね～」
私「なに？」
カーカ「恩にきせるとこ」
私「ああ～、そうそう。ママも昔、怒ったことあるよ。カーカにスキー服買ってあげた時、『いいなあ～、そんなの、おとうさん、子どもの頃買ってもらったことないよ～』ってカーカに言うから、『そういう言い方、やめて』って。でも、何も考えないで言ってるんだよね、ふつうに」
カーカ「そうなんだよ」
私「性格っていうか、もう染みついてる考え方なんだよ。なんにも悪気なく。……でも、やさしいし、遊んでくれるし、あんないい人いないよ」
すると、今まで黙ってゲームしていたさくが、「そうだよ」
聞いてたんだ。パパのこと悪く言ってるって思いながら。
カーカ「うん」
私「ほら、さくが気にしてたよ、パパのことだから」
カーカ「そうだね、さくに悪いね」
私「たったひとつのいやなことが、それだったらずいぶんいいじゃん。だいたいね、ちゅんちんの方がずっと我慢して尽くしてくれてると思うよ、カーカに」
カーカ「そうだね」

ブッセ

ブッセと大きく書いてあるお菓子がテーブルの上に置いてある。ご飯を食べながらそれをながめてたさくが、

「ブッセって、ふとって、そのあとやせたみたいだね」

私とカーカ、しばらく意味を考えたあと、

「あ〜、ははは」とふたりで笑う。ブーとかブタのブと、やせるのセだ。

うたたね

うたたねからさめて「ぎゅうして〜」と抱きついてきた。

「どうしたの？」

「ママが死んだ夢、何回も見るんだよ」

「また？　最近、言わないと思ってたら。ひさしぶりだね」

この家って、いい家？

さくが帰ってきていきなり、「おっかあ、この家っていい家なの？」

「え？　知らないよ。いい家かどうかは」

「おっかあはどう思うの？」

「ママは好きだよ。だって自分の好きなように作ってもらったんだから」

「じゃあ100点？」

「うん」

また始まった。家好き。

寝方

さくの基本の寝方は、うつぶせになって片足を曲げる、だ。

先日、カーカがそれを見て、さく、いつもこうやって寝るねって言って、曲げてる足をまっすぐにのばしたら、逆の足をすぐに曲げていた。私やさくのパパもそうやって寝たりするので、遺伝だと思う。

クセってそれを見てなくても遺伝するなっていうのは、前々から思っていた。カーカも、カーカのパパからの遺伝だなあと思うところがある。

学校見学

カーカたち中3は、希望者の高校見学がある。どこにいくか話し合う時間がもたれたそうだ。そして、みんなそれぞれに集まってわいわい話していたけど、カーカだけひとり参加せず、机にすわっていたそう。カーカは将来の希望がないので、高校はとりあえず家から通える公立の普通科に行くことにした。すると選択肢はないので、見学する必要もない。

「行きたいところがあったら、一個だけなら連れて行ってあげるよ」と言ったら、「だってママ、見に行ってなにか変わるの？　って言ったじゃない。それで、それもそうだなって思ったんだよ」

他の人は、まあ、好奇心で関係ないところでもみんなで見に行ったりするらしい。が、カーカは、それで行っていいと思ったとしても、どうせそこに行くわけじゃないから面倒なのらしい。

用紙を切る

朝のばたばたした登校前、カーカがやってきて、サインして書いてハンコを押してと言う。学校の親睦キャンプの参加用紙。半分に切って提出というので、ハサミハサミ、と言ったら、「カーカが切るからいいよ」と言う。

「あ、自分で切るの？　このあいだは自分で切ってって言ったら怒ったのに」

「自分から言った時はいいんだよ。あの時はママの言い方が嫌だったんだよ」

「(ムッ……）嫌でも我慢しなきゃ」

「カーカは我慢しないよ」

ムッとくるが、そのむかつきをすぐに収める。怒ってもしょうがない。子どもって、こういうものだろう。言ってろよ。社会にでたら苦労が待ってる。

カーカが我慢しないで済むのは家族だけだよ。

きょうは花火大会

きょうは花火大会なので、好きな時間にそれぞれが食べられるように、とうもろこしをゆでて、おにぎりを作って、スイカを切って、ビーフシチューを作った。

さくは夕方から友だちと出かけた。カーカは6時半に待ち合わせしてると言って、ゆかたを着始め、帯を作るのを手伝っていたけど、なかなかむすべず、友だちに先に行っててと言ったら、行くタイミングを逃し、途中まで車で送ってあげたけど、そこから歩いて行くのが嫌だからと、そのまま家に帰った。ひとりで歩くのが嫌なのだそう。探すのも。気持ちはわかる。

で、私が出かけるのを待って、一緒に行った。そして無事友だちにも会えた。さくも、やっと最後に見つけた。

はし巻き（お好み焼き）を食べたいというので買って、さくとトコトコ歩いて帰って、カーカを途中まで車で迎えに行く。

家で、買っていた地鶏《じどり》の炭焼きやとうもろこしなどを食べる。

地鶏の炭焼き……、硬くておいしくないと思っていたけど、おいしいのはおいしいことがわかってきた。黒い炭の味が香ばしいのだ。

カーカ「地鶏、残しといてね」

さく「うん。まだ3個ぐらいしか食べてないよ」

私「へえ～、さくも好きなの？　硬いのに」

さく「おいしいんだよ、コリコリしてて」

私「皮が好きなんだよね、ママは」

カーカ「うん。身と皮がついてるのが好き」

私「あ、これ？」
カーカ「うん。全部、だいたいついてるよ」
私「あ、ほんとだ。おいしいね、これ。あんまり味しないのもあるじゃん。これはでも、おいしい」
しばらくしてカーカが、あっ！　と言って、さくの頭につけ毛をつけてみせた。
カーカ「似合う〜。かわいいね」としみじみ。
私「写真、とろうか」
カーカ「うん」
さく「ぼくをおかまみたいにしないで」
カーカ「おかまじゃないよ」

さくの顔

7月24日の夕方、ブランコに乗っていたらさくがきた。顔を見たらかわいかったので写真を撮ってたら、「なにかたくらんでるようで恐い」と言いながら向こうへ行ってしまった。

家庭訪問

夏休み中に、さくの家庭訪問。先生がいらした。若い女性の先生。気を遣ってにこやかに話されるので、こちらも気を遣う。学校では特に問題はなく、けっこうおりこうさんの様子。さくは鼻の頭に汗をかいて、おとなしく座っている。私も特に聞くこともなく、とどこおりなく終わる。

ものぐさ

カーカは生粋のものぐさだ。今日は朝早くのラジオ体操にでようかと昨夜《ゆうべ》考えていたが、あまり急に早起きすると死んでしまうかもと思ったらしく、「死んじゃう……」とつぶやいてそれはあきらめたみたいだった。でも8時半からのサマースクールには行こうと言っていたけど、朝2階から下におりてきて、さくのふとんに倒れこんで、また寝始めた。

8時半を過ぎたので、「あれっ、行かないの?」と聞くと、「行かない」と答え、今見たら、子どもの時からのクセでパンツに手を入れて、ぐっすり寝ていた。

心配

ねころんでテレビを見ていたら、さくが「お金、大丈夫?」と心配そうに聞いてきた。

「大丈夫だよ。なんで? なんでそう思ったの?」

「………最近、たくさん使ってるから」

夏休みになってみんなで服とかの買い物に行ったりしたかららしい。

「大丈夫だって。心配させないようにそう言ってるって思ってんの?」

「うん」

「大変だったら、こんなにのんびりしてないよ」

さくもカーカも、どうも私のお金を心配している。

キャンプ

カーカは中学3年生。先生が思い出をつくってあげたいと、夏の渓谷キャンプを提案した。みんな行きたいと言って、親からも2名、有志の実行委員が決まった。そして参加者を募集したら、希望者が半分ぐらいで、これだと学校の企画としてはできないということで流れた。

で、せっかくだからその実行委員さんが個人的にキャンプをするのでどうですか？ というチラシが配られ、カーカはすぐに申し込んでいた。すると……、
昨夜先生から電話が来て、あさってのキャンプ、女子はひとりしかいませんが行きますか？ とのこと。ええーっ、ひとり？

それで、何人かに電話して、あと2名集めた。

そして今日、聞いたところによると、参加者は全部で5人らしい。つまり、昨夜の時点では、実行委員のふたりの子どもである男子2名とカーカだけだったらしいのだ。たった3人だけだったなんて……。と、私とカーカは軽くショック。

他の女子と話し合わなかったの？ と聞いたら、みんな行くって言ってたし、そのあと

学校に行ってないからわからなかったって。そう、カーカ、全然学校のサマースクールに行ってない。それにしても、女子がひとりだったなんて……なんか悲しい。ふふふ。笑えるような、寂しいような。ははは。

「それはそうだよ」と。

「でもさあ、行ったら行ったで、楽しいよ」と言うと、

「う〜ん」

「高校見学とかもあるしね。みんなそれほど行きたくはなかったんだね」

「じゃあ、みんな忙しいんだよ、きっと。キャンプどころじゃないのかもね」

「うん」

三者面談

中学校の三者面談が学校であった。いつものやさしい担任の先生。

カーカは、特に将来なりたいものがないので、高校はとりあえず家から通えて入れるレベルのところ、という希望なので、そう話すこともなく、進路に関する話は終わった。そして、明日のキャンプの話。きのう集めたふたりの女子のうち、ひとりはやっぱり行かないと言ってきて、どうやら積極的に行きたがってるのはカーカだけのようなのだ。で、どうしますか？　と聞かれ、もう一度行く人たちに聞いてみようということになった。有志

の親も、みんなが行きたがっているのに行けないとかわいそうだからと実行委員をかってでたのに、蓋《ふた》をあけたら行きたい人はほとんどいないという状況で、こんなだったらもうやってもしょうがないと思ってらっしゃるのかもしれない。カーカだけが行きたがっているので、やめられないいんだったりして。そこのところをふまえてちょっとみんなで相談してみてと言う。

最後に、カーカが眉《まゆ》をそってるのが見えて、先生に注意される。ああ～、もう。それですっかり気分が悪くなる。決まりは守ってねって約束したのに。こんど決まりをやぶったら家を出るって約束したよね、とケンカになる。みんなしてるからいいんだよ、なんてカーカはしゃあしゃあとしてる。じゃあ、家を出て、しげちゃんちに住んでよと言ったら、考えてみるだって。むかむかする。

「あーあ、眉ですっかり嫌な気分になっちゃったな～」

「カーカも」

と言いながら帰る。

帰ったら先生から電話で、実行委員の方が仕事で行けなくなったのでキャンプは中止とのこと。カーカは「行きたかったけど、かえってこれで考えずにすんでよかった」って。なんか親たちの人間関係もいろいろあるらしいんだけど、私たちは途中で転校してきたからなにも知らず、そこらへんの事情はわかんないな。でもカーカって女子がひとりでも行こうとするなんて、いったいなにが楽しいんだろう。いったいどこに楽しみを見いだしてるんだろう。自分以外の人のことが眼中にないのかも知れない。
カーカ「あーあ。キャンプ、行きたかったな」
私「カーカ、女子、ひとりでも行った？」
カーカ「うん」
私「ハハハ。なんか、それ、悲しい。カーカって、カッパが友だちみたい」

ところで、先生が、キャンプがダメになったから他になにか代わりのことを考えているんですけどね……と言っていた。その先生っていつも子どもたちの思い出作り思い出作りって言ってるけど、私は、思い出を作るのに特別なイベントなんていらないと思う。ふだんの日常の暮らしがすべて思い出になるはずだ。運動会も、劇も職場体験も遠足もあるんだから。それらを一生懸命にやるだけでも充分忙しいはず。それ以外に特別なレクリエーションをやってあげてそれでみんなの思い出を作り、ひいてはみんなの心をひとつにしたいとか、純な気持ちを取り戻させたいなんて、先生のたわごと、夢想だと思う。しかも、子どもたちが自主的に何かをやりたいと熱望して行動を起こすのならわかるけど、いつも先生が提案して、お膳立《ぜんだ》てをまわりにしてもらうなんて、最も不自然だ。子どもが言い出

したことを許して遠くから見守るのが、できないことだけ助けるのが大人のラインだと思う。それまでは下手に口を出さなくていいんじゃないかと思う。先生は、イベントばかりを夢見すぎる。まるで、先生の方が幼い子どもみたい。現実を見ずに夢を見ている。夢を投影している。本当の意味で正面から子どもたちにぶつかっていないような気がする。私も、今日、話してて、途中までは普通に話してたけど、あ、なんかこういうことをいくら言っても、先生にはわからないだろうなあ、話すだけ無駄だなと感じて、ふっと話すのをやめたんだった。子どもたちも同じ気持ちだと思う。この先生に話しても無駄だと。そう思われたら、おしまいだよね。教師って。いや、一所懸命やってていい人なんだけど、理解力に限界があるというか、気持ちはわかるけど、全然違うんだよその考え、って思う。だって、校則を守ることに関しても、「これからすこしずつ校則を守らなくてはいけないということをだんだんに覚えていってほしいです」なんてことを言うんだもん。校則を守らないといけないってことなんて知ってるよ、中3だよ。わかっててやってるんだから。わかってるけどやっちゃう子どもに、やめさせるよう説得できないと。納得させられないから、子どもはやってるんだよ。真剣に話すには、自分の人生をかけなきゃいけない。それができない先生は、子どもの力に負けると思う。眉をそったらいけないと校則で決められている。でもみんながやってるからやる。じゃあ、みんなをやめさせるには、みんなを説得しなきゃいけない。人生をかけて。いろんな言い方で。それぞれが納得できる言い方で。納得したら、子どもはやめるはずだ。大人に人生をかけられたら、子どもは負ける。

負けてうれしいはずだ。人生をかけて自分にぶつかってくれる大人に出会えたことの素晴らしさを、子どもは心の奥でわかるから。

チンと、しり、なし

さくとお風呂《ふろ》にはいっていた。髪の毛を洗ってというので、洗ってあげた。数日に1回、洗ってあげている。自分ではあまりきれいに洗えないので。

すると目に水が入ったといって怒っている。無視してテレビの話をしていたら、くすんくすん泣き出した。湯船に入って黙っていたら、「ぎゅうして」とやってきた。

ぎゅうしてあげながら、おしりの穴をふざけてちょいちょいっと触ったら、それでまた機嫌を悪くしてしまった。しばらくしてまた「ぎゅうして」と来たので、目に水をいれてごめんねと言ったら、そうじゃなくてさっきぎゅうしてた時にいろいろ触ったからと、また泣きそうになっている。もう触らないからと、肩をぽんぽんとたたく。

風呂からでて、もう機嫌が直って、ぎゅうしてね、さっきしなかったからと言っている。

そして今はベッドで読書。

そして「おっかあ、もうおしり、触らないでね」と言う。

「でも今までやった時、笑ってたじゃない」

「嫌で笑ってたんだよ」

「じゃあ、どこを触ったらいいの?」

「………」

「ねえ」

「………チンと、しり、なし」

「わかった。じゃあ他のとこ触るね」

ちぇっ。だんだんつまんなくなるな。でも、これが子どもの成長というものなのだろう。

アリ

テレビの部屋のたたみに小さな小さな赤いアリを発見した。よく見ると、何匹もいる。ほうきで掃いても、掃除機で吸い込んでも、まだいる。さくと一緒にしばらくトライしていたが、いなくならない。

庭にもたくさんのアリがいる。庭のは黒くて大きなアリだ。庭にでて、目をぼんやりさせて視点を固定して地面全体を感じるようにして見たら、黒いアリがもぞもぞと画面全体を動いていた。

う～む。これは、アリが多いかも。アリの巣もたくさんある。

今の時期、いちばんの売れ筋商品としてドラッグストアに積み上げられている殺虫剤の山。ハエ、蚊、ゴキブリ……、そこにアリ用のもドーンとあったな。

「さく、アリの殺虫剤、買いに行こうか」

「うん」

で、買ってきた。置くタイプと、粉の。

置いて寝て、朝、見ると、まだいて、元気に動き回っている。

さく「効かないね」

私「違うよ。これからだよ。巣にね、持ち帰って、そこで死ぬんだって。

庭のもいっぱい動いてた」

さく「全滅したらどうする?」

私「全部は死なないよ。ちょっとは生き残ってないとね」

と、ここで私は思った。人間もそうじゃないか。今は人口が増えすぎて困ってるし、これからも増え続けるという。こんなに増えたら自滅か、こうやって殺されるか。どちらにしても、ひとつの環境の中でひとつの生き物が増え続けて生きることはできない。

ちょっとは残ってないとというのは、それを遠くから見てる第三者の無責任な希望みたいだな。多すぎるのは困るけど、数が少なかったら生きててもいいよ。生きてた方がいいよ。バラエティに富んでたほうが、おもしろいし、きれいだし。

人間もアリも似たようなものかも。

ちょっと考えた

塾から帰ってきたカーカが(塾というのは、家から車で20分ほどのところにある個人塾で、週3日、同級生数人で習っている。私は送り迎えをしたくないので、送り迎えをするような習い事はしないでねと言っているのだけど、カーカの友だちのおかあさんから電話がきて、送り迎えはするので一緒にどうですか？　と誘われたので、そのおかあさんにお世話になりつつ、そこに行かせている)、「ちょっと考えた〜」と叫びながら部屋に飛び込んできた。

「なに？」

「カーカね、社会が嫌なんだよ。だから普通科じゃなく、英語をやるってことで、○○ちゃんのお姉ちゃんが通ってる私立の英語科に行こうかな」

「ああ〜、うん、いいんじゃない？　宮崎だから、寮だね。カーカは狭いところじゃなくて、広い世界がいいと思うよ」

「うん。このまま続けばいいなあ〜」

「気持ちがね」

夏休み

暑いので、子どもたちは家の中でごろごろして、テレビを見たり、マンガよんだりゲームしたりしている。テレビを見ながら、

さく「アンパンマンって耳がないね」

カーカ「鼻の穴もないよ」

「ザ！世界仰天ニュース」かなにかの予告で子どもを虐待するベビーシッターを見て、

さく「カーカは、まだいい方かも。蹴《け》らないから」

私「悪い方の、いい方だよ」

本を読みながら無視するカーカ。

それから、私は自分の部屋に帰ったが、カーカがゲゲゲの鬼太郎のおやじの真似をする声が遠くからさかんに聞こえてきた。

夜は喫茶店で、カーカはチキン南蛮、さくはたらこスパ、私はナポリタン。食後に白熊(フルーツカキ氷)。

それ

宿題をするさく。午前中は寝ているカーカ。

台所の一角に、それはある。それとは、去年のお正月にオーストラリアで買ってきたローヤルゼリーとスクワランとオメガ3とプロポリス。薬や錠剤が嫌いなのに、ついつい買ってしまい、しかも一粒がものすごく大きくて喉《のど》を通りにくく、見るたびにうっすらと気が沈むしろものだ。そのことをさくに話したら、じゃあぼくが飲むよと言って、2~3日は飲んでいたけど、もう忘れてしまったようだ。期限を見たらどれも2008年前半ぐらい。まだ大丈夫……。私はこういうの飲むの嫌いなのに、なぜ買ってしまったのだろう……。不思議だ。外国だったからだ。名物だし、お買い得だと思ったからだ。もう捨てたい。こんなの、こんなの、とても不自然。いったい何のためにこれを飲むんだろう。これを飲んだからといってどう変わるのか、そんなのだれにもわかんないんじゃないかな。人の消化作用って個人差があるだろうし。だれかにとっていいものが、他の人には悪いってこともあるだろうし。

そうそう。この意気。今後二度とこういうたぐいのものを買わないように、頑張ろう。

ぼうず

午後、さくの髪の毛を切りに行くことになった。さくの行きつけの床屋さんへ。

で、その前にどういう髪型にするか、カーカもいれて話し合う。

私「ぼうずにしたら？」

さく「え～、いやだ。ぼうずってどういうの？」

カーカ「しなよ。パパみたいな感じだよ」

私「そうそう。洗ってもすぐ乾くよ」

さく「ええ～」

私「ここで1回しといたら、もうずっとぼうずに抵抗なくなるよ」

さく「う～ん。いいよ～、じゃあ」

私「ぼうずにする？」

さく「うん」

で、行ったけど、行ってからカットしてくれるお姉さんと一緒にまた悩む。かなり印象が変わるというので。おでこが広いし。べつにぼうずにする必要はないから、数分悩んだ後、短めのカットにする？　と言ったら、うんと言うので、ぼうずではなく短めのショートに。それでもかなり短くなった。

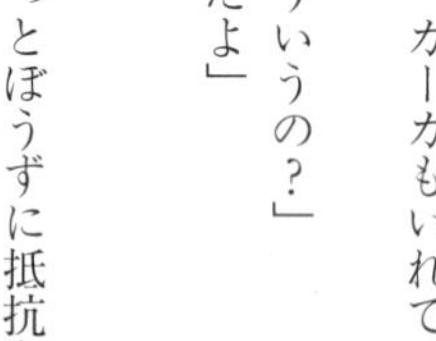

髪の毛が短いとあまりかわいく見えないな。最近、夜のかわいい寝顔をちょこちょこ写

真に撮っていたのだが、なぜか寝顔もかわいく見えない。髪の毛の印象って大きい。

町内のこどもソフトボール大会とカレー会

カーカが町内ソフトボール大会にでて、試合は負けたらしい。昼にでた弁当の残りを友だちの家に忘れてきたとかで、カレー会の時にもってきてと電話していた。

「肉がうまかったんだよね〜」

「何割ぐらい残ってたの？　1〜2割？」

「うん」

しばらくして私の部屋にやってきて、

「乙一《おついち》の本、全部買って〜。文庫本の」とか、「成績がよかったら『金八先生』のＤＶＤ全部買ってくれるっていったよね？」とか、「ママの本ではやっぱカーカたちがでてるのが売れるんだよ」なんてことをひとしきり勝手にしゃべって、また出て行った。

夜はカレー会。外で手作りのカレーを食べて、子どもたちはスイカ割りと花火。準備が大変なのは、去年、係だったからわかる。今年は食べるだけだから楽。行かないつもりだったけど、誘われたので、行った。

旅行の準備

あしたからみんなで金沢旅行。それの準備をきょうはしていた。3人分の旅行カバンを広げて、午後にパッキングしようと言って、私とさくはやったけど、カーカはだらだらしていてなにもしていない。いつもこうだ。そして、出かけるときになってぐずぐず時間をかけて、こっちをヤキモキさせるのだ。そういうところがとても、嫌だ。置いていかれないことがわかっていて、だらだら時間をかける。こういう迷惑かける甘えた人、大人だったら自分で来てって置いていってる。恋人だったらとっくに別れてる。

そしたら、夜、ふたりが私の部屋でうるさく遊んでて、しばらくしたらカーカがさくに「ジャニーズにはいりなよ、野球選手なんて絶対無理だよ」ってしつこく言い出して、さくがいやだって言ってるのに、何度も何度もなんで？　なんで？　って言って、それは僕の夢じゃないからってさくが言ったら、野球選手なんてなれっこないじゃんなんて言うから、「まだ8歳なんだからそんなこと言わなくてもいいじゃん。それに、いやだって言ってるのにしつこく言わないでよ」と私が言って、そしたらぶーぶー口答えし始めて、こういう感じは昔からだったけど、もううんざりしながら「いやなことを強要されたらいやでしょう？」なんて言っても、カーカは「いいもん」なんて言って、野球が無理なんていわなくてもいいでしょうと言ったら、言ってないよ、今は言ってないよって言い出して、それはさっきでしょ、今のことを話してよなんて口答えばかりするので、部屋から追い出した。

子どもの性格

子どもの性格によって子育てって全然違う。さくのような子は、自然に手伝いもするし、感謝やいたわりの気持ちを持ってるから、あまり言う必要がない。しかし、カーカのような子は、甘やかすと何にもしない。本当に何にも。洗濯物たたみを唯一の手伝いの日課にしていたのに、それもしなくなった。そしてさっき、テレビの録画で見終わった番組を消してないっていう言い方があまりにも横柄だったので注意した。そして、その流れで手伝いをする約束をさせた。洗濯物たたみと週1回の掃除。洗濯物たたみをしなくなったのは、毎日してるってしらなかったからなんていう。手伝いをしないのは言わないからだ、言えばするのになんてぬけぬけと言う。何度言ってもしなくて何日分もの洗濯物が山になっていたのに。そういうこともすべて忘れてしまうようだ。

注意しようとして話し出したら、立ってうろうろしながら聞いてるので、ここにすわりなさいと言ったら、「5分でね。ドラマが始まるから」「こっちが優先でしょ」「じゃあ、録画してくる」なんて言ってしに行った。ムッとしながらそのあいだ私はじっと待って。

幼い頃、何を言ってもきかなくて、最終的に私が大声と怖い顔で怒鳴りながら走ってかないといたずらをやめなかったカーカだが、そういう、何を言ってもきかないところは変わらない。この人をだれも変えられないと思う。だれも歯が立たないはず。なぜなら、なにをされても、どうなってもそれでいいと思っているから。したくないことをしないことで起こることでは、なにも困らないから。好きにやって、その結果どうなっても、へとも思わない。なににも困らない。人が上履きで踏んだスープのキャベツをうけ狙いで食べるぐらいだから、羞恥心《しゅうちしん》もプライドもゼロ。ここまでの化け物をよく私にまわしたなと思うよ、ホント神様は。

家族が日常生活を楽しくすごそうと思えば、好き勝手させるしかない。でも、手伝いをさせたり、口の悪さを正そうとすれば、いきなり家の中が楽しくなくなる。どちらかしかない。空気が重苦しくなっても注意するか、態度が目に余っても楽しく暮らすか。それで悩む親はけっこう多いと思う。このタイプの子どもは、甘やかすと家は平和だけど、だらしなく横暴になり、わがままがエスカレートする。厳しく注意すると家中が暗くなる。やだなあ。私が、もういいやってあきらめて、楽しく暮らそうとすれば、あの態度を容認しなきゃいけない。態度が目にあまり限度を越えると、私も怒って厳しくしようと思い、笑いが絶える。それの繰り返しだ。早く、家を出てほしいと願うのみ。もう出る時期だと本当に思う。ふたりの主人がひとつの家にいるのは難しい。

いじわるカーカ

カーカがなにかで機嫌を悪くして、さくにもう夏休み中はゲームをしないという約束をさせたらしい。まだあと3週間もあるというのに。さくにいいの？　と聞いたら、「いいよ」と言っている。「一生じゃないし……」と小声で。あんなに楽しみに毎日やっていたのに。かわいそうなさく。カーカのこういうところも嫌いだ。横暴で。

そして、宅配便が来てもでてくれなくて、ママは仕事部屋にいて聞こえないからでてよと言ったら、忙しいからなんて言う。電話はでない。宅配便も受けとらない。なにもしないカーカ。

さくとふたりで私の部屋にいたら、カーカの楽しそうな雄たけびが聞こえてきた。

さく「カーカ、元気いいね」

私「それはそうだよ。ママたちを嫌な気持ちにさせてるから気分いいんだよ」

しばらくしてから、さくにゲームしていいよと言ったら、カーカも特に反対しなかった。ちょっとやりすぎたと自分でも思っていたのだろう。

昼にスパゲティを作る。トマトとズッキーニと瓶詰めの甘エビの塩辛で。

カーカが甘エビの塩辛を入れたのを驚いたので、

「そう。けっこうおいしいでしょ？　実は、昔ね、若い子たちがママんちに遊びに来てた頃、家になんにもなくてお腹すいて、買い物行くのも面倒で、っていう時があって、男の子が『オレ、チャーハン得意だから、作ってあげるよ』って言って、材料なんにもないよって言ったら、『だいじょうぶ、だいじょうぶ』って言って、作ってくれたんだけど、おいしかったの。焼き豚みたいなのが入ってて、肉なんてあったっけ？　って思ったら、それ、冷蔵庫にずっとあったイカの塩辛。で、いいアイデアだなって思って真似したの」

「ふう〜ん」

「おいしいよね」

「うん」

「先入観を取り払うといろいろと利用できるね」

感謝

出張から帰ってきた日。ブランコに乗りながら、
さく「ママ、感謝してるよ」
私「なにを?」
さく「いろんな人生経験させてくれて。旅行とか……」
私「…………カーカ! 聞いた? 今の!」と2階のカーカに向かって叫ぶ。
カーカ「聞いたー!」
耳をふさぐ、さく。
私「どうしてふさぐの? カーカがなんか言いそうだから?」
さく「うん」
本当にいつも驚かされる。さくのこの、親に対してありがとうとか、感謝とか、申し訳ないと思っている気持ちには。カーカも同じ気持ち(驚いている)だろう。

夏休みのぐうたら

ブーブーいいながらゲームをしているカーカ。うるさいので私の部屋にさくと移動する。
さくが心配そうに「もしさあ、カーカが大人になってやくざになったらどうする？」
私「やくざになるかもって思ってるの？」
さく「ううん。もしもだよ」
私「だったら、ならないかもしれないでしょ？　もしなったら、そのときに考える。なるかならないかわからないのに考えるなんてムダでしょ」

朝昼兼用のごはん。さくはハムエッグ。
さく「マヨネーズとって」
私「はい」
さく「なんかへんだよね。なんでマヨネーズっていうんだろう。マヨネーズマヨネーズっていってると」
私「ああ〜、そうなんだよね。だんだん意味がなくなるよね」
さく「ときどきへんだなあって思うよ。うんこうんこうんこ……」
私「ごはん中にいわないで」
さく「あ、ごめん。しょうゆしょうゆしょうゆしょうゆ……」

私「ハムハムハムハム……」
さく「ふぐふぐふぐふぐ……」
私「はしはしはしはし……」
さく「たまごたまごたまご……」
私「こめこめこめこめ……」

ばい菌カーカ

カーカがフロにもはいらず不潔にしていたからか、かゆいのが肩から両腕に広がって、病院に行こうと言っても、もうちょっと待ってなんて行かず、一進一退を繰り返していたが、この夏、ついにそれが顔にまで広がってしまった。じくじくしたかゆいできものとかさぶたが目の横に広がっている。
私「フロに入れば？」
カーカ「きょうはいるよ」
私「なんでそんなに不潔なの？」
カーカ「きれいだよ。カーカがいちばんきれいだよ」
私「フロにはいってないじゃない」
カーカ「きれいなんだよ」
自分のことを清潔だと思ってるようだ。

べんきょうがしみこむ歌

ずっと家にいてゲーム＆歌＆ビデオの子どもら。さくが勉強をしていたので、私の口から、即興の歌が生まれた。

「べんきょうする子に　べんきょうが～

どんどんしみこんでいくよ～

どんなふうにかなあ？（興味深げに）

こんなふうにだよ～（声高らかに）」

さくにもウケて、さっそく口ずさんでいた。

ゲームのも考えた。

「ゲームをする子に　おつかれが～

どんどんしみこんでいくよ～

どんなふうにかなあ？

こんなふうにだよ～」

しあさってから奄美《あまみ》大島《おおしま》に行くので、宿題をやってねと言ってるのだけど、どうやら全然やってない様子。まださくはちょっとやってるみたいだけど、カーカはまったくだ。別にいいけどね。顔のかさぶたみたいなのはいっこうに治らず、オバケみたいだ。

「カーカ、バチがあたってるんじゃない？　人に意地悪してるから」

特等席

お風呂《ふろ》に入って、今日は丁寧に髪の毛を洗おうと心がけて丁寧に洗っていたら、外でドンドンという音がした。これは？　……花火の音だ。窓から外を見ると、花火の一部が見えた。さくが走ってきたので、花火だよ、ほら、外、と見せた。上で見ようかと言って、はだしのまま、髪の毛にシャンプーをつけたまま、裸で風呂のドアから外へ出て、ベランダへ上った。カーカもやってきた。川向こうの涼風園という施設の花火大会だ。よく見える。色がとても鮮やかで、きれい。真っ黒の空にくっきりと光っている。レモン色、朱色のようなきれいな赤など、初めて見るような色だ。きれいきれい。外から見えないか気になるので、階段の途中の木のあいだから髪の毛をゴシゴシしながら見る。仕掛け花火のあいだ、ちょっと打ち上げ花火がやんだので、バスタオルをとりに行って、巻いてからベランダのふたりのところへ。椅子にすわって見た。さくが「いいねえ〜。ここから見れるなんていいね〜」と何度も言っている。

「家から見れるなんてね、特等席だね」

「ほんとだね〜」

花束みたいに色とりどりのがあがった。

パチパチバチバチと。

短い時間だったけど、すごくよかった。

明日から旅行

明日から奄美大島。カーカの顔がひどいので小児科に行った。電話したらもう診察時間は終わっていたけど、診てくださるというので。

塗り薬2本と、飲み薬をもらう。塗り薬の1本は、カビの薬。カビかもしれないって。そうかもしれないと思うよ。あんなに不潔だもん。紫外線にあたらないようにと言われる。帰ってからまた来てくださいと。

旅行の準備もしてない。さくは明日までにやらなきゃいけない宿題がたくさんあることに気づき、大変だ。カーカが大声で叫んでいる。叫びながらこっちに走ってきた。

「カーカね、高校で英語やるでしょ？　そして、アメリカに行って、変な人といっぱい会ってくる！　変な人って、変わった人だよ」

私「それがいいよ。世界一周とかしたら？」

旅行から帰る

カーカのできものはまだ治らない。皮膚がむけて、赤い身が見えている。ものすごく痛そう。顔、首、背中、ひじ、おしりなど。病院へ行ったら、とびひになっていると言われる。カビの薬はやめて、かゆみ止めと、経口抗生薬をもらう。これで炎症がおさまるかも。

8月23日（木）

（ここから日付けを入れます。というのは、それを言ったのはいつか、そう思ったのはいつか、ということが私にとってはすごく重要だということがわかったからです。何年何月何日に思ったことと、というのをはっきりさせないと、流れが確認できないから。ということは、『つれづれノート』のあの日付けの入った形式というのは、ただなんとなくではなく、あれじゃなきゃいけない形だったということがわかりました。日付けと一緒になって初めて意味があるのです。全部がひとつの長い話のようなものだから。）

夏休みももう終わるというのに……、カーカは宿題をやっている気配がない。さくはまあまあやってるけど、漢字のドリル、35ページのうち、今まだ3ページ。宿題をやりなさいよと言う。カーカはとびひがひどいので、今日、明日はテストだったけど休んだ。でも、きのうの薬を飲んでいるせいか、午後になったら炎症がおさまってきた様子だ。直径10センチにもわたってまるく皮がむけて赤い真皮がみえていた部分も、中央部分から皮膚が復活しているように感じる。が、新しく赤いぽっちりができているところもある。

夕立が襲ってきた。あわてて洗濯物を取り入れる。

カーカとさくはずっと家の中でごろごろしている。私は右肩から首にかけてがすごく凝ってて痛い。

パンツ一丁で部屋をうろうろしていたさくが「冬っていいよね〜。冬っていいよね〜」

と言い出した。「冬って、ゆったりとしてるじゃない？　コタツにはいってみんなでゆったりテレビを見たり」

「じゃあ夏は？」

「夏はみんな行動してるっていうか」

「春は？」

「次のステップにいく時」

「秋は？」

「秋は……まあ、旅行とか」

「さくは家でのんびりするのが好きだもんね」

「うん」

そんなさく、5月から野球部に入ってたけど、もうやめたいと言いだして、最近は練習に行かなくなった。どうする？　と聞いたら、やめると言う。なんか、自由に楽しくやるのが好きで、一生懸命鍛えられるのが好きじゃないみたいだ。うちはみんなそう。私もそうだったし、カーカもソフトボールをやめたし。性格的に、マイペースでできるものじゃないと難しいかも。みんなで一緒にがんばるっぽいものは。私も、さくがやめてくれれば助かる。日曜日とか試合に連れて行かなきゃいけないから、時間的にも束縛されるし。

で、やめるんだったら早く言わないといけないよと言って、夏休みが終わったら言おうかと決めたけど、そのことが気になって、気が重い。ゆうべも考えると暗くなった。で、今日言おうということにした。すぐやめると言うのも言いにくいので、「やめたいと言ってるんですが、一応、様子を見るためにしばらく休ませてください」と会長さんに電話した。それでちょっとふたりでほっとする。

なにか習い事でもなんでも、入る時はいいけど、やめる時が嫌だね。簡単に入らないようにしたいけど、子どもがやりたいと言いだしたら止める気にはならないしな。月謝があるのはやめやすいけど、学校のとか、教える人がボランティアでやってくれるようなのは、人の気持ちが入ってる分、やめにくい。

習い事、スポーツ、とにかくやめる時が大変。なんか悪くて。気が重い。

カーカが「つれづれノート14　川のむこう」を読んでる。ところどころでギャハハと笑いながら。どこどこ？　と聞く。そのあと、さくも読んでる。笑ったり、「へえ～」なんて言いながら。なに？　と聞くと、「さく、目を開けて黒目を左右に動かして寝てるんだ～」とおもしろそう。また笑ったので、なに？　と聞くと、「教えたくないんだよね」って。「そうなんだよ」とカーカも。教えたくないんだって。そうだよね、それ、わかる。

奄美大島のカフェのスパゲティを真似して、作った。おいしくできた。カフェ「みきりんや」だ。オリーブオイルをたっぷり使ってニンニクを入れたら、だいたい似た味にはなる。それ以来、「みきりんや、みきりんや」とうるさい。

「今日はなに？　みきりんや？」

「今日は、違う」

ガックリ……。

「今日は？」

「今日は、みきりんや」

わーい。

ジェラート・コン・カフェも、バニラアイスにコーヒーを注いで作る。エスプレッソじゃないからちょっと違うけど、コーヒー牛乳みたいでおいしい。

8月24日（金）

お風呂《ふろ》でテレビを見ていたら、細木数子に子どもを産みたくないという妻のことを相談する夫がでていた。さくが、

「おっかあ、こども、男と女ひとりずついてよかったね」という。

「うん。そうだね。しげちゃん（私の母）なんて、男と女ふたりずつ産んだんだもんね〜」

「だれ？」

「知らないの？　しげちゃんの子ども」

「おっかあと、……てるくんと、……なごさん？」

「なごさんは、てるくんの奥さんでしょ」

「おっかあと、てるくんと……、わかんない」

「あと、えみさんと、せっせだよ」

「ええっ！　せっせってしげちゃんの子どもなの？」

「そうだよ。なんだと思ってたの？」

「しげちゃんの夫」

「ええーっ！」

「年が違うからちょっとへんだなあと思ってたけど」

「いつから思ってた？」

「前から……小学1年ぐらいから……」

「ハハハ。しげちゃんの子どもだよ。ママのおにいさんだよ。時々、おにいちゃんって呼んでるじゃない」

「そうか～。今わかったよ。今度、紙に書いて」

「うん」

びっくり。

そのあと、部屋で一緒に「金スマ」を見た。假屋崎邸《かりやざきてい》新築記念。さまざまな豪華な部屋のオンパレード。

「掃除が大変そう」と言ったら、「さくもそう思った」

「假屋崎邸と、この家プラスママと、どっちがいい？」

「この家」

「じゃあ、假屋崎邸と、この家」

「この家。慣れてるから」

「じゃあ、假屋崎邸プラスママと、この家」

「假屋崎……、うーん……ママがいるとこがいい……、この家とママがいい」

その後、パジャマのズボンをぎりぎりまでさげて、ほら、ぎりぎり、と見せていたが、

「見えてる」

「ほんとだ。まりもっこり」と言いながら、むこうへ行った。

8月25日（土）

ふたりが東京に遊びに行く日。3泊4日。朝からバタバタ。カーカのとびひが治ってきた。赤い身が白い皮膚に変わってる。ふたりとも、とても楽しみにしている。むこうでは自由だしね、ゲームやり続けても怒られないし、ビデオ見たり、遊び放題。

空港まで送って、帰りにガソリンスタンドでガソリンを入れる。いつもにこにこしている感じのいいにこにこさんがいた。そして、私が見込みあると思っている少年も。さわやかで大人しく男らしい彼、さっぱりとしてそうな彼（想像）。心の中で応援してるよ！

さっぱりくんを見たので、気持ちもさわやか。

家に着いたら、イカちんから、渋滞していて到着の時に間に合わないかもという電話。カーカから電話が来たらどうするか打ち合わせる。

しばらくしたらカーカから電話がきた。遅れるってと伝えてからイカちんに電話したら、今ロビーに着いてさがしてるところ、あ、いた、という声。会えたらしい。

8月26日（日）

3泊4日も自由。家にひとり。うれしい。

きのうからどう過ごしたかというと、まずDVDを借りてきて観て、お腹すいた時にご飯を食べる。いつもの時間じゃなく、不規則に。そして、本を読みながらうたたねして、夜遅くまで電気をつけて、まったく自由にすごした。すごくリフレッシュ。もし子どもがいなかったら、いつもこんなふうなんだろうなと思う。とても落ち着く。10日間ぐらいこうやっていたい。どこにも出かけず、だれとも連絡をとらず、だれともしゃべらずに、閉じこもっていたい。

8月28日（火）

ふたりが帰ってきた。楽しかったらしい。
さくの手をとろうとしたら、はねのけてる。あれ？　大きくなったんだ。
私「さく、パパと会った時、走って行って抱きついてた？」
カーカ「ううん」
私「前は抱きついてたのにね。パパは、さくにチューしてた？」
さく「ううん」
カーカ「そういうこと、みんなもう忘れてたよ。前のことは」
私「ふうん。成長したんだね」
宿題がたまっていて、気が重そうなふたりだ。が、買ってきたマンガやゲームを楽しそうに読んだりしている。夜になって、目覚めたといいながらさくが、宿題の習字をやり始めた。たび立ち、という字をすごくへたっぴに書き上げた。
皆既月食だった。外に出てみると、三日月みたいになっている。それからだんだんに見ようと思っていたらすっかり忘れてしまって、次に見た時はもう満月だった。途中の移り変わりを見ればよかった〜。

カーカのとびひは治ってきてた。

8月30日（木）

カーカと飛行機の話。

カーカ「ANAは嫌だ」

私「どうして？」

カーカ「イヤホンにクリームみたいなのがついてた」

私「それ、いやだね。言ったらいいんだよ」

カーカ「テーブルだしたら、テーブルにもついてた。子どもだったからか、こっちを見てくれなくて、毛布をもらえなかったし」

私「そうだよ。子どもだから。親が言うと思ったんだよ」

カーカ「JALにして、今度から」

私「うん。でも世間では今はANAの方が評判いいけどね。出張で、チケットがJALだとガッカリするってだれか言ってたよ」

カーカ「それに、これは何百回に一回の確率かもしれないけど、へんなパイロットがいるし」

私「どんな?」
カーカ「変なんだよ。俳句よんだり」
私「あ!　ママも1回、すごくへんなパイロットがいたよ。昔。すごくしゃべってた」
カーカ「そう、すごくしゃべるんだよ。3回ぐらい」
私「ママも、3回ぐらい。長く。同じ人かも」
カーカ「おばあさんたちは好きかもしれないけど。拍手してた。俳句よんだ時」
私「どんなことしゃべってた?」
カーカ「セミのオーケストラとか、なんとかのゆりかごのようなゆれがあるかもしれませんが……」
私「あ、同じ人かも」
カーカ「天使のさえずりのような、あなたの暮らしをお楽しみくださ い、って。あんまりへんだったから、ママに教えてあげようと思って紙に書いたんだけど、茶色の封筒なかった?」
私「もう捨てたよ、たぶん。さくは覚えてる?」
さく「森の妖精たちが騒ぐような……って」

9月2日(日)

夏休み最後の日。

中学校の奉仕作業があった。朝7時から草むしり。早朝は、ずいぶん涼しくなってきた。ひさしぶりに早起きして、朝の空気に触れる。

グランドのまわりの草をちょこちょこ抜く。ずっとしゃがんでいると、足が痛くなる。たまに立ち上がると立ちくらみだ。知人がいたのでむしりながら話をする。いつも良識ある人が困った人の被害にあうね、などとグチったりしながら楽しく。

空を見上げると、秋の空。


トゥトゥが午後、近くを通るから寄るねと言ってたのだけど、さっき電話で、忙しくて寄れなくなったとのこと。彼女はホントにいつも忙しい。


カーカと友だちとさくとせっせが午後中ゲームをして、やっと終わって私がきのう借りてきた「デジャヴ」を見ていたら、さくがオレンジジュースを飲んでいたのでカーカがそれにいちゃもんをつけて、ケンカ。

カーカはオレンジジュース、さくはぶどうジュースしか飲んじゃいけないって決めていたらしい。一生。いつのまにか。

「それっておかしいんじゃない？　どうして人の飲むジュースを決めるの？　嗜好《しこう》って変わるでしょ？」

「カーカは、ぶどうジュースを飲まないから」

「自分が飲まないからって人にまで強制するのはおかしいよ」と、なんだか不毛なケンカ。あー、ムカムカする。さくはカーカに気をつかって、どっちでもいいよと言う。

結局、「さくにぶどうジュースを買ってきて」と言ったら、同時にオレンジジュースかりんごジュースをカーカに買ってきて」という結論に。しばらくしてさくに、

「ママは、カーカのこと嫌いになることがあるんだけど、さくは？」

「谷あり」

「え？」

「山あり谷あり」

「うん……。だよね～」


夜、さくのゲームのメモリーにカーカが間違ってコピーしたらしく、さくのメモリーが無くなって、カーカのメモリーが2個になっていた。それをさくが悲しんだら、カーカはあやまりもせず、このゲーム機が壊れてるのかも、と言う。あきれて何も言う気がなくなった。私の部屋にさくとふたりで帰ってきて、さくに、

「もうどうしようもないし、どうせさくは小さくてカーカには勝てないから、あと半年我慢するしかない」と言う。「半年したら寮のある高校に行くかもしれないから」

9月5日（水）

『銀色ナイフ』に入れる小さなイラストを描いた紙をさくに見せて、どれが好き？　と聞いたら、傘にダイヤ形の光が落ちてくるのを指して、

「これが、おっかあらしい」

「このダイヤが？」

「うん。ふつうは点々でしょ？　でもふつうじゃないところに、おっかあらしさが出てる」

「ふうん」

風呂《ふろ》にはいろうとしたら、お湯の中に無数の毛が！　またカーカが中で毛をそったんだ！　やめてって言ったのに。ムカムカするから網で一生懸命すくって白い洗面器にお湯と一緒にためて、見せることにする。すくう。洗面器。すくう。洗面器。かなり丹念に集めた。

　帰ってきたので、またそったね、やめてって言ったのに、と言って風呂場に連れて行ってそれを見せた。

「ああ～。だったっけ？　忘れてた。言われたの、もうずっと前だったから」なんて笑ってる。

「これをじっくり見て、どんな気持ちになったか考えてみて」

「うん」

テーブルの上にいろんなプリントがあった。一番上のは、カーカのクラスの夏休みの宿題提出状況の一覧表で、14項目あって、それぞれに提出○、不完全で提出△、未提出×が記されている。全部提出した人は横線一本で消されてる。よく見ると、全部終わった人が32人中7人。そして、あと2~3個の人が最も多く、半分以上未提出の人は8人。それでも、2つか3つは出してる。どれも出してない人はカーカだけだ。夏休み中、勉強している姿を見なかったので、「夏休みの宿題ってないの?」と聞いたら、「ん? やってるよ、夜中に」なんて言っていたけど。きっとやらないままでなんとかやりすごそうと思っているのだろう。去年のように。

9月7日(金)

夜寝る時。さくがベッドでマンガ(『でんぢゃらすじーさん』)を読んでいた。そういえば、さくは春から隣の廊下で一人で寝ることにしたのに、夏暑かったからいつのまにかまた私のベッドで一緒に寝ている。

で、私がそのマンガを読むさくの近くに寄って、顔をじっと見て、「ぼん、もしこの部屋にぼんの好きな人がいたら、その人の目を見て」と言いながら目をじっと見た。

さくは、ぴくっと顔をゆがませたあと、ずっとマンガを読んでいる。こっちを見ないようにしている。でもついに我慢できなくなったらしく、私の目を見た！

「我慢できなくなったんだね、ハハハ」気になるよね。

それを2回ほどやってから、今度は「じゃあ、向こうの部屋に好きな人がいたら（カーカのこと）、この壁の木目の丸い目のように見えるところを見て」と言ったら、今度は速攻でくるっと正反対の空気のところを見て、笑っていた。

9月8日（土）

ひさしぶりにカーカがうなった。昼、お腹すかせて帰ってきて、おかずがスープ（具だくさんの鶏肉スープ）だけだったのに怒ったのか、私の話し方に怒ったのか、ある人に電話してって私に頼んだら「自分で電話して」と言われて怒ったのか、わからないけど、いきなり顔をひきつらせてうなりだし、床に倒れて30分間ほどバタンバタン、ウーウー言いながら泣いていた。

「わからないから、話して。どうしたの？」とか「コンビニでなにか買ってこようか」と言ってもうなり続けている。恐いほど。殺されるとしたらこういう瞬間かもな、とまた考える。さっきまで普通にしゃべってたのに。なにかが逆鱗《げきりん》に触れ、そしてあっというまにこうだ。

しばらくして、友だちに電話しているのが聞こえた。普通に話している。私は部屋の戸を閉めてすき間からそっとのぞいていた。すると靴下をもってこっちへやってきた。これから出かける様子。戸を開けられる直前に、先にガラガラッと開けたら、ものすごく驚いたようでギャーッと恐怖心いっぱいの声でさけんで泣き始めた。それから床に倒れてうなり、数分そのまま。すさまじい猛獣のうなりだ。そして、出て行った。

さくが帰ってきて「心臓って体の真ん中にあるでしょ？　でも時々、まくらとか、おふとんから聞こえる時があるの。どっどっ、て」

「うん。あるね。血管を血が流れる音だよ」

夕方、カーカが帰ってきたが、機嫌は直っていた。そして「今日、新しい友だちができたんだよ。すっごくうれしい。いつもなら時間がかかるけど、友だちが紹介してくれたから、すぐに仲よくなれた。いい子なんだよ〜。毎日新しい友だちができるようなのがいいな」と上機嫌。

9月9日（日）

9月になったら、朝方がすずしくなった。もう秋になるんだな。

カーカは運動会の準備で朝早くから学校へ。このあいだカーカの友だちが遊びに来た。とびひに懲りて、「これからは毎日お風呂にはいるようにするんだ」と友だちに言ったら、その友だちが「よかったね。よかったね」とうれしそうに言っているのが聞こえた。うれしいよね、友だちも。自分の友だちが清潔にしてくれるって。

午前中は、さくの「かけっこ教室」。空手を習っている体育館で無料のかけっこ教室があるというので係の方が申し込んでくれたのだ。行ったら、親子でどうぞというものだった。私はすぐ帰ろうと思っていたのだけど、ストレッチだけでも見学していこうかと見ていたら、そこにいた人に一緒にやったら？　と言われてストレッチをやってみた。教えてくれる先生はスポーツジムで働いてる若い男性。すごく教え方も上手な気がして、これは習いたいなと思い、そのあとの5分休憩のあいだに目の前の家に走って帰り、運動できる服に着替えてきた。ほとんどが基礎的なことだったが、基礎が大事なのだろう。ストレッチ、歩く練習、スキップ、膝《ひざ》を高く上げる、どんな体勢からでも笛の音で走り出す練習などど。2時間。

汗びっしょりになった。丁寧でやさしい、笑顔のある先生だった。たまにイライラしてる先生っているから。表面をさっとなぞってるな、っていう落ち着かない先生。そうじゃなくて、ちゃんと目の前のことを見ていて丁寧だった。いい先生にやさしく教えてもらえる機会って、そうそうない。とても有難い経験だった。
(次の日、ちょっと筋肉痛。)
いい先生の条件って、イライラしないっていうのもあるな。だって教わる方は、それを知らないから、出来ないから教わるんだから、出来なくても忍耐強く待っててほしいよね。

9月10日(月)

夜はいつものんびりタイム。テレビ見たり、お風呂入ってごろごろ。珍しく時代劇のドラマ(上戸彩主演)を見ていたら、CMの時にいろんなコンサートの宣伝があった。美輪明宏とか。美輪明宏か……声があまり好きじゃないなあ。で、よく知らない人だけど、ひとつだけこれはちょっとよさそうというものが。それは……小椋桂《おぐらけい》。歌と談話のコンサートだって。おもしろそう~。歌もうまそう。きっとおもしろい話で笑わせてくれて、最後うまい歌声でジーンとさせてくれるに違いない。

9月11日(火)

夕方、カーカが帰ってきた。虫の居所が悪いようで、あらゆることに難くせや文句をつけ始めた。まずさくにゲームをやったことを怒り、私が話を変えると「それ関係あるの?」と自分が話してた話題以外のことを話すといけないかのよう。とにかくすべてに文

た。

句を言い始めたので、私は黙る。さくはうっかり新しいことを言ったら、ケチつけられて

「なにも話しちゃダメだって」と小声で教える。食卓が重苦しい空気になった。威張った

オヤジが酒飲んで文句言ってるみたい。消化に悪いよ。早く来年の3月になって、カーカ

が遠くへ行きますように。

カーカ、疲れてたのか、ごはんの途中で布団に倒れこんで寝ていた。

暴君オヤジが帰ってきて、その時の機嫌で、いい時はみんなほっとして、悪そうだった

ら息を殺すってシーン、よくテレビやなんかで見るけどそんな感じ。帰ってきた！って

瞬間、みんな緊張して様子を窺《うかが》う……。

夜、寝ながらテレビを見ていたら、さくが後ろで「ママ……」となにか言いたそう。ち

ょうどいいところだったので「うるさい！」と言って無視した。しばらくして終わったの

で、振り向くとさくが眠りに落ちようとしていた。おしりをスリスリなでながら、「さく、

大好き。ママのこと、好き？」とうってかわってやさしく。

するとさく、くちびるをやっとのことで開いて、なにかつぶやいてる。

私「ん？　なに？」

さく「……静かにして」

9月12日（水）

夜、風呂で、さくの頭を手で持って湯船にゆらゆら浮かせて髪の仕上げゆすぎをしながら、歌を歌った。

ぼんは　おりこうよ～
ぼんは　おりこうよ～

これが好きみたい
ゆ～ら
ゆ～ら～
ここ
ころ
ぼんは
おりこうよ～

9月16日（日）

中学校の運動会。小雨の降る中で始まり、時々豪雨に打たれながらも、プログラムを早送りして、お昼を食べずにどうにか1時過ぎに終了。みんなびしょぬれだった。けど、楽しかったとのこと。カーカたちは絵を描いたのだけど、それができあがっていた。馬に乗ったナポレオンの絵。

カーカを渡り廊下で待っていた時、男子生徒たちが椅子を持って帰ってきた。中3男子って急に大人っぽくなってカッコイイ。

家に帰ってからお弁当を食べる。家で食べるのって落ち着く。

9月17日（月）

休日。借りてきた映画を見る。最近見た映画の感想。

「フリーダムランド」。途中、10回ぐらい寝てしまった。問題ありの母親と人種差別問題の映画。後味悪し。見なくてもよかった。

「ラブソングができるまで」。ドリュー・バリモアとヒュー・グラントのラブ・コメディ。最初、つまんないと思いながら早送りしながら見た。最後、ポップスターのステージの仏像がおかしかった。さっきのよりはいいけど、これも見なくてもよかった。

「パフューム」。暗そうで長そう、と思いつつ見たら、案外飽きずに最後までおもしろく見れた。最後近くの人がたくさん集まっているシーンは、予告で見てて深刻なファンタスティックな場面かと思いきや、あれよあれよというまになんだか滑稽《こっけい》なけったいな流れに。思わず笑った。うごめく……。おもしろい映画だった。おもしろいというか、妙な。

「ブラッド・ダイヤモンド」。ダイヤモンドに興味はないが。ダイヤモンドの豪華で官能的なイメージを宣伝する力が強いか、商業主義の悲惨さを訴える力が強いか、どちらかによって人々の気持ちも変わってくるんだろうな。どっちもなくならないだろうけど。いきなり殺される小さな村の住人。殺されるか殺すか。どちらかを選ぶのだったら殺す方というせっぱつまった選択なのかもしれない。他に選択肢がないって地獄だね。非常に悲惨な思いをしている人々が今もいるんだろう。人間がいちばん恐い。人が自分の働きに見合った金額以上のお金を欲しがらなければ、みんな暮らせるだろうに。

ゴキブリをふたりとも恐がるので、呼ばれたらいつも私が退治しにいく。さくはオバケも恐い。カーカがわざと恐い顔をして恐がらせるので、「やめてください。やめてください」と叫ぶさく。そういえば私も子どもの頃、母親に虫を退治してもらったりオバケが恐くて一緒にトイレについていってもらったりしたな。大人はオバケが恐くなくていいなと思ったものだ。

寝る時、

私「さくを乗り物にたとえたらなに？」

さく「………う～ん。車かな」
私「ママを花にたとえたらなに？」
さく「うーん。……ほうせんか」
私「どうして？」
さく「今、学校で育ててるから」
私「赤いの？」
さく「うん」
私「じゃあ、ママを色にたとえたらなに？」
さく「………青……いや、やっぱ緑。植物系」
私「葉っぱのね。さくは、黄色か青」
さく「黄色」
私「じゃあ、さくを食べ物にたとえたらなに？」
さく「……たらこスパゲティ」
私「好きだから？」
さく「うん。ふふふ」
私「じゃあ、ママは？」
さく「カルボナーラ」
私「………似てないね」

9月18日（火）

　カーカは運動会の代休で休み。私は図書館に本を寄付しに行ってきた。たまった本は時々こうやって寄付する。お昼に食べるものを買って、おいなりさんとか、楽しみにきのう途中まで見たDVDを見ようと帰ったら、「これからダビングするから4時間かかるから、いい？」とカーカが言う。

「えぇーっ。これからお昼食べながら映画を見ようと思ってたのに。急に言わないでよ。事前に聞いてくれないと困る。予定もあるし。やめてよ」

「だって、もう入れちゃったから。また入力し直さなきゃいけなくなるんだもん」

「夜寝る前にやればいいじゃん」

「夜は録画予約があってできないから」

　で、ダビングし始めた。

「今日はいいけど、今度からは事前に聞いてよね」

「聞いたじゃん」

「入れる直前に聞いたでしょ」

「だから、いい？　って。いやだって言ったらやめたよ」

「いやだって言ったよ。言ったら、ごねたじゃない。だったら、ごねないでよ」

　で、ケンカ。むかむかする。

夜、カーカがおたけびをあげながら興奮してテレビを見ている。「ハモネプ」だった。ふ～んという気持ちで横を通りすぎる。で、仕事部屋に行って、私もなんとなく見たら、おもしろくなって見入る。最後、優勝した「ソフトボイス」の女の子たち4人組の「さくら」を聞いて泣く。そのあと、さくら～さくら～としばらく大声で、思い出しては歌う。

9月19日（水）

さくが空手から帰ってきて、新聞の切抜きのコピーを見せてくれた。それは、先日のかけっこ教室の記事。そういえば写真を撮ってたな。見ると、私とさくも写ってる。ヒョーと思い、トイレに貼る。

風呂《ふろ》に入りながら「SASUKE」を見る。今回はクリア者が少ない。すると、おならの匂いが。

私「さく、おならした？」

さく、妙な顔をしている。

私「した？」

さく、うなずく。

私「外でしてって言ったでしょ？」

さく「うん」

私「今度から、プスッておならする時は外でしてね」
さく「うん」
私「言って」
さく「おならする時は外でする」
私「プスッて、も」
さく「どうして？」
私「プスッていう感じがいいから」
さく「プスッておならする時は外でする」

9月20日（木）

いつもついつい考えてしまって嫌な気持ちになることがひとつだけあって、それを考えてもしょうがないのにふと思い出すとそれにはまってしまいすごく嫌なのでどうにかしようと、昨夜、まだ封をあけてない筆ペンが鉛筆立てにあったので、それを開けて、紙に「封印」と書いて壁に貼った。書くときも、貼ったのを見た時も、ちょっとさっぱりした。壁に貼ってあるところは、見るとちょっと恐いけど。でも迫力満点。

それを今朝さくが見つけて、「なにこれ『封印』って書いてある」。

私「ああ～、それね。ちょっと嫌なことがあって、それを思い出しそうになったらそれを見て忘れようと思って」

さく「なに？　嫌なことって」
私「ん？　ちょっとね」
さく「奄美大島のこと？」
私「なんだっけ」
さく「車、ボーンって」レンタカーをコンクリートのでっぱりにぶつけたこと。
私「ああ〜、違う違う。そんなこと忘れてたよ。さくも、なんか嫌なことがあったらそれ見たら？　なんかないの？」
さく「今はないけど。……カーカからいじめられた時……」
私「そうだね。その時にそれを見たらいいよ」
……という話をさくが登校したあとカーカに話したら、私の部屋にその「封印」を見に行っていた。
私「カーカにいじめられた時に見るって」
カーカ「ふうん。おもしろいね」
私「ずっとそこにいたりして」
朝、「めざましテレビ」を見てたらカーカの好きな沢尻エリカが22歳年上の人と熱愛報道。そのことを目玉焼きを食べ中のカーカに教えてあげた。
カーカ「ほんとなのかな」

私「あのさ、ワイドショーの額にほくろのあるおじさんがいるじゃん？　あの人がほんとみたいですねって言ってたよ。あの人が言ったからちょっと驚いた」
カーカ「……ひとりが好きって言ってたのに」
私「ハハハ。そりゃ、だれだってひとりの時間も好きだよ」
カーカ「うん」
私「でも、いろんなこと知ってそうだし、おもしろいんじゃない？　若い男の子ってあんまりいろいろ知らないしね。それに、若い子みたいにがつがつしてなさそうじゃん」
カーカ「うん」
私「それぐらい年上っていろいろ知れておもしろいんじゃないかな。女が20ぐらいで男が40って。ママ、いつも思うけど、男と女ってピークがちがうんだよね。女は若いときだけど、男は年取った方がもてるよね。中学校って、中1の女子ってモテるでしょ。上級生からも。その時、中1の男子ってなんかかっこ悪いけど、反対に中3になったら女子はもてないけど、男子は下からももてるから逆転するんだよね。それを人生にぐーんとひきのばした構図なんだよ。男と女の違い。男のピークは人生の後ろの方まで長く続き、女はだんぜん前。それを考えて生きないとね」
カーカ「うん。なごさんも、トム・クルーズって年なのに若くてカッコイイよねって」
私「なごさんが言ってたのはジョージ・クルーニーでしょ？」
カーカ「ああ、そうそう、そうだった」

私「男は60ぐらいでも若い人と結婚して子どもをつくれるから、それもあると思うよ、モテるの」
カーカ「女で若く見える人いるの？」
私「黒木瞳とか、吉永小百合。……森光子」
カーカ「あの人はね〜」
私「80何歳だよ。それで毎年舞台で前まわりしてるんだよ。くるんって。スクワットしてるんだって毎日。それが健康の秘訣《ひけつ》だって」

「前まわりもうやめます宣言」をこないだしてた。それがいいよ…

カーカ「しげちゃんにはできないね」
私「ひざが痛いからね。でも、森光子……テレビ見てたら、ぼーっとしてて、ゆっくりしゃべってたな……、目がすわってて……」
カーカ「大丈夫かな」
私「どうだろう」
などと朝から年の話題で楽しく語り合う。

9月21日（金）

運動会の代休で休みのさくがとなりで宿題をしている。
さく「僕の人生って、けっきょくこうなんだよ。午前中宿題する、午後1時から5時まで目いっぱい遊んで、ご飯食べてテレビ見てお風呂に入って寝る」

私「それ、どういう気持ちで言ったの？　いいっていうこと？　悪いっていうこと？」
さく「わかんない。不思議だなあって」
私「そうじゃない人生で、こうなったらいいなあっていうのがある？」
さく「チャンプル（マンガ）の中では筋トレばっかりしてて宿題がないのね。そういう……」
私「宿題がないのがいいんだ」
さく「うん」

私の部屋の照明は、梁《はり》にくっついているタイプのものが4つ。中に電球が2個ずつついている。そして、それは失敗だった。というのも、その照明器具まで床から3メートルほどあり、うちの脚立に乗っても切れた電球をかえられないのだ。8個の電球のうち5個が切れ、部屋はいつも薄暗かった。それでこのままではいけない、こんな電球をかえられないようでは不便だと思い、もう照明器具ごとかえることにした。ペンダントタイプのぶらさげ式。電球が直接見えてくるくるまわしてとれるやつ。そういうのがいちばんいい。カッコイイ照明器具になればなるほど、電球をかえるのに手間がいるものだ。そして、電器屋さんに頼んでかえてもらいました。すると、なんて明るいことか。あまりの明るさになじめないほど。でも、仕事もしやすいしよかった。4個の電球があるけど、2個でも十分な感じだ。子どもたちも、明るい明るいと言って、こっちでゲームをしている。

電気工事の人に「封印」を見られたかも。なんか恥ずかしい。おどろおどろしいよね。まわりに薔薇《ばら》の写真を切り抜いてかわいくしてみました。

高～いところにあった
照明を、
使いやすくかえた。
明るいし、
Good!

9月22日（土）

ヒマだったのでレンタルビデオ「DISCAS」のレビューを読む。好きなレビュアーさんがいて（「M婦人」）。たぶん年齢や状況が似ているんじゃないかな）、その人のを中心に。で、たくさん予約を入れてしまった。

映画って、年齢や性別、趣味であまりにも感想が違うので、感想は相手を見て聞こうといつもながら思う。「ポビーとディンガン」。見てないけど私もこれは好きじゃないと思う。

9月23日（日）

さくの運動会。天気よくて暑い。学校が近いので、さくが出てない時間に行ったり来たりしながらお弁当を作る。でも早めに作っておけばよかった。だってけっこう運動会って、他の学年のを見るのも楽しい。ヒマな時はねころんで本読んでてもいいし。来年は早めに作り終えて、ゆっくりしよう。

夜、さくが「カーカが恐がらせるんだよ～」と逃げてきた。

「無視すれば？」

「無視してても、ずーっとやってて、そしてとんとんって肩をたたくんだよ」

「気にしないようにしなきゃ」

「だって……、じゃあ、そっと見てて」と言うので、廊下と階段のすきまに隠れて見てみた。でももう恐がらせるのはやめたみたいで、テレビを見ながら思いっきりハナクソをほじくっている。ふっ……とあきれて、その場をそっと去る。

9月25日（火）

今朝パスポートをみたら、有効期限切れだった。早めに更新しようと、さっそく準備。まず戸籍抄本か。朝一番に車でとりにいく。申請書を書いた。印鑑を押してくださいと。するとシャチハタはダメだって。そういう気もチラッとしたんだった。「ああ～」と言って、家にとりに帰る。ショック。すぐに行ってきた。係の女の子が「すみませんね」と親切に言ってくれたので、いい気持ちになる。すんなり行くよりも、なにかうまくいかないことがあって、そののちにそれを解決できて、しかも人がやさしかったら、その方がジーンとくるし、人生に深みがでるなと思った。次に顔写真だ。スーパーの前のインスタントの機械のところに行く。パスポート用というボタンを押して撮ったら、どうも顔の大きさが大きい。丸いわくの中に顔を入れてくださいとでてたが、はみだしていたのかも。家に帰って定規で測ったら、規定よりも大きかった。それに顔も寝起きではればったいし、服も黒は合わないなと思い、もう一度挑戦することにした。緑色の服に着替え、髪型もちょっと変えた。すると今度はよく撮れてた。10年使うんだしね。よかった。その2度目の時にたまたま知人と遭遇して、私が化粧してるのをみてウケてた。「いつもノーメイクなのに〜」って。ふたりで笑う。

運動会の代休で休みのさくと一緒にパスポートセンターへ出発。約1時間のドライブ。無事に申請して、近くの大型スーパーに行く。お昼を食べようと、レストラン街を見る。どれがいい？　最初、たらこスパがいいと言ってたけど、回る寿司をみたら寿司がいいと言う。う〜ん、食べたくないなとおもったけど、寿司のメニューにハンバーグがあるのを見て、ここがいいと強く言うので入る。ほかに客は一組だけ。どうもおいしそうじゃないな。ふと目についたゲソとホタテを食べた。おいしくない。エビレタス巻きと名物いなりを注文した。さくはたまごとハンバーグとエビを食べた。「レタス巻きです」と2皿でてきたので、1皿ですと言って1皿だけ受け取って食べたが、それはエビレタス巻きではなくてカニカマ入りのレタス巻きだった。食べてからその間違いに気づいて店の人に言ったら、お互いに間違っていたみたい。私もエビレタスかどうか確認すればよかったけど、レタス巻きですと言って出されたので……。それから「朝どれトロいわし」の広告があったのでそれを注文した。いなりもいわしもなかなかこない。すると、「すみません、いわしはもうちょっと時間がかかります」とのこと。で、時間がないのでもういいですとウソをついて店をでた。よかった。いなりも食べずにすんだ。どれもおいしくなかったし。まずいものを食べたので、気持ちが悪い。それからスーパーで買い物。夕食のおかずをいろいろ買う。それから、帰りに「モスバーガー」に入る。フレッシュバーガーで口直しと思ったら、フレッシュバーガーはなくなっていた。新しく生まれ変わって「サウザン野菜バーガー」というのになりましたと言う。それにした。でも、う〜ん……、前の方が好き。店の女の子がものすごく大声で早口でうるさく受け答えしている。混んでもないのに。「もっと落ち着いてしゃべればいいのにね」とさくと話す。家に帰ってカーカにフレッシュバーガーはなくなってた、かわりに新しいのがあったけどおいしくなかったと言ったら、「じゃあもう食べるのないじゃん」と言うので、「うん」と答える。

いつだったかカーカと話してて、「こっちの人は都会を恐いと思ってるんだよね」と言う。

私「それは、知らないからだよ。知ったら恐くないのにね。都会の人も、田舎を知らないから誤解してる部分もあるだろうし。でもそれ、言ってもわかんないから。自分で体験しないと」

カーカ「うん」

私「どっちにもいいところはあるし、悪いところもあるし。だからどっちかっていうんじゃなくて、行ったり来たりするのがママたちにはいちばん合ってるかもね」

カーカ「うん」

私「でも、その中間だったら……中ぐらいの町で自然もあるっていうところはいいんじゃない？　金沢とか……金沢も大きすぎるか……札幌とか……、宮崎市もいいよね」

カーカって友だちの呼び名を考えて、それをしばらくして変えたりしてるらしい。最初はロコタン、次にロコッコ、今はロッコーなど。
私「それってママと同じだね」
カーカ「ええーっ、嫌だ」
私「だって、あーぼう、カンちゃん、カンチ、カーカって、変えてるじゃん。さくも、さくぼう、さこ、チャコ、さく、ぼんちゃん、ぼんのすけって。同じ呼び方に飽きるんだよね。たまに変えるとおもしろいから」
さくのことでカーカと、これはなおしたいと思っている習慣がある。それは、いつもテレビをつけること。帰ってきたらテレビ。起きたらテレビ。だいたいビデオで好きな番組を見ているのだけど、マンガ読んでてもテレビをつけてるので、嫌だよねと話してる。習慣になって、大人になってもそういう人がいるけど、そうなると嫌だな。
風呂でテレビ。「FBI超能力捜査官」。麒麟《きりん》・田村の親子再会を奇妙な気持ちで見る。テレビの番組で捜したということ。でも田村は真剣。興味本位で見ていいものかどうなのか。テレビだから捜せたんだろうけど、テレビじゃなかったら捜せなかったわけで……。

9月26日（水）

録画しておいた「ズバリ言うわよ！」を見ながら昼ごはんを食べる。細木数子VS高校生100人。細木の話術に感心する。さすがだよね。いつもうまいなあと思うのは、どの番組でも必ずお笑い系の人に自分につっこみを入れさせるところ。それでちょうどバランスがよくなってる。自由自在なのも、ひとつは年の功だと思う。ああいうのを見ると、年上の強みというのを感じる。

どこか海外にひとりで旅行しようかと考え始めた。で、いろいろ調べてみた。すると、調べれば調べるほど行くのが面倒になってきた。なぜかというと、簡単にふらりと行けないから。航空券やホテルの予約をあたるだけで、ぐったりと疲れる。もっと強い動機がないと行けないな。こういう気持ちが何度かやってきて、そしていつか大きな波が来た時に行くのかな。

映画「ブラックブック」をみる。なかなかよかったけど戦争の映画はもういやだ。なのに同時に借りたもう一枚は「善き人のためのソナタ」。旧ドイツの重苦しい話。30分ほど見て、もう見るのをやめようか、これからはおもしろいのを借りようと思い、その前にちょっとみんなの感想を聞こうと、読んでみたら、みんないいって。ん？　いいのか？　感動したとか……。で、気合を入れなおして見ることにした。

見ました。最後ほろりとしました。でも、これからしばらくは明るいのを借りた～い。「ツォツィ」と「ルワンダの涙」は間をおいてから見ようっと。戦争とか人同士が殺しあうのって、本当に不毛だと思う。仲間割れとか、兄弟喧嘩《げんか》のようなもので何の解決にもならない。感情的な集団催眠。国や思想や民族や宗教の違いに価値を与えてこだわって。遠くから見たらバカみたい。……だからこそ、そこから逃げられない状況に陥った時は恐い。

な気持ち。

貧困がすべての元凶だというが、貧困がなくなることがあるのだろうかと思うと、悲観的な気持ち。

9月27日（木）

カーカが風呂《ふろ》上りに裸で走ってきて、目だけバスタオルで隠して「中村獅童《しどう》の鼻と口」といいながら物まねしてる。

「ニュアンスはわかる。言いたいことはわかるよ」

そして、おしりを出して、ブリブリブリンとかなんとか言いながらダンス。

「そういうの、昔はかわいかったけど、今はもうなんかきたないね。どでんとしてて」

さくはさくで、おちんちんをみせて踊るのが好き。ものすごくうれしそう。腹の底から楽しそう。でもこの年頃の男の子は、聞けばけっこうみんな好きみたい。風呂でも「これは、とれませ〜ん」なんていいながらおちんちんをひっぱったり、「でもこのたまたまは、とれそうで〜す」なんていいながら触ってる。

9月30日（日）

日曜日の朝だ。みんなだらだらしてる。カーカがさくに新しいゲーム機を買わせて、それを自分がもらい、古いのをさくにあげるという約束をしたということがわかったので、それはちょっとひどいんじゃないかと私が言ってカーカと言い合いになり、出て行け！

と追いかけたら、庭に出て行った。風呂のドアから入って、ちょうど入れてた風呂に入って、着替えて遊びに行ったけど。天気のいい日曜日。

マンガを買ってくるとさくが外出。

今日は『でんじゃらすじーさん』じゃなくて『ピューと吹く！　ジャガー』を買ってきたと言う。さっそく読みながら「やっぱおとなっぽくておもしろいわ」なんて言ってる。

私「そりゃ、じーさんと比べたら。じーさんはバカチンだもん」

さく「でも僕はどっちもあるから。おとなっぽいのと、おもしろいのと」

10月1日（月）

今日から10月。朝、さくがお腹が痛いと言い出した。めずらしい。しばらく寝といたらと言って、寝かせる。学校を休む……と言うので、お休み用の連絡用紙に詳細を書いて道行く子どもに託す。イタイイタイと言っている。どうしたんだろう。盲腸かもよ。「なに？」盲腸の説明をする。手術することとか。でも、うちではだれも盲腸になってないから大丈夫だよと安心させる。胃が気持ち悪い時って炭酸を飲んでげっぷをしたらすっきりすることがあるよね、ゴミすてのついでにコーラ買ってこようか？　と言ったら、うんと言う。それを聞いてたカーカが「カーカも」だって。「なんでよ」。で、ゴミをすてるついでに自動販売機でコーラを2本買ってくる。さくに飲ませたらげっぷをしていたけどお腹の痛みは治らない。

冷たい水を飲んでから痛くなったと言うので、じゃあお腹が冷えたんじゃない？　だったらあったためた方がいいかも。いつものあれ作ってあげようか？　梅醤番茶《うめしょうばんちゃ》。梅干と醤油をねって番茶を注いで、しょうがを2～3滴絞り入れる。「うん」

ねりねりと作って、スプーンで5杯ほど飲ませる。それから眠った。

30分後、洗濯物を干していたら、さくがやってきて「今日、休ませてくれない？」と言う。「ん？」

「治ったんだけどね、休ませて」

治ったらしい。しばらく行きたくなさそうにしていたけど、治ったんだったら家にいるの変だからと言って一緒に準備して、その時はもう自分から行く気になって自発的に準備して靴下をはいて、車で送っていく。廊下を歩いていたら教室から見えて「さくくんだ。さくくんだ。先生、さくくん」とみんなの声。図工の時間で絵を描いてる。先生に治りましたと言ったら、よかったですね～と。ちょうど1時間目が終わる頃だった。

家で仕事をしていたら、学校から電話。やはりあれからお腹が痛くなったそうで保健室で休んでいるとのこと。迎えに行きますとすぐに出る。3分後に到着。2時間目の途中に痛くなって、2時間目が終わるまでどうにか頑張ったらしい。見送られ車で帰る。帰ってからもう1回痛くなり、また番茶を飲ませて、腹巻を巻いたら、それから痛くなくなった。腹巻がよかったと言う。昨夜、お腹が冷えたのかもしれない。

お風呂に大きな蜘蛛《くも》がいたとカーカが言うので見たら、いた。虫取り網でとらえようとしたら、排水穴の中へ逃げていった。

夜、ベッドで本を読んでいて、ふと隣に寝ているさくを見たら、ちんまりと腹巻をして寝ていた。

10月2日（火）

さくが学校から帰ってきて、今日は何人かの先生から「お腹もう大丈夫?」と聞かれたという。心配していただき、うれしい。

風呂にお湯をために行く。見ると、壁にきのうの蜘蛛がいた！　すぐに、この時のためにと脱衣所に立てかけておいた虫取り網でとらえにかかる。最初逃がしたけど、やがてさっとつかまえた。そのまま窓を開けて、外に出す。その時にトリートメント剤の入った容器も外に落ちてしまったので、取りに行く。割れてなかった。

冬休みに家族旅行をしようと計画をたてた。いろいろ考えた末、ドバイにする。時間をかけて予約もした。さくやカーカに伝えたけど、どちらも反応はいまひとつ。でも3人で長い旅行に行けるのはこれが最後かもしれないから、行こうよ。カーカも高校生になったら忙しくなるかもしれないし。行く時、大阪でUSJに行こう、などとお楽しみをプラスする。

カーカから聞いたけど、さっき、さくがぽつりと言ったそう。「日本で年を越したいな……」と。

そう、家は結構みんな出不精。私も旅行は好きは好きだけど、ふだんは家にいたい方だし。さくやカーカは旅行もあんまり好きじゃないみたい。行ってくれるか、不安。なにしろ年末年始で飛行機のチケットがとれにくく、結局とれたのが12月23日から1月3日まで。12日間も行くことになったので、子どもたちは退屈かもな……。さくなんか「疲れそう……絶対疲れるよ」なんて今から言ってるし。「旅行なんて、僕、行かなくていいんだよ」なんて言うし。そりゃ、さくにしたら隣の町にもそうそう行くことないんだから、それ以上遠いところなんてまだ興味ないよね。「しげちゃんたちとお正月一緒にいられないよ」とも。

でも、後半泊まるホテルは砂漠の中のホテル。不思議な気持ちになれそう。

カーカは今日、進路に関してすごく迷っています。受験勉強して難しい大学に行くという道をとらないカーカは、おもしろそうな高校を選ぶらしい。今、行きたい高校がふたつ。ひとつは英語科のある私立。寮暮らし。もうひとつは、公立で食品なんとか科。新しいジャムを作ったり、チーズを作ったりする。どっちがいいか悩んでいた。どっちも行きたいと。ちなみにどちらも入るのは全然難しくはない高校。だからか、最近ますます勉強してない。家で勉強してるとこ見たことない。だから冬休みに旅行に行こうと誘うのも気を遣わないですむ。

10月3日（水）

気になっていたので、ベッドで目覚めたばかりのさくに聞いてみる。

「さく、お正月、日本で迎えたいの？」

「いいよ、もう」

「そお？」

10月4日（木）

カーカ、やはり寮暮らしはやめたと言う。面倒くさいからだって。普通の公立の普通科の簡単なところにして、大学を専門の学校にしようかなと今日は言ってた。さくに「カーカ、寮に入らないってよ」とこっそり耳打ちする。

パスポートができたのでとりに行く。帰りに買い物。パンコーナーで、おいしい明太子フランスを3本買う。それからメロンパンと竹炭パンとチョココロネと、ぎょうざの材料と、ミスドでドーナツ。

さくに寝る時「いつかママとふたりでどこか外国に1年ぐらい暮らさない？」と言ったら、「嫌だ。学校がないでしょ？」「あるよ。そこの学校に行けばいいんだよ。1年たったらまた帰ってくるから」「絶対に嫌だ」とのこと。ふーん、嫌なんだな。じゃあいいや。もしかしたらと思って聞いただけ。腹巻、見たら今日はもう、してなかった。

10月5日（金）

いつもこの時期にあるＰＴＡの講演会。今年も講演会があるので各クラス10名ぐらい聴きに行ってくれとのこと。小学校も中学校も。でも行きたい人なんてだれもいない。クラスの委員さんが各家庭に電話したり、メールがまわってきたり、集めるのに大変だ。いつも不思議に思う。行きたくない人を無理に集めることないのに。聴きに行きたい人だけが行けばいいのに。そして集まる人が少なかったら、じゃあもうやめようかとなったり、少なくてもやりましょうとなったり、現状にあわせて動きもでるだろう。生徒の人数が減っているのだから、集まる人数が減るのもあたりまえだ。それを義務のようにして、半強制的に集めるのは、お互いに無理がある。やる方も行く方も現実をごまかしてる。うそじゃん、これ。間に入っている人も気の毒。いったいだれが喜んでいるのだろう。だれがやりたがっているのだろう。だれもやりたくないんじゃないか。長く続けてきたものをやめるのは恐い、とにかく続けなければという強迫観念じゃないかな。死にそうな老人をたくさんのチューブを使って延命治療しているみたい。とにかく強制的に集めるのはやめてほしいよ。

で、私のとった方法は、（いつも名簿に丸だけつけて途中で帰る人が多いので、今年は途中で抜けない人を集めてと言われたらしく）クラス委員さんも集めるのが大変そうだったので、じゃあ行きますと答え、しげちゃんにアルバイトしない？　と持ちかけ、2時間半で1万円と言ったら、二つ返事でOK。で、しげちゃんにお願いした。しげちゃんも喜び、私も喜び、こっちは丸くおさまった。主催者側は頭数が欲しいんだから文句はないだろう。対症療法だが。

でも聞いたところによると、中には集まりのいい市もあるんだって。だったらそっちだけでやっていただきたいけど、そうもいかないんだろうな〜。これも子どもが小中学校にいる間だけの我慢か。みんなそうやってこの時期をやりすごしているようだ。高校になったら、もうなにもないって言ってたしな。

10月6日（土）

さくを呼んでみる。用はなかったけど。

「ぼん～、ぼんちゃ～ん、ぼんのこころはちゃ～ん」

テレビを見てて、返事なし。言い方で急用かどうかがわかるのだろう。

10月10日（水）

私の散歩友だちオノッチが駄菓子屋に連れて行ってくれた。子どもに買うという。で、私も買ってみた。オノッチは小さいカゴいっぱいに買っている。私もいろいろと買った。数十個で1500円ぐらいだったかな。で、帰って子どもたちをテーブルの前に呼んで「みんな、目をつぶって～」目をぎゅっとつぶるふたり。

「いいよ～」

「わあ～っ」

喜んで食べ始めた。

ふたりがくちびるグミをまた口に貼り付けたので、写真に撮る。

味はすごくまずかったらしい。

10月15日（月）

朝方、冷え込むようになった。なにか掛けてないと寒い。なのに夜中、ブ～ンと嫌な音がしてる。さくがかりかり掻《か》いてる音もする。スタンドの電気をつけると、さくの顔に蚊に刺されたあとが赤くぽこりとでている。いやだなあ、と思いながら寝る。明け方、私の足のふとんから出ている部分が2箇所刺された。足の親指とくるぶしというすごくかゆいところ。かゆくて眠れない。掻いても掻いてもかゆみがおさまらない。

寒くなってから蚊に刺されると損した気分だ。

さくが学校から身体検査の結果を持ってきた。この半年で、身長2・9センチ、体重2キロ増えてる。ふ～ん、背が3センチものびたね！　と言いながら、夕食後、ムーディ勝山風に「背が3センチのびた男の子の歌」を歌う。

タララッラララ～
さくの背が3センチのびた～
3センチと言ってもいいでしょう？
本当は2・9センチだけど
だいたい3センチだから～
どうしてあごを引かなかったの

そしたら1ミリぐらい高くなったかも～
そしたら3センチになったかもしれないのに～
今度はあごを引きなさい～
でも～引きすぎたらかえって低くなる～
あんまり引きすぎるのもだめ～
3割る2で　1・5
体重1キロあたり1・5センチのびてる～
でも2・9センチと言うなら
1キロあたり1・45センチね～
タララッタ　タララ～
背が2・9センチのびた子どもの歌～

カーカも聞いてるかと、寝ている近くで歌ってたら、すごくうるさかったようで怒っていた。

10月16日（火）

カーカのパパはソバが好きだったよ、と教える。ザルソバね。
「うん。聞いた」

「さくのパパは、関西人だからお好み焼きかな」

で、そのあと、さくのパパのことを考えた。どうして結婚したんだろう。今思うと、本当に不思議。何度考えても、近しい感じがしないのだ。他人みたい。

会って、すぐに好きだと言われて、子どもを産んで欲しいと言われたからだな。私のファンだと言ってたけど、あとでわかったけど、そう私のことをわかってるわけでもなかった。そんなに知らないみたいだった。彼はその頃、自分の仕事や人生や親子関係など、どれもしっかりはっきりしていなかった。迷っていたり、どっちつかずだったりしていた。しっかりしていない人が言う「好き」は、しっかりしていない「好き」だ。その好き自体がぐらぐらしている。そして、結婚したけど、あやふやな人生のままの彼は、そのあやふやさがはっきりしてきた。でも、やりたい夢はあった。そして、私と別れたあたりからその夢をかなえ、今は自分の好きな仕事ができるようになって、よかったのだろう。私との出会いと別れが彼の夢の実現へのひとつのはずみになったのかもしれない。それに、そういう人生が決まっていないような人を選んだという私も、そういう人がよかったからだろう。覚悟や責任を持てる男らしい男性とペアを組むということは、それを尊敬して従うという側面がなければいけないから。そういう人じゃない方が自分には都合がよかったわけだから。あるいは、そこまで尊敬できなかったけど、それでもいいと思っていたか。

カーカのパパはどうだっただろう。この人もよくわからない人だった。自分の気持ちをあまり表さない人だった。いてもいなくてもいいような感じって、いい時にはいいけど、悪い時には本当にいなくてもよくなる。お互い、人に対するテンションが低く、自然消滅というのに近いかもしれない。結婚してたから別れるのにひきがねがいったけど、あれがもしふつうのつきあいだったらもっと早く自然消滅してたような仲だったな。

でもどちらの人も人はいい人だった。俺が俺がというような強い人じゃなかったから結婚できたのだと思う。どちらとも子どもができたし、まさに子どもと出会うために出会ったような感じだ。子どもが私のもとへやってくるために。子どもを大事にきれいに運んできてくれたカーゴ。しかもあっさりと別れられた。もちろん結婚当初は別れるなんて思いもしなかったけど、好きだったのだろうし。思いもしなかったというより、先のことを考えなかった。こんなに、別れても何も残らないなんて、私は不思議だ。なんの感慨も感傷も悲しみもない。女だからかな。というわけでもないか。

10月17日（水）

5月と10月といえば、最もさわやかな月です。

案の定ここしばらく、すがすがしい日々が続きます。朝晩は涼しく、ちょっと寒く、昼間はいい感じ。もう空気を吸っているだけで幸せな気持ち。いるだけで幸せ。今日も、午後になって急にくーっと引き込まれるように眠くなり、そのままベッドへ。

今まで寝てましたわ。けだるいですね〜。

ああ……気持ちいい青空、ヘリコプターと選挙演説の声が遠〜くに。吹いてくる風はさわやかったらない。幸せといえば、今日だね。この、今だね。この瞬間だね。

あまりの気持ちよさにいてもたってもいられず、まだねぼけた頭で動き出し、庭へと行こうと玄関へ向かったら、ガラッとさくが帰ってきた。

「ああ、びっくりした！　どうしたの？　きょう、いつもよりちょっと早いね」

「うん。先生が出張だったの。あー、ママ、お水、ちょうだい」

「うん」と、水をコップについであげる。

「きょうね、水平飛びがあって、一番だったんだよ」

「へえー」

そしてゲームをするために、先に宿題をやり始めた。そして「きのうのあれ歌って、ムーディ勝山の」

「ああ〜、いいよ」

タララッタ　タララ〜

きのう身体測定があって身長を測りました〜

すると2・9センチ背がのびてた〜

おしいあと1ミリあったら3センチだったのに〜

3センチのびた人はこっちにいらっしゃいと呼ばれても
さくは行けない〜

さくは2センチのグループに向かってゆっくりと歩き出す
3センチのグループをちらっと見ながら
あと1ミリあれば3センチ
でもさくは2センチ台
2・1センチの人と同じグループ
だけど楽しそうにほほえむ〜

背が2・9センチのびた人の歌〜

「なんか……それ……悲しいね。……きのうの歌えない？」とあまり気に入ってない様子。

「うん？　歌えるよ」

タララッタ　タララ〜

サクが学校から身体測定のファイルをもってきた〜

ハイと手渡され　広げて見る〜

春からなんセンチのびたか書く欄がある〜

計算するけどなかなか計算しにくい〜

小数点以下があるから〜

やっとできた〜　答えは2・9センチ〜

あと1ミリあったら3センチで計算がらくだったのに〜

あと1ミリあれば〜引き算もらく〜

すぐに答えもでてたのに～

「また違っちゃったね。きょうはどうもダメみたい」と言って、歌うのをやめる。

さくと風呂に入りながら「ぴったんこカンカン」を見る。番宣で仲間由紀恵とぴったんこさんが韓国のリュ・シウォンのもとへ。リュ・シウォンが手料理を披露するということでキムチチャーハンを作った。キムチチャーハンの上に目玉焼き2個を乗っけたのを見て、さくが「ちんちんのたまたまみたい」と言ったので「そう？　ママはおっぱいみたいと思ったよ」と、やはりそれぞれ内容は違っても品のない発想の私たちだった。

10月18日（木）

いやあ～、熱く語る人を見るのはおもしろい。

今朝、さくは自分でパンを食べて、私はハンモックブランコに揺られていました。ハンモックから降りると、あ、もうちょっと乗っててと言うので、さくも来るつもりだったんだ～と言って、もう一度ハンモックに乗った。いつもここにいるとさくがやってきて足に乗っかるようになっているので。で、ひと乗りしてから、さくは登校して、カーカはひとりで起きて何も食べずに行って、私はベッドでテレビを見ていました。するとテレビでは亀田一家のことについてみんながいろいろ意見を言っていた。長田《おさだ》渚左《なぎさ》がちょうど言ってるとこ。すごく真剣に、意見を言ってた。私はボクシングを愛してるんです！　と。隣の輪島さんに向かって「反則なんてしていいんですか！　金的狙えって、狙いたくても我慢するでしょう！」なんて。輪島は「反則はダメですよね～」と落ち着いて言い方もゆったりのんびり。対して渚左は口角泡を飛ばさんばかりに、熱弁。ゆったりの輪島、飛ばす渚左。他のコメンテイターの鳥越《とりごえ》、やくみつる、伊集院光もそれぞれに語り、どうも亀田一家のことではみんな意見があるようでおもしろい。いろんな人がいろんな部分でちょっと反応しちゃうよね。ボクシング、スポーツ、スター、ヒーロー、金、マスコミ、家族、親子、自立、教育、しつけなどなど、だれもがどこかにかぶってるから。だれのいうこともそれぞれもっともなんだけど、伊集院光の意見というか、言い方が私はいちばんなんか、うなずけた。素直な気持ちって感じで。ま、渚左の熱さがいちばんウケたけど。ひとり興奮する人がいると、まわりは冷静になるのがおもしろい。その人がいなかったら興奮してただろう人までが、冷静になるのがおもしろい。やはりああいう場では役回り、みたいなのがあるよね。性格別に役わりが。私はああいう場面は苦手。順番が回ってきて、そこですかさず意見を言う、みたいなの。口ごもっちゃう。意見がないわけじゃないけど、ちょっと、なんか違うので。もうその場にいて黙って他の人の意見を聞くってところから、座っていられないっていうか、その場にいられない。窮屈で。あの場まで行けない。あの場ってなにかっていうと、もうそれはすでに舞台みたいなもので、どんなにそこに行くまでに気がそがれるかと思うと、とても純じゃいられないはず。

なにしろお気に入りに凝るタイプのさくは、「スポンジ・ボブ」のTシャツを2枚買ってあげてからは、毎日それを交代で着ている。

「ジョーバ」に乗りながらパソコンに向かう人をテレビで見て、私もやってみよう、最近太りすぎだからと、さっそく使っていなかったジョーバを仕事部屋に設置し、椅子がわりにする。今、それを稼動しながら仕事してます。が、やりづらい。しかし慣れれば一石二鳥なので、頑張りたい。

そういえば、あの「封印」もうすっかり忘れていた。だれも見もしない。で、「風船」と変えてみた。


カーカがもうすぐ帰ってくるという夕方、さくが「カーカが帰ってきたらうるさくなるからいやだなあ……」とつぶやいた。しばらくしてカーカが帰ってきた。キキキッと笑いながら「おもしろいわ」と言う。「なにが?」と聞くと「教えない」。なのにまた、キキキッ、「ああ〜、早く明日にならないかな」なんて言う。黙ってると、しばらくして、「今日は機嫌悪い」と言い出した。やっぱり……どうもさっきから突っかかってくるなと思った。機嫌の悪さを撒《ま》き散らしている。さくにも怒ったり、にらんだり。

そこへカーカの先生から電話。貧血検査の用紙を提出期限がすぎているのにまだ出していない。今日、保健室に行って用紙をもらって帰るようにと言ったからもらったと思うので、明日持ってきてくださいとのこと。電話を切って、カーカに言ったら、用紙をもらってこなかったと言う。先生がもらって帰れって言ったって、と言ったら、そうだったかも、なんてのん気に「明日、もらうよ」。でも期限をすぎてるということは他の人に迷惑をかけてるはずだと思い、先生に電話したら、前を通るので郵便受けに用紙を入れときますとのこと。「どうしてわざわざ電話してくれたの？」と聞くので、「だって、他の人に迷惑かけてるかもしれないでしょ？　ママは人に迷惑をかけるのが嫌いだから。自由でいるためには、迷惑をかけちゃ、自由でいれないから」。

仕事部屋にいたら、さくが泣きながらやってきた。アニメを見ていたら、録画予約するからと言って、チャンネルを変えられたという。カーカは今日は塾。あと5分ほどでお迎えが来る。早く行けばいいのに。

カーカが行ったら静かになったので、のびのびと風呂《ふろ》に入ったり、くつろいですごす。

10月19日（金）

今日はさくの参観日。でも案内の紙がなくて時間がよくわからない。面倒くさいから行きたくないなあと思う。思いつつ、気になって塀から学校を覗《のぞ》いてみる。車がたくさん来ている。3年生の教室は木の葉で見えなかった。苦手な絵が、今月は選ばれて校長室に飾られてるんだよ、見てねと言っていた。ぱっと行って出席表に丸だけつけて、さっと絵を見て帰ってこようかな。それとも、行ってきたよとウソをつこうかな。でも、もしウソだとわかったら、これから信用してくれなくなる。それではあまりにも失うものが大きすぎる。う〜ん。忙しくて行けなかったって言おうかな。でも、がっかりするだろうな。

しばらく考えた末、さっと行くことにした。スリッパをもって、歩いていく。すぐ着いた。算数の授業。小さい箱の中にケーキが2個。中ぐらいの箱にその箱が3個はいっていて、大きな箱の中にそれが2個はいっている。ケーキは全部で何個？という問題。さくから見えるように廊下に立って見る。私に気づいたようで、合図をしている。すぐ帰ろうと思ったけど、なんとなくそこで20分ほど見る。それから校長室に行く。ドアが閉まっていたので、廊下の展示を見ていたら、その絵とさくの写真があった。ふむふむ。どぶねずみみたいな絵。昔も描いていたな。どぶねずみが得意なのかな。すると、保健の先生が通られて、中に貼ってありますよ、見ますか？と通してくださった。校長先生がいらして、恥ずかしかったけど、挨拶《あいさつ》して見せてもらう。校長先生とも二言三言しゃべる。「見てねと言われたもので……」。茶色い大きなねずみ（実はいのししだった）。下からきつねに嚙《か》まれてる。

もう一度教室に帰り、うつる病気に関する授業をしているところをちょっと眺めてから、帰る。帰りがけ、秋のうすぐもりの空と河原の植物がきれいだったので、カメラをとりに帰って写真を撮る散歩に出る。歩きながら道端や人の家の軒先や畑を見ると、そこにもここにもきれいなおもしろい形のものがたくさんあった。楽しく写真を撮ってたら、すぐに1本撮り終わり、残念な気持ちで家へと向かう。フィルムがなくなるといいものがより目に入るので、いつも嫌なのだ。より鮮やかに、より新鮮に目に入るので。ちぇ〜っと思う。もう何も見たくないぐらい。白いもんしろちょうが30匹ぐらい飛んでいる畑があって、そのチラチラした動きをぼーっと視界全体で見ていたのだが、こんなに飛んでいるということは青虫もたくさんいるんだろうなと思った。

10月20日（土）

私はカーカに手伝いをさせることはない。なぜなら、必ず不機嫌になるので、こっちの気分が悪くなるから。掃除をさせるにもケンカ覚悟だ。すると、あまりエネルギーをとられたくないと思うと、なにもさせないことになる。そのかわりこっちもサービスはしない、自分のことは自分で、という関係でやってきた。だから私はカーカの部屋のある2階にはほとんど行かない。でも、2ヶ月に1回ぐらいの割合で、掃除機をかけるようには言う。本当は1週間に1回はかけて欲しいけど、それをさせるエネルギーはない。1ヶ月に1回の予定だが、ついつい2ヶ月か3ヶ月に1回になってしまう。で、今朝、ふと洗濯物を干すのを手伝って、と言ってみた。ここ1年では初めてかもしれない。すると、ゲームをしながら「ママが半分干したら、そのあとやるから」と言う。どうやら一緒に干したくはないらしい。命令に服従する感じも嫌なのだろう。「じゃあ、終わったらすぐにやってね。すぐやらなかったら怒るよ」と言って先に干す。すぐにやってねと言わなければ、たぶんいつまでもやらない人だ。「言わなかったから」という理由で。で、干し終わって、干したよと声をかけたら、すぐに行って干している。で、私が自分の部屋にいたら、そこから入ってこなきゃいけないのが嫌みたいで、サンダルもはかず裸足《はだし》になっている。別の入り口から入るつもりらしい。「どうして裸足なの？」と聞いたら「風呂から入る」という返事。「どうして？」と聞いたら「基本的に」と言う。気分的に、と言う方がしっくりするんじゃないか。とにかく、私と顔を合わせたくないようである。手伝い＝私の命令に服従＝敗北、という気分なんだろう。

さくは、午前中から友だちと遊びに行った。昼ごはんは外でパンを買って食べるからお金ちょうだいと言う。「いくら?」「600円」「カーカだって500円だよ」「じゃあ500円。お釣り持ってくるから」と出て行った。お昼外で買って食べるのは初めてだ。さくには月々のお小遣いも渡してないので。

その後、カーカと一緒にお昼を食べて、その時はもう普通にしゃべっていた。さくも昼にはお金を使い果たして帰ってきた。気だるい土曜日。天気は最高。さわやか。

庭に……、庭の奥の隅に、とげとげのとがった葉っぱの植物が生えてきた。熱帯の観葉植物のようで、これはいいやと表のよく見えるところに移植した。ふたつ。そして……。1年ほどたったら、それがものすごく成長して、葉っぱの先にあたるとものすごく痛い。で、小さい方をもう、スコップでばっさりと切った。そしたら……。今度はそこから小さいのが4つも生えてきた。そして切らなかった大きい方はどんどんどんどん1メートルぐらいの丸に大きくなって、今や小道まで張り出す勢い。もうそれも切ろうかと考えながら、真剣に見つめていたら、さくが「こういうのもあっていいんじゃない?」なんて擁護したので、一応切るのは見送る。でも、すごい勢いで葉を広げていく。

10月21日（日）

朝が急に寒くなったので、ついにコタツを出す。でも昼間はすごくあたたかい。今日は雲ひとつない、いい天気。ものすごくすがすがしい。あまりの気持ちよさに、幸福感に満たされる。子どもたちは遊びに出かけ、私は庭仕事をしていたのだが、太陽の陽射しをあびてぼんやりとなる。

カーカにはいつもより多い、昼代800円をあげた。中華ちまきひとつだけ持って出かけようとしてて、それがお昼だと言うのでサービスしてあげたのだ。

夕方、夕焼けを見ながら車を運転していた。私は時々、こんなふうに今日も無事に、家族の誰も事故にもあわず、大きな病気にもならずに一日が過ぎていったことが奇跡であるような、心底感謝したいような気持ちになる時がある。そういう時はとても敬虔《けいけん》な謙虚な気持ちで、生きてることが恐いような気持ちだ。奇跡だと思う。今、こうやって生きていること。

10月22日（月）

今日も秋晴れ。カメラを持って、写真を撮りに行く。空にワシのような大きな鳥が飛んでいる。見ていると、ずうっとゆっくりとまるくまわっている。ものすごく気持ちよさそうだ。ふわんふわんと。それを見ていたら、ぼうっとしてきた。青い空に黒っぽい羽を広げ……ゆっくりと……くるりくるり……。

さくが帰ってきて、帰る道で大きな笑い声が聞こえてきて恐かったと言う。で、家に帰ったらその笑い声がますます大きく聞こえてきて、来てみたらママだったと。窓を開けて電話してたから。

電話の相手はトゥトゥ。ベビーシッターさんって海外でもたのめるの？　なんて聞かれて。話を聞いてみたら、ホノルルマラソンで走ろうという地方雑誌の企画に応募したら選ばれて、12月にホノルルマラソンを走ってくるという。で、赤ちゃんをみてくれる人がいないので連れて行くのだけど、シッターさんを探さないとって。おんぶして走ろうかな！なんて冗談も言ってた。

「ホテルにあるんじゃない？　ベビーシッター。ホテルはわかってるの？」

旅費などを出してくれる雑誌が、できるだけ安い料金で行きたいからと、ぎりぎりまでわからないのだそう。

「ふ～ん。おもしろそうだから、帰ってきたら教えてね！」

赤ちゃん、無事にすくすく育っているそうだ。私が笑ったのはその赤ちゃん（女の子）

の話で、すご〜く気が強くて外づらがよくて他人にはにこにこして、ママを真似してぺこぺこおじぎまでするのに、身内には機嫌が悪いと斜め下をじっと見てお地蔵さんみたいにずっと固まって、人が近くにいたら叩《たた》くし、いなかったらぺっぺってツバを吐きかけるのよ！　っていうところ。

「見た〜い」と言ったら「見せたいわ〜」と笑ってた。

「今、走るのって流行《はや》ってるじゃない？　走ると人生観が変わる変わるってみんな言うんだけど、ホントかしら」と言うので、「それは、そういう頑張ったっていう経験で自信がついたとか、もともと変わりたかった人がそれをきっかけにして変えようというわかりやすい印になったというか……」

人生観って本当は毎日すこしずつ変わってるんだよね。よく、何かを見たり体験して急に人生観が変わったっていうのは、努力したり、めずらしい景色を見たりして、すごく感動すると、長い間こころにたまってた古い埃《ほこり》や汚れがふるい落とされて視界がクリアになってこころが洗い清められたみたいになるから、そう思うんじゃないかな。埃や汚れをためずにいつも払い落としながら暮らしていれば、毎日がクリアでいられると思う。そうすると、なにかをきっかけにしていきなり大きく人生観が変わる、なんてことはなくなるんじゃないかな。

10月23日（火）

最近「プロフェッショナル」をなかなか見れない。というのは、同じ時間帯に見たいテレビ番組がたくさん重なっていて、カーカがドラマを録画して私が「リンカーン」を見て、などやっているといつのまにか見逃している。再放送も同じ時間にカーカの海外ドラマが重なっているし、再々放送は特番などでなくなることが多い。でも、これだけはちょっと見逃したくないというのがあって、それはちゃんと見ることができた。京都の堀川高校の校長先生の回。堀川の奇跡と呼ばれている。探究基礎科という好きなことを研究するという時間を取り入れ、生徒の知りたいという気持ちをひきだすことで、モチベーションをあげ、結果的に大学進学率が驚異的に伸びた。その先生のひとことひとことに、もう、ぐっときて泣きながら見ました。人とちゃんと向き合っている。向き合うということは、責任をとる、ということでもある。向き合うということは、それだけで真剣だ。

学校の生徒、やる気を引き出す、可能性、未知数、みたいな話に私は感動しやすい。

この番組も見始めてから長いので、オープニングの歌声に飽きてきた。何度も繰り返し流れてて新鮮味がなくなった。スガシカオの声と重なる番組始めの部分は音を消去している。あと、脳科学者茂木《もぎ》さんのコメントも。というのは、実際の暮らしの中で実践していらっしゃるプロの方々のことをいつも脳科学の立場から言うと……なんて脳の話で解説されるので、机上の空論のように思えてしまい、やっぱ実践の方がすごいよなあなんて思い、大きなものを小さなおちょこで汲《く》んでいるようなアンバランスさを感じてしまい、あのもたもたしたコメント中は音を消去。

夜中に目が覚めたので本を読む。最近のブームは海外推理小説。今はエーリヒ・ケストナー作「雪の中の三人男」を読んでいる。ほのぼのした童話のような平和な小品。私は十代の頃、あんまり本を読まなかったから、その頃にみんなが読むような本を読まなかったから、大人になってはじめて読んだという本が多い。ケストナーの「飛ぶ教室」も読んだことない。「赤毛のアン」も宮沢賢治も読んだのはけっこう大人になってからだったな。じゃあ子どもの頃は何を読んでいたかというと、江戸川乱歩の少年探偵シリーズ「怪人二十面相」などでした。あと、マンガ。

隣に寝ているさくを見る。ふとんが顔を隠していたので、そっとふとんを押し下げて寝顔が見えるようにして、ちょっとのあいだ寝顔を眺める。どの親でもたぶんやっているこの「子どもの寝顔を見る」。子どもの寝顔をぼんやり眺める親。子どもを慈しむというのは、この時の気持ちじゃないかなと思う。子どもの寝顔を見ている時って、わりと心が真っ白で何も考えてない無の状態だ。なんともいえない安らぎ。静かなおだやかな愛情。子どもの寝顔を見ている時の人の顔こそ、親の顔だ。寝顔を見るというその瞬間を持てることが親としてのしあわせと言ってもいいかもしれない。それでもう十分かもしれない。感じられる気持ちとしては。

先週の「金スマ」。先々週の三原じゅん子の離婚の真相を受けてコアラ側から見た真実、みたいなフリだったが、結局三原もでてきてふたりが並んでて、そして内容を見れば見るほど、夫婦喧嘩《げんか》は犬も食わないの離婚版というか、犬も食わないような離婚劇だった。勝手にやってれば？　と言いたくなるようなふたりの世界。三原のせいだな、あれ。三原じゅん子って、「甘ちゃんなのよ、十年たってもこのままよ」って細木数子に言われてたように、なんだかものすごくいい子ちゃんに感じられた。別れた前の夫とも友だちで、コアラとも今も仲よくて、器がでかいですね～と中居が言ってたけど（正確には、そのでかい器どこに売ってるんですか？）、あれはでかいんじゃなくてわかってないんだろう。どこからどこまでが器なのか。だれとも別れ切れない、そしてつながれない。そのもわっとしたリアリティのなさにコアラも他の生きてる実感のある女性に行っちゃったんじゃないか。室井佑月に「本音を言わないのがいけない、正直じゃないと思う」って言われた時も、否定も肯定もせずにずっとうっすら微笑んでいた。モナリザみたいなアルカイックスマイルで。人にわかってもらえなくてもいい、自分がわかっていればというような。だったらこういう番組にはでなきゃいいのにって思うけど、それをはねつける強さもない。漂っている。三原じゅん子、くらげ説。でも嫌いじゃない。

10月24日（水）

エイジくんからひさびさにメール。友だちのカフェで客引きのバイトを始めたとのこと。がらがらだったのが満員になって入れないほどらしい。かつて巫女《みこ》さんみたいなおばあさんから、「あんたは客を呼ぶ顔をしている」と何度もしつこく言われたことを思い出しました、と。それよりも自分が幸せになりたいです……。なんて最後に書いてあったのがウケた。

幸せって、なんだろう。なにをもって幸せと？　とりあえず、「へえ〜！　人がいっぱい来るようになったなんていいじゃ〜ん。客を呼ぶ仕事がむいてるんだね！」と軽い返事をする。

買い物に行って、バナナが大量（10本ぐらい）で50円という安さだったので、思わず買う。バナナってあまり買うことないんだけど、バナナシェークを作ったらどうかなって思ったので。で、さくが帰る前にミキサーを棚からだして準備する。

帰ってきた。ジュースを作ってあげるね、と言って作りはじめる。うれしそうに待つさく。そして、冷蔵庫からヨーグルトドリンクを取り出して、コップになみなみとついで今まさに飲もうとしている。

「できたよ！　……あれ？　それ、なに？　今、ジュースを作ってるのに、どうしてそれ、飲もうとしてるの？　今、作ってたのに」
さくもきょとんとしている。いつもの習慣で、まずジュースを一杯飲もうとしたらしい。で、バナナジュースを飲んでから、ヨーグルトドリンクも飲んだみたいで、お腹が痛い～と言っていた。

夕方の灰青色の山と薄いオレンジ色の空を車の窓から運転しながら見て、いつもいつもちょっと憂鬱《ゆううつ》な気持ちを抱えて生きてきたな～と思った。いつか気分がぱっと晴れる日がくるんじゃないかと思いながら20代も30代もすごしてきた。きっとこれからも同じような気持ちで時はすぎていくのだろう。ぱっと晴れる日なんてこなくて。きっと死ぬまで淡い憂鬱の中をただようように。それが私の生きている気分なんだろうと思う。

10月26日（金）

こういうことってあるよなあ……としみじみ思うのは、たとえばAという人がいて、私は礼儀のなってない人は大嫌いだと言ってるとする。そしてBという人がいて、その人も礼儀正しくない人は嫌いだと言ってる。じゃあ、AとBは気が合うだろうと思って見ると、全然仲がよくなかったりする。つまり、礼儀正しさの意味するものがそれぞれに違うのだ。そういうことって、よくある。言ってる主張は同じでも、内容は違うという。

それから、ある人と誠実に付き合おうと思い、誠実に対応しようとすると、その態度の中で他の人とのことを話さなきゃいけなくて、そうするとその他の人を不愉快な思いにさせるという場合。どうすればいいのだろう。これを話せばその他の人を傷つけるかもしれないけど、大事にする人に誠実に対応するためにはそれもしょうがない……。だから、人はいつも選択を迫られている。どちらにも誠実に対応したいけど、両方にはできない場合、より大事な方をとる。そして、より大事じゃないと判断した方を傷つけるかもしれないけど、しかたない。あるいは、たまにある男らしい?人の場合、どちらにも申し開きせずに、誤解されても沈黙を守る。あえて汚名を着せられても、黙って受けるという。そういう人もいそう。でも黙って墓場まで持っていかれると、問題の方はいつまでも解決されないということもある。真実は闇の中。複数の人がからむと、それぞれの人の正しさの方向や守りたいものが同じじゃないから、難しいよね。利害がからむと善悪の判断も複雑化する。

10月27日（土）

きのう、今日、明日と、3日続けてだれかがお弁当。高校生になったら毎日になるのか……。そうなったら、どうしよう。……どうにかなるか。

ジョーバをパソコンの椅子の代わりにして10日たった。効果がでてきた気がする。脂肪は減ってないけど、お腹まわりの筋肉が締まってきて、脂肪の存在がはっきりとしてきた。このまま続けよう。机との間で指をはさまないように注意しよう。気をつけてたのに、指1回、足首1回、はさんだ。それで、間をぐんと広くあける。

きのうの夜遅くなって、カーカがシュークリームを作りはじめた。ホイップクリームを泡立ててから薄力粉がないことに気づく。強力粉しかない。最初に確認しないとね。

で、今朝起きてみたら、テーブルの上にクッキーみたいなものが並んでる。ふくらまなかったようだ。さくとふたりでそれをじっと見る。そして、となりにあったホイップクリームをつけて食べてみた。味は、シュークリームに似ていた。

それからまた、こんなことも思った。身近な人の話をあれこれ聞いていると、その人の気持ちも考えてることもいろいろな機微もよくわかる。でも、ちょっと離れた人だと細かい気持ちがわからないから、その人のわずかな言葉と表情で推し量るしかない。それであれこれ推測したり、どうしてそういうことを言ったのか、したのかわからなくて悩んだり、人に相談したりする。そして結局わからない。

身近な人でよくしゃべる人の気持ちはよくわかる。複雑な心理変化、感情の浮き沈み。気持ちはたいがい一個それだけがあるのじゃなく、いろいろな気持ちが織り交ざってる。そういうのは、いろいろと何度も話してみてやっとわかる。よく知ってる、気の置けない人でそれなのだ。だから、あまり知らない、気をつかうような人、遠い人だと、真意をはかりかねるのは当然じゃないかな。よ～く知ってる人で、やっと、なのだ。ちょっと遠い人だと、わからないよ。くわしくも言わないし、聞かないし。家族や友だちでさえ意思の疎通は難しいのだから、それ以外の人だとなおさら慎重に丁寧に気持ちを伝える努力をしないと伝わらないんだと思う。もういいや面倒くさいと思うと本当に、気持ちを伝えることってしなくなる。伝えないと本当に相手にはわからなくなる。気持ちを伝えるってかなり面倒なことだ。

10月29日（月）

こないだ「オーラの泉」のゲストに小雪がでてて、沈んだ遠い目をして「達成感を得られないんです」といつものふにゃりとした寂しい笑顔で語っていた。いつもひとりになった時に、ほーっとため息をついてるようなイメージがあったけど、そのまんまな感じだった。ぱあっと気が晴れることがなさそうなアンニュイなムード。この人と一緒にいてもあまりおもしろい気分にはならなさそう。でも本人はそれで、それ以外のものになりたいということもなく、淡々とやっていきそう。「達成感を得られないのは感謝しないからよ」と美輪さんが言ってたけど、うなずいちゃった。小雪の虚無感みたいなのには、ちょっと傲慢《ごうまん》な匂いがある。というか、そうみえる顔立ちなのかも。

さくが寝巻きに時々ジンベエを着ている。そのズボンの方なのだが、いつもどっちが前か後ろかがよくわからない。で、キーッとなってこれわからない〜と困っていた。「もう小さいし、やぶる」ってやぶろうとしている。だから、じゃあ印を書いてあげるからって、マジックで前に大きく「さく」と書いて見せたら、それでいいと納得してくれた。

さくと風呂のテレビでフィギュアスケートを見る。
安藤美姫がすべり終え暫定1位、次の人が最後というシーン。
さく「こけろ、こけろ」
私「そんなこと言ったらダメでしょう」
さく「じ、冗談だよ」
私「あの人がママだと思ってごらん。嫌でしょ？　こけろって誰かが言ったら。自分だと思ってごらん。あれがさくだとしたら、嫌でしょ、こけろって言われたら。そういうふうにものごとを考えないと」
こけず、無事、演技終了。で、安藤美姫2位だった。

10月31日（水）

う〜む。観ましたデヴィッド・リンチの「インランド・エンパイア」。3時間もの、きのう見た夢的ぐにゃぐにゃ時空間。エンドクレジットのシークエンスが好きだった。内容については特に言わない。思ったのは、好きなことを徹底的に好きなようにやるっていいな、そしてそれを好きだと言ってくれる人がいるってしあわせだな、ということ。私も作品を作っている間の頭の中では、もっと自由でいようと思った。

デパートに靴の裏のすべりどめを貼ってもらいに行く。その途中に、ちらっと見た店の服がよかったのでまとめて一式買う。シャツ、ワンピース、スカーフ、ジャケット。「面倒でなければ試着なさいませんか？」と言われ、「面倒なのでいいです」と答える。私は服を買うのに時間がかかるとだんだん疲れてきて買う気がなくなるので、急いでさっと買わないと。しばらくして「ジャケットだけでも。サイズがありますので」と言われ、ジャケットは羽織るだけだからいいかと思い、その場で羽織ってみた。グレイの軽いカーディガン風ジャケットで袖《そで》が6分ぐらいで変わってる。で、着てみて大笑い。「こ、これ、旅館で浴衣《ゆかた》の上に着る羽織みたいじゃないですか？」と言うと、「そ、そうですか？」とお店の人も困ったように笑っている。「ほら、私、肩が張ってるから、温泉の……羽織みたい……そっくり！　……」で、他のがありますか？　と探してもらう。もっと冬っぽいのでいいですよ〜。そして、もうすこしコートっぽい黒のジャケットにした。

試着してみてよかった。いろいろオマケがあるらしく、石鹼《せっけん》とワインをくれた。

11月1日（木）

しばらく留守にしてて、帰宅。

さくは毎朝自分で起きて学校に行き、カーカは風邪で1日休んで、2日目は遅刻して行って、3日目は無事定時に登校したらしい。私がいない時は、たくましくふたりで生きている。（晩ごはんは友だちが作って持ってきてくれる。）屋根も電気もあるんだから、野宿よりはいいだろう。

11月2日（金）

朝ごはんを食べながら、カーカと見るともなくテレビを見る。札幌市内にエゾ鹿が出没して捕獲するのに大騒ぎというニュース。マンションの廊下に逃げ込んで、角がガラスを割ったり、人々がおさえつけて怪我したりで、すごく大ごとになっていた。

私「人間は鹿を攻撃する気持ちはなくて、ただ安全な場所に逃がしてあげたいって思ってるだけなのに言葉が（意思が）通じないからこんなことになってるんだね。鹿は恐がって逃げるだけ。……もし宇宙人がいたら、言葉が通じないからこれと同じことになるかもね。あの鹿が人間だとして。……もし人間が他の星に行ったら、そこの星の人が助けてあげようと思ってても、人間はまず逃げるだろうね。恐いから。殺されるかもしれないから。あるいは、宇宙人が地球にやってきたら、それを見た人間は、恐くて、もしピストルとかもってたら、撃つかもね。相手が何者かわからなくて恐いから。……でも、より進化してる方は、相手を殺す気持ちはないよね。ただ助けてあげようって思うよね」

カーカ「うん」

しばらく登校の準備などしている。

カーカ「どうなった？　あの鹿」

私「なんか、怪我の治療して動物園に行った後、なぜか急に死んだんだって」

カーカ「ふうん。じゃあ、カーカたち、死んだんだね」

私「………？　ああ〜、そうだね」

助けてあげたいと思ってるのに、それがわからなくて逃げて、死ぬ。

助けてあげたいと思ってるのに、それがわからなくて逃げて、死ぬ。

なんだかこれ、いろんなことにあてはまるような気がした。

11月3日（土）

私のサンポ友だちオノッチが、仕事場のファミマからメールしてきた。「今日の予定は？」

「特になし」と返事する。「ランチにつきあって」「ＯＫ」「あとで行く」

仕事場が変わってすごく忙しくなり、サンポもできなくなったけど、たまにこうやってご飯を食べたりする。

今日は新人ばっかりなんだけど、私がいたら頼るから、抜けられそうだなって思って出てきたのと言う。どこ行く？　と言うので、ずっと前に行ったすごく景色のいい喫茶店があるけど、そこ行こうかと、そこへ向かう。けど、場所はうろおぼえ。

私「でも、料理はそれほどおいしくなかったような気がする。量が多かった」

この辺というあたりを探したけど、みつからなかったので、途中にあった洋食屋に入る。ハンバーグが売りらしい。オノッチはハンバーグランチ、私はタカナピラフ。

オノッチ「このあいだ銀行に行った時、ぼんやりしててつい、ドアをあけて、銀行の人と目が合ったので、職業病で『いらっしゃいませーっ』て大きな声で言っちゃった。笑われた」

私「ハハハハ。でもぼんやりしちゃうよね。店に入る時って。特に銀行なんてぼんやりしちゃうよ」

食後に飲んだ100円のコーヒーの香りをかいだ時、これは私の好きな味かもしれないと思ったら、そうだった。ちょっと焦げてるような味とかおり。焦げてると言っても、煮詰まった感じではなく、香ばしい方。ミルクとシュガーを入れて、ひさしぶりに好きな味だと思いながら飲む。それから雑貨屋に行って、ノートとメモ帳を買った。

帰りの車の中。

私「洋七の講演会があるよね」

オノッチ「どこで?」

私「大口（家から40分くらいのところ）」

オノッチ「いつ?」

私「確か……来週ぐらい……」

オノッチ「人気なんじゃない？　何時から?」

私「6時半。もしオノッチの仕事が終わってたら、行かない?」

オノッチ「じゃあ、日にちを教えて」

私「うん」

家に帰って、本屋に置いてあった優待券を見てみる。11月12日（月）だった。「島田洋七の爆笑トーク（お話）」と書いてある。この券で1500円でご入場できますだって。行けたら行こうねということになる。

11月4日（日）

きのうの夜、ふたりともずいぶん遅くまで起きていた。私は早く寝たけど。テレビで「バイオハザードⅡ」を見ていたのだそう。で、「バイオハザードⅢ」を見に行きたい見に行きたいと言う。朝、仕事をしていたら、部屋に来て、車に酔わないから連れて行ってとさくが言うので、映画に連れて行くなんてことはあんまりないし、カーカもさくも見たいと言ってるんだから行ってあげようかなと思い、上映時間などを調べてみる。ここから車で約1時間。他のおもしろそうなのが同時にあったらそっちを私は見ようと思ったけど、ちょうどいい時間になかったので、私も「バイオハザードⅢ」を見ることにする。行きの車の中で、「今までのを見てないから、教えてよ」とふたりにⅠとⅡのあらすじを教えてもらう。なんだかよくわからなかった。カーカがひとしきりしゃべって、「で、それとはまた別の話なんだけど……」と言うので「そういう時は『場面は変わって』って言って」と言ったら、場面は変わって、を駆使して話していた。まあ、とにかくアリスっていう女の人が主人公で、追われているということだけわかった。

映画館でまずチケットを買う。中学生は学生証を見せてと言われる。出かける時に「学生証は？」と聞いたら「見せなくても大丈夫だよ」とカーカが言うので、持ってこなかった。それで大人料金1800円を払うことになる。800円も損した。それがショック。気がおさまらず、ぶつぶつ言う。始まるまでにご飯を食べようと、隣のカフェに入る。さくはたらこスパ。私とカーカはサーモンとほうれん草のパスタとオムライスを半分ずつ。おいしかった。

映画が始まった。私は眠くて眠くて、かなり寝ていた。終わって、ふたりともおもしろかったーおもしろかったーなんて言ってる。へえーと思う。服など買い物して、夕食のパンを買って帰る。途中飲み物がほしくてマクドナルドのドライブスルーにはいった。注文の仕方が悪かったようで、ポテト2つのはずが、3つになっていた。こんなにいらないのに……。そして、きれいな夕焼けを見ながら帰った。

11月5日（月）

私は卓球をしてるようなテンポで人と対峙《たいじ》している。球を打って、それが返ってきて、それを見て次を決めるというような、相手の反応にパッパッと反応して次の行動を決定していく。イメージよりも何よりも、今現在の球を見る。この目の前に最も信をおく。予想と違っても、あ、わかった、じゃあこうしよう、だったらこう行こうと、すぐに切り替えて進む。状況に合わせてすぐに気持ちを１８０度変える。

ひさしぶりの雨。

カーカの同級生のお母さんから電話があり、しばらくしゃべる。進学のことになり、うちは近くの難しくない公立に行くって言ってると話す。すると長男がそこに通っていると言って、「そこはのびのびしてていいかも。でもそれだけに、やる気のない子は勉強しないみたいだけど」とのこと。カーカは押さえつけられるところはダメだから、ちょうどいいと思う。そして、

「でも、不思議とあそこ、自転車がよくなくなるんですよ」

私「え？　鍵《かぎ》は？」

「鍵をかけてなかったのかも。なくなって、そしたら駅に置いてあったって。それからまたすぐなくなって、そうしたら今度は本屋さんの前にあったって」

私「へえー。気をつけないとね。足代わりに使うんだね」

「それから傘もよくなくなるの」

私「ええっ！　傘も？（笑）」

「そう。うちの子は背が高いから大きめの傘を持って行ってたら、すぐになくなって、大きいのってどうしても1500円ぐらいするんですよ。名前も書かなくていいって言って。で、もうしょうがないから小さいけど安い、200円の傘にして、名前もはっきり書いたら、そしたら持って行かれなくなったって」

私「ハハハ。さすがにそれだといらないって？」
「そう。それが5本目」
私「ハハハ。モラルが低いのかもね。気をつけよう……。お弁当って、もし作れなかったら何か買うとこあるの？」
「パンを売ってるって。それに、コンビニもあるし」
私「ふうん、よかった。どうにかなるよね」
「うん。うちの子の友だちでお弁当を持ってこない子がいてね、いつもパンを買ってるらしいんだけど、まわりの友だちがみんなで交代で、きょうは俺、きょうはコイツって、お弁当とパンを交換してるんだって」
私「ああ〜、お弁当も飽きるしね」
「そう。で、きょうはおべんとうをその子のパンと交換したなんて言うから、ああ〜だったらもっといいもの詰めたのにって！」
私「ハハハ」
「で、その男の子が遊びに来て、いつもお世話になってます〜って」
私「ハハハ」
「おいしいです〜って」
私「ハハハ」
「息子はおいしいとか言ってくれないから、そういう感想がうれしくて」

私「ハハハ」
あーおもしろかった。自転車と傘に注意ね。その高校は1学年3クラスで、私たちのすんでる町と同じくらいの田舎にあって、見たことはないけどすごくのん気な高校っぽい。ピリッとした感じや気を張る感じ、背伸びする感じはないと思うけど、ゆるゆるしててカーカにはいいかもなと思う。でも私が行ったのは厳しい方の高校で、厳しさは嫌だったけど、見知らぬ頭のいい人たちがたくさんいて、それは刺激になった。憧《あこが》れ、自己嫌悪、向上心、頑張ろうという思いなど、嫌なこともあったけどいいこともあった。でもでも、カーカは私ほど環境に順応するタイプじゃないから、反抗心があるから難しいだろうな。

電球が切れていたので、雨の中、買いに行く。そこの店員さんが元気よくあいさつしてくれた。そのひと、女性で、年齢は私と同じぐらいなんだけど、好きなんです。女性らしいような、ボーイッシュなような、明るくてさっぱりとしてて、会うとさわやかな気持ちになる。

夜中にカーカが部屋に来た。どうしたの？　と聞くと、蚊がいて眠れないと言う。
「そうなんだよ、ママも刺されてる。いやだよね。このね、強力ジェットフマキラーをまいたらいいよ」と渡す。カーカの部屋に1匹、私の部屋に1匹、テレビの部屋に1匹いる。小さいの。それがとても痒《かゆ》い。

11月7日（水）

今朝、学校へ行こうと家の玄関の戸を開けて外に出たさくが外の空気を吸って、「古臭い匂い」と言う。どれどれと外に出て吸ってみた。霧がでていてしめったような、しっとりとした匂いだった。最近、朝の空気に独特の晩秋らしい匂いがしてきた。天気や温度、湿度によって変わる。植物の匂い。枯れ葉の匂い。きのうは「沖縄の匂いがする」って言ってた。

部屋のあちこちにむしむしが置いてある。カーカがティッシュをガムみたいに嚙《か》んで白いむしみたいにしたもの。今日は、コタツの上と服置き場にあった。

テレビの部屋にいたらまた蚊に刺された。もう、と思い蚊取り線香をだしてつけたら、弱ったのかふらふらと目の前を飛んでいたので叩《たた》く。てのひらに血がついた。これはさっきの私の血かな。その蚊取り線香を、今度は私の部屋に置いて戸を閉めきる。これで大丈夫だろう。さっき行ってみたら、部屋中すごい匂いだった。

さくが「暴れん坊ママ」を毎週見ているので、「この幼稚園のママたちが嫌だ」と言ったら、「そのうちよくなるよ、そのうち」とフォローしていた。

昼、エビのクリームパスタを作った。おいしかった。子どもたちにも作ってあげようかなと思った。カフェ「みきりんや」で。

最近さつまいもをもらうので、簡単スィートポテトをよくつくる。皮をむいたさつまいもをゆでて、熱々をつぶしながら砂糖とバターと牛乳を好きな味になるように混ぜて、クッキングシートにフォークでとりわけて、表面はぐちゃぐちゃのままで、その上にシナモンをふって焦げ目がつくまで焼くだけ。おいしい。卵黄もぬらないのでらく。

カーカに「これが、さつまいもと砂糖とバターと牛乳とシナモンだけで作った味だから、よく覚えてね。店で買ったものでほかの味がしたらそれは、これ以外のものが入ってるってことだからね」

今日はりんごがあったので、5等分ぐらいに輪切りにして芯《しん》をぬいてバターと砂糖とはちみつを散らしてシナモンをふって、焼くだけ。これも簡単でおいしい。

さくが帰ってきた。「スーパーマリオギャラクシー、来た？」

「来たけど、今日じゃないほうがいいんでしょう？　空手に行く日だから」

「ううん。いいの。来た？」

「………」

「来たの？」

「………来たよ」

「やった！」

宿題をやって、お風呂《ふろ》に5分で入って、空手に行って、30分でご飯を食べて、ゲームをしようと計画をたてている。

「おっかあ、あとで髪の毛の匂い、かいでー。臭いか」

「うん」

きのうもかいで、臭くなかったので髪の毛を洗わなくていいよと言ったのだ。でも今日は臭そう。いや、臭くなかった。カーカもかいで、臭くないと言っている。

「きょうね、もりだくさんだったから、日記に書くこと多いよ」

「なにがあったの?」

「交流給食で5年生とたべたでしょ? 英語のスミスさんがきたでしょ? 高校生のおねえさんがきたでしょ? ……」

「ほんとだね」

「……あのね、タムくんの頭の中がどうなってるのかわからない」

「どうして?」

「だって、いつも勘違いして怒るんだよ。違うのに。そしてみんなが違うって言ったらやっとおさまるの」

「ああ~、思い違いするんだね」

「うん。だから頭の中がどうなってるのか不思議なんだよ。なんでそんなふうに思うんだろうって」

「ふうん」

いろいろな色が混ざった小石チョコレートの中の青いのを「これ、当たりだよ」と数日前に適当に私が言ったのを覚えていて、さっき手にとったチョコの中に青がたくさんあったら、「見て、当たりがいっぱい」なんて喜んでいた。

11月8日（木）

田中裕子主演の映画「いつか読書する日」をみる。田中裕子のあの低い、まったく甘さのないしゃべり方が好き。冷たくそっけなく言うセリフが、おもしろくて笑ってしまいそうになる。（スーパーでの若いレジ係の女との会話など。）

私の父親であるさくのおじいちゃんの話になり、
さく「どんな人だった？　会ってみたかったたな」
私「うん。おもしろい人だったよ。きっとさくのことすごくかわいがったと思う」
さく「どうやって死んだの？」
私「趣味の小さい飛行機みたいなのに乗ってて、川に落ちたの」
さく「泣いた？」
私「うん。東京にいた子どもたち4人で集まって、次の日に帰ったけど、事故で急だったからね。病気とかじゃなくて」
さく「心がまえがね」
私「うん」

食後にホットケーキ。

夕食後、なにか物足りない。カーカに言うと、カーカもと言う。なにかおやつを食べたい。それもスナック菓子ではなく、手作りのもの。カーカも、と言う。それでホットケーキを焼くことにした。一枚焼いて、3人で分ける。バニラアイスもメープルシロップも果物もなかったので、バターとはちみつをかけた。思いのほかおいしかった。ふわんとして。もっと食べたいと言うので、もう一枚焼く。カーカが焼きながら、楽しい気分になったのかヒューヒューと大きな声をだしてふざけるので、やめてと言ったら、カーカってこういう性格なんだよ〜と言う。知ってるから、やめてと言う。

そのあとテレビを見てたら、森くみさんが映って、ぷっくりぼーんぼーんした体を見て「かわい〜」と言ったら、「ママが好きそう」「そう。ぷっくり太った人や猫を見るのが好きなんだよね〜。あと丸顔の人。『リトル・マーメイド』の紫色の大きな人みたい」「カーカもそれ思ってた！」

映画「深呼吸の必要」をテレビで見る。カーカはあっちで私は自分の部屋で。終わって、「どうだった？」と来たので、「うん、よかったよ。あそこ、宮古島《みやこじま》だった」

それから、韓国ドラマが始まった。韓国ドラマって前よく見てたのに、もうぜんぜんだね〜と言って、前見ておもしろかったドラマの主人公やあらすじをふたりで思い出す。「秘密」や「真実」とか。あれだれだっけ、どんな話だったっけなどと忘れてる記憶を思い出すのがおもしろかった。どうしても思い出せないのがあって、最後は調べてやっとわかって、そうそう！　と納得。

3年生になったらひとりで寝るといっていたさくは、夏、暑いからってまた私と同じベッドで寝始めたが、だんだん狭くなってきたので、きょうからベッドの隣にふとんを敷いてそこでひとりで寝ることにした。昼間太陽に干していい匂いのふとんに最初にカーカがドーンと寝てしまい、ちょっと残念そうだった。

11月9日（金）

さくは、朝の時間に関してはきっちりしている。6時半に起きて、7時半に登校する。そして、朝ご飯をすぐに作ってと言う。起きてすぐ。6時40分ぐらいにできてないと機嫌が悪い。きのうはねぼうしたうえ、じゃがいものソテーを作ったので時間がかかってしまい、6時50分ぐらいになってしまった。すると、機嫌が悪くなっている。どうして？　まだ時間はたっぷりあるじゃないと言うと、ゆっくり食べたいのと言う。そして、もう遅いのは嫌だと思ったらしく、明日からはコーンフレークを食べると言う。コーンフレークだったら自分で出して食べられるので、すぐだから。

で、今朝はコーンフレークを自分で食べて、自分のペースで落ち着いて仕度していた。が、着替える時、ハンカチにカメムシがいたと言って走ってきた。あの匂いが大嫌いだから。手を洗って、他のハンカチを出してる。そして、行ってきますと言って出て行った。このとき、カーカはまだ熟睡中。8時直前にゆうゆうと出かける。

さくが学校から帰ってきた。

うちはドアが少なく、ほとんどが引き戸。トイレの戸も引き戸だ。そして、戸を閉めない。そういうクセがついてしまった。そして、さくが、うん…うん…と言いながらウンチをする時の顔が私は大好きだ。それは、あかちゃんの頃から見ていた。自分でトイレでできるようになってからは私がつきそっておしりをふいたりしていたけど、ウンチをする時の顔というのは、本当になんとも自然な苦しい顔で、たまらなくかわいい。そういう顔を日常の中で普通に見ながらすごしてきた。さっきもうん…うん…が聞こえてきたので、おっ、と思って見に行ったら、見ないでなんて言ってる。もう見れなくなる頃ってことか。

床のコンセントが忍者みたいだったので、さくを呼んで見せたら、(用は) それだけ？だって。すぐに友だちんちに遊びに行った。

この家で唯一、3人がそれぞれひとりひとり、心静かに対峙《たいじ》しているであろう壁。

それがトイレの壁だ。小学校の図書室から、洪水で本がたくさんダメになったので家に読まない本があったら寄付してくださいという紙が来て、家の読まない童話など持って行ったら、図書の係の先生からきれいな字のお礼の手紙がきた。それがうれしくて貼ってある。あと、カレンダーや私たちが小さく写ってる地方紙の切り抜き、地図など。家の神棚のような場所だ。

11月10日（土）

天気のいい土曜日。
午前中、掃除したり、いろいろ。
窓を開けるといい匂いがする。
ドン、と音がした。
さくが「鳥がぶつかったよ！」

窓ガラスにぶつかったようだ。
見ると、窓に白く小さな羽根が飛び、床のコンクリートに鳥が倒れている。カーカとじっと見る。痙攣《けいれん》している。ああ〜と思いながら、苦しい気持ちで見る。しばらくすると、立ちあがってじっとしている。脳震盪《のうしんとう》をおこしただけかもしれない。羽根が飛んでるところが痛々しいが、血は見えない。じっとしている。しばらくしてまた見たら、もういなかった。よかった。
午後、さくは友だちの家に遊びに行った。2階からカーカのキンキンした笑い声が聞こえてくる。来週、テストなのに。下から声をかける。
私「なに？　マンガ読んでるの？」
カーカ「うん」
私「……かわいそう」
カーカ「なんで？」
私「やりがいのあることがないんだね。その場限りの楽しさをただ追いかけて……。むなしそう。達成感ないね」
そう言って仕事部屋に行く。すると、ますます大きな笑い声が繰り返し聞こえてきた。無理に笑ってるような。そういう人だ。
達成感って、ちょっと苦しいほど、なにかを一生懸命やったことでしか得られない。

久しぶりに会う友だちたちが遊びに来た。高校の同級生、裕ちゃんたち。鉄製の、首がぼよんぼよん動くいぬの花台を手土産にもってきてくれて恐縮する。それがマロンを彷彿《ほうふつ》とさせる。マロンという名前にしようとさくとカーカに言う。正式には、シロチョロマロン。

夜、食後のくつろぎタイム。子どもたちはテレビを見てて、私はいろいろ。
おむつのCMで赤ちゃんのおしりが映った。
カーカ「かわいいー、赤ちゃんのおしりー」
私「赤ちゃんの生おしり?」
カーカ「うん」
さく「赤ちゃんのおしりってどれでもかわいい」
私「赤ちゃんってウンチも臭くないんだよ。赤ちゃんってどこも臭くないんだよ。どこも臭くないのは赤ちゃんだけだよね。ミルクの匂いだよ」

さくが、ママ、こっち見て、と言うので見ると、ひとしきり踊ってふとんに入っていった。気分がいいとよく踊る。手足をかくかくと動かして、腰をくいくい、顔はいつも同じ顔なのだけど、くちを尖《とが》らせて、右左。

夜中、「うう〜ううう〜っ」と、さくがうなされて起きる。

私「どうしたの？　こわい夢みたの？　どんな夢？　だいじょうぶ、夢だからね。夢っていうのはぜんぜんちがうから」と言いながら寝かしてあげる。ふたたび眠り込むさく。

それで目が覚めてしまった。時間は3時。しょうがないので、ワインを軽く一杯、本を読みながら飲むことにする。台所へむかいながら、土曜の夜で明日は朝寝坊できるし、なんとなくしあわせな気持ちだなと思う。

11月11日（日）

朝ゆっくり起きる。即興の歌を歌いながら部屋をでる。さくがテレビを見ている。歌を歌いながら今の気持ちを表しても、さくも何も言わない。その歌は「おはよう。テレビみてたの？」というのと同じ意味を持つ、あいさつのようなもの。

ご飯をたべたりみんなでテレビ見たりしてすごす。「笑っていいとも！増刊号」で、劇団ひとりがレモンの早食い、ゴリが玉ねぎの早食い、慎吾がミルクセーキの早飲みに挑戦していた。タレントたちを見ながら、いろいろひとくち辛口コメントを言い続けていたら、カーカが文句ばっかり言うからいやだなんていうので、だっておもしろいんだもん、と言う。またまたスマップのことになり、カーカ「ママはだれが一番おもしろいと思うんだっけ。中居？」
私「おもしろいっていうか……。別に、だれも。ああ〜、そうだね、中居くんかな」
さく「さくは香取慎吾」
カーカ「ええーっ、一番おもしろくないじゃん」
私「いや、子どもにはおもしろいんだよ。わかりやすいし。仮装大賞にもでてるし。子どもにわかりにくいといえば、吾郎ちゃんかもね」
カーカ「そうだね」
私「カーカはだれが一番いい？」
カーカ「くさなぎ」
私「ふうん。おもしろいから？」
カーカ「うん。顔もいいと思うよ。キムタクより」
私「味があるしね」
なにかで働く話になり、
私「カーカ、学生の間だけは生活費を出すけど、卒業したら自活してね」
カーカ「まだなにになるのかわかんないのに」
私「なにになっても、とにかく自分で生活してね。それを覚えといてよ。卒業してからは自立。そう思いながら残りの学生生活をすごして。なんでも、働けたらそれでいいじゃん」

テレビで暴走機関車のドキュメンタリーがあり、さくと「機関車まだかな～」と歌いながら踊る。


風邪気味。さくと私。

夜はスパゲティミートソース。パスタをゆでていたら、さくがやってきて床に両手をついておしりを突き出している。なんだろうと思ったら、「くしゃみしたでしょ」？

思い出した！　今日の朝、のんびりテレビを見てる時、さくがくしゃみをしたら私がおしりの割れ目をぱこっとチョップする、という遊びを決めたんだった。

そしてなんどもくしゃみの声真似をして繰り返したんだった。

さく「くしゃみしたでしょ？」

まだ終わってなかったんだ。

もう終わったのかと思ってた。

カーカとデジカメの画像を見ていて、このシロチョロマロンと一緒に映ってるさくの顔ってカッコよくない？　と言ったら、カーカ、もっといいの持ってる、と言ってプリクラを見せてくれた。今年の夏に金沢の映画館でとったやつだ。
私「ふ～ん。なんか、大人っぽいね。いつもの顔とは違うね。ちょっと大きくなったら

こんな顔になるのかな」

カーカ「そうかもね」

私「さくをさあ、ママたちの好きなように作りあげない？　顔とか性格をいいふうにいじってカッコいい男の子に」

カーカ「いいねえ～。カッコよく育てようか」

なんて冗談で話してたら、しばらくしてさくが私の部屋に来て、

さく「ママ、さくをいいように作るの？」

ドキッ！　いつも肝心なところを聞き逃さないんだから。

私「ああ～、さっきの？　冗談に決まってるでしょ？　ママ、さくをいつも自由にさせてるじゃない。好きなようにさせてるでしょ。無理になにかをさせたことないでしょ？　ママたちがさくを作ったりしないよ。さくは自由に好きなことをしたらいいんだからね」

うっかりしたこと、言えない。

11月12日（月）

夜中に、さくがまた寝言で「ママ、助けて～」と言う。

「なに？　助けるよ～、何の夢見たの？」と聞くと、「はいっ、わかりました！」とまだ寝ぼけてる。

そして起き上がってひとこと「なんて言えばいいんだろう」

「だれに？」と聞くと、ガクッともう寝てる。

朝それを言うと、覚えてないって。

映画「フリーダム・ライターズ」を見る。学校、黒人、人種差別、実話もので、またまたぐっと泣きながら。そういうのを見ると、これに比べたら日本はなんて平和で自由で平等なんだろうと思う。こんなに秩序正しく礼儀正しく心優しい国ってちょっとないんじゃないかって。もちろん細かく見ていけば嫌なとこもいっぱいあるけど、そんなの取るに足りない。なんでもやろうと思えば制限がないなんて素晴らしいと思う。ここまでの形を作り上げたってすごい。今の日本で、好きなことがみつからない、やりたいことがないという人たちって、やはりしあわせだと思う。そんなことで悩んでいられて。危険なことをあえてしなければ殺されもせず、強姦《ごうかん》もされず、餓死もしないって。ある意味、日本は天国だ。……という視点で自分たちを見れば、違う感慨もわいてくる。

その人の今いる状況に応じて、伝えようとすることを伝えるためにチョイスすべき言葉は変わる。100人にたいして、100通りの伝え方がある。100通りの表現が、おなじひとつのことを言っているということは多々ある。それをぐんと広げれば、すべての表現はたったひとつのことを言っているのかもしれない。そのひとつのことが感じとれるような気持ちになる瞬間がある。はっきりとはわからないけど、今、なんだか、なにかが解りそうになった、という感じで。

言葉にはできないそのひとつのことって、一般に「愛」といわれるものだと思う。その「愛」は、だれも直接は見えず摑《つか》めないけど、感じることはできる。ある一定の距離をおいて、それを指し示すことはできる。

オノッチと島田洋七の講演会に行くため、仕事場まで迎えに行く。

オノッチを拾って、30分ほどで講演会の会場に着いた。いったいどういうものなのか予備知識がなかったが、入り口で「きょうのプログラムです」と渡された紙に、第一部「和太鼓と舞踏の祭典」、第二部「島田洋七の爆笑トーク」と書いてある。

ええーっ、これ、もしかして延々見知らぬ人の歌と踊りを見せられるのかな？　フラ＆タヒチアンダンスだって。創作舞踏ブラック・スウィングスってなんだろう？　これが1時間半ぐらい続いたらどうしよう……、などとオノッチとあれこれ想像しあう。

私たちはいちばん後ろの席に座ったのだけど、視力の悪いオノッチが、「前の方、制服着た人が多いね。学生？」などと言う。「あれは、この椅子の背」。まだ人が座ってなくて椅子の背が並んでいるのが制服に見えたらしい。紺色だったし、肩が四角くしゃきんとして見えたのだろう。笑う。

6時半に始まった。まず「和太鼓すぴか」だって。女性3人が太鼓をたたいてる。ものすごく手足がピンッと伸びて、力いっぱい、股《また》も開いて、すごい。腰も安定感よく入っている。思わず絵を描かずにいられない。そんな私をオノッチがちらっと見てる。元気よく終わって、まあ最初だし、まだ入ってくる人もいてざわざわしてるから太鼓みたいなのがあってよかったかもと言い合う。

次にフラ&タヒチアンダンス。かなり大勢の人たちで3曲。オノッチが、「あの衣装、私が着たら真ん中の人みたいになるんだろうか？　せめてあの左の人ぐらいがいいな」などと言い、私が「う～ん。でもフラダンスってふくよかな方がいいよね。模様のない腰巻みたいなの着てるあの3人、ふろあがりにバスタオル巻いてるみたい」などと体形と衣装

しか見てない。「私たち、体形しか見てないね」と言ったら、「だってそれしかおもしろいことない」。

そして最後が一番おもしろかった。いや、おもしろかったなんて言ってはいけない。司会者の説明によると、膝《ひざ》を故障されたあと、やさしいご主人の協力の下、努力の末に復帰を果たされた感動的なソロデビューらしい。幕があく。黒い衣装を着けた男装の麗人のような人が、踊りだす。曲はリッキー・マーティンの「マリア」。腰をくいくい動かす挑発的な踊りだ。平均年齢70歳と見たこの会場のおじいさんおばあさんたちはどういう気持ちでこれを受けとめているのかと思うと、笑いが止まらなくなり、何度もオノッチをひじでつっつく。「広げた二の腕のたるみ具合からすると、かなりの年ではないか」とオノッチが冷静につぶやいている。

舞踏が終わった。30分ぐらいだった。内容もおもしろく、かえってよかった。それから

洋七登場。1時間半きっちりと笑わせていた。私の隣のおばあちゃんはハンカチを出して涙を出しながら笑っていた。内容は本で読んだのが半分ぐらいあった。講演会が大好きで、今月は30箇所以上、休みはほとんどないと言ってた。本当に好きなんだなと思った。テレビとどこが違うかなと考えてみた。テレビだと顔がアップで見えるから、見たという感じがあるけど、講演会は顔が小さくしか見えない。大豆ぐらいだった。だからバーチャルな気分。実感がなかった。ラジオみたいなものかな。でもご本人は反応が直接返ってくるから好きだと。確かにみんなよく笑ってた。

でも、内容がやはりおばあちゃん向けという気がした。

でも、まあ私もところどころで笑った。

ロビーでは、リッキー・マーティンを踊った女性が客に挨拶《あいさつ》していた。かなりの高齢だ。

「大衆演劇の人みたいだね。宝塚みたいなメイク」と、オノッチ。

会場の外に出たら、ものすごく冷え込んでいた。そこへさくから電話。

「何時に帰ってくる?」

「あと40分ぐらい」

霧が出てる。真っ暗な道をひたすら走る。対向車もいない。街灯もない。真の闇っぽい。途中、一軒だけあったファミレスの前を何も言わずに通り過ぎたけど、もしかしたらオノッチ、あそこでなにか食べながらゆっくりとしたかったんじゃ！　とあとで思った。パフェでもつつきながら、のんびり感想を言い合ったらよかったな。あの舞踏家のことなど……。そういえば、どうもそのあと口数が少なくなったような気がする。
まあ、でも、おもしろかった。いちばん印象的なのは舞踏家……。
カーカに感想を言いながら、晩ごはんの残りを食べる。
カーカ「学生の間は、（生活費もらって）いいんだよね？」
私「うん。だから、7年後の4月1日から生活していくために、今から心がまえしといて」
カーカ「ママはいつまでもらってたの？」
私「………ママは、大学を卒業して1回宮崎に帰ってきたんだよね」
カーカ「そうなの？」
私「うん。半年ぐらいだけど」
そしてそのあと1年か2年、ずっと仕送りしてもらってた。………というのは内緒にしておこう。

11月13日（火）

こないだ鳥がぶつかった窓の外に鳥に注意をうながす貝の飾りをさげる。4つ。それから買い物に行く。「寒くなって、家にいるのが気持ちよくなると、料理を作る気持ちになってくるよ」と今朝、カーカに話したところ。

クラムチャウダーとフリッター（エビや白身魚の）を作りたい。

「クラムチャウダーを作ろうかな」と言ったら、さくが「わーい」とよろこんでいた。

クラムチャウダーを作ろうと思ったのは、きのう読んだ曽野綾子の「海は広く、船は小さい」(海竜社)という私日記の中に「いつかバンクーバーへ行った時、私は突然クラムチャウダーという料理の精神を会得したのだ。貧しい移民たちが浜で拾った貝に、手に入る野菜を入れて煮たのがこの料理。だからその精神さえ忘れなければ、何を材料に加えてもいいのだ。」という文を読んだから。今まで作ろうと思ったことのないクラムチャウダーを作ってみたくなった。私の場合は、その精神を想像して。

クラムチャウダーを作っていたら、さくが学校から帰ってきた。

さく「いつもよりも遅いでしょ」

私「ああ、そうだね」

さく「先生の話があったの」

私「どうして？　なに？　叱られたの？」

さく「違うよ。話したくない」

私「なんで？」

さく「なんか気分が悪いから……帰る時間が遅くなったから」

ああ～、それでか。さくは学校が終わるといつもすぐに家に帰ってくる。しばらくは遊んでくればいいのにと思うが、必ず急いで帰ってくる。たまにすぐに帰れない時などは、機嫌が悪い。いい家庭人になりそう、と思う。しばらくして落ち着いたら話してくれた。

さく「……先生に言いたいことっていうアンケートがあったの。それで、宿題を少なくして欲しいっていう意見があって、そのことで話し合ってたの」

私「それで、少なくなったの？」

さく「ならなかった」

私「さくも少ない方がいいの？」

さく「うん。だって最初は1ページだったのに、だんだん多くなって……。でも、そんなこと言えないでしょう？　先生だって考えてやってるんだから」

私「そうだね。……まあ、子どもはみんな宿題が多いより少ない方がいいって言うだろうね。それって、おこづかいが少ないより多い方がいいって言うのと同じようなものだよね」

さく「ふふ」

私「ママね、さくの好きなもの作ってるよ」

さく「なに？」

私「今朝、言ってたじゃない」

さく「なに？　ぎょうざ？」

私「ううん」

さく「なに？　わからない」

私「ほら、これを入れるの」と、あさりを見せる。
さく「ああ〜、クラムチャウダーね」
私「これ、見て」
おちゃわんに入った、貝を洗った時にボウルの底にいた2〜3ミリの小さなカニ3匹を見せる。

カーカが帰ってきた。その時私はガレージにいたので、「お帰り」と中から言ったら、玄関へと歩きながら「グアッ！」と怒鳴ってる。機嫌が悪いのかと思ったら、家に入って歌を歌ってる。悪くはないようだ。
私「カーカ、なに？　グアッ！　って」
カーカ「ただいまを省略したらああなった」
私「もっとやさしく言ってよ」
カーカ「やさしく言ったんだよ」
私「見て、窓。鳥よけの飾り」
カーカ「雨に濡れるじゃん」
私「いいんだよ」
カーカ「汚れるね。普通、家の中にやるんじゃない？」
私「中だと鳥に見えないから。いいよね。鳥がこない感じで」

食事の前、カーカにカニを見せようと、カニの入ったおちゃわんを「ほら、これ」って目の前に置いたら、お吸い物だと思ったそうで、ひとくち飲んで、目を白黒させている。
私「カーカ、それ、カニだよ。カニ。わからなかったの？」
カーカ、口を洗いながら「カニがいるなあと思ったけど、そういうのたまにあるじゃない。それだと思った」
私「でもこれ、透明だし、味がついてなさそうじゃん。そして、ぽわぽわってノリみたいなゴミしかないし」

11月14日（水）

先週だったか、「徹子の部屋」のゲストに宮沢りえがでていたので見てみた。どんなことしゃべるのかなと思って。すると、今までと同じような感じだった。私はこう思うんです、こう感じていますと、自分の説明ばかり。別にそれでもいいんだけど、それだけに、話がつまんない。世の中は、自分と、自分を理解してくれない自分以外のすべて、であるかのようにこの人を見ていると思ってしまう。私は……だと思う。という視点から、私

（と、私たち）は……だ。というように、考えが自分の主観だけでなく、広く一般、みんなも感じるという視点に変化していくほど、人の話って聞いていておもしろく感動的になると思うのだけど、そうならず、いつも自分という狭いところから見ているようで。

10月以降、私は仕事が一段落したので、ずっと家にいて陽だまりで読書するような暮らしをしている。あまりにものんびり。ヒマだ。でも、今年はずっと仕事をしていたので、この冬は休みの時期だと思って、徹底的にのんびりすごすことにする。家のことをちょっとだけやって、あとはずっと読書か映画か庭仕事。するとあっというまに夕方になる。毎日それの繰り返し。淡々と同じ日々を飽きもせずに過ごす。だんだんと秋から冬へと進んでいく。天気がいいので、気持ちのいいさわやかな毎日。

おととしの休憩期間があけてから書きたいものの範囲がすごく広くなって、なにを見てもだれを見ても書きたいことが浮かんできてしまう。今年の前半は10冊分ぐらいのアイデアをかかえ、自分でも落ち着かないほどだった。今はもう落ち着いて、それほどあわてなくても、また、これは今じゃなくてもとか、これとこれは一緒にできるなとか考え、できれば次に出す本のことだけを考えてやっていきたいと思うようになった。

11月15日（木）

私とさくの朝は、6時半に同時に起きて、さくはテレビをつける。私は5分ぐらいでさく用の朝食を準備しなければいけない。今朝はコーンフレークとクラムチャウダー（まだある）。7時半にさくが登校。8時前にカーカが起きて、すぐに登校。私はそれからゴミを出したり、ゆっくりと自分の朝食。

今朝の朝食の時、コタツでテレビを見ながらさくが、「おしりかいて」とくるっとねころんだ。かいてあげる。

さく「もっと右、右。反対。……おしりの穴がかゆい時は……」

私「あるよね。おしりの穴がかゆい時はどうするの？」

さく「指でかくよ」

私「直接？　服の上から？」

さく「服の上から」

私「そういう時はさ、トイレに行ってよ。そしてティッシュでね」

さく「うん」

私「パンツにうんちがついたらいやだからさ。かゆい時って、虫がいるのかもしれないからね」

さく「うん」

この本のカバーのイラスト描き。カーカが夜、見かけて、「にてる～」とつぶやいていた。

最初、別の、もっと私の顔が大きいのを試し書きしていたのだが、
私「これだれ?」
さく「カーカ」
私「これは?」
さく「さく」
私「これは?」
さく「……しげちゃん?」
私「ママだよ」と言ったら、ええ～っと言って驚いたような悲しそうな反応をしたので、やめたのだった。でもその絵を「どう? このママ、にてるでしょ」とカーカに見せたら、「にてるね、魚みたいな目が」と言っていた。

前に撮ったさくがはだかで後ろを向いてはだかのおしりをくいっくいっと動かしながら踊ってる写真を本に出していい? とさくに聞いたら、いやだと言う。

それを聞いてたカーカが、「カーカたちって反対なんだよね」

カーカが今好きな芸能人は、ヘイセイジャンプ。コンサートを観にいきたいなんていってる。だれが好きなの? と聞くと、この子と、写真を指差した。知念。ふうん。小さいうさぎちゃんみたいな顔だね。

夕方、さくが帰ってきた。

さく「あのね、オニオンの服、今日、なくなったんだよ。暑かったから昼休みに脱いで靴箱のところに置いといたらなくなってたの。それで、さっきまでずっと探してたんだよ。先生も」

私「ふうん。名前も書いてなかったしね。もしなかったら、明日、飛行機の着てってね」

さく「うん。でもまだみつかる可能性もあるよ」

私「そうだね」

このあいだ風邪気味だった時から長袖《ながそで》を着て行っているのだけど、それは去年買った玉ねぎ柄のトレーナー。去年は着なかったけど、今年は一度着てみて気に入ったと言ってくれた。なにしろ気に入らないと絶対に着ないから。そして同じ時に買った飛行機のトレーナー。どちらも自分で選んだものだ。もしオニオンが出てこなかったら、飛行機のを着てもらおう。今年も着ないかと思ってたので、よかった。

その家独自のやり方や習慣というものがある。それを知らないで世の中に出ると恥ずかしい思いをすることがある。私にもあった。さて、私はじっくりと磨きたいので、風呂《ふろ》で歯を磨く。でもそういう人ばかりじゃないから、さくに教えとく。

私「さく、うちはおフロで歯を磨くけど、多くのひとは寝る前に洗面所で磨くんだからね。覚えといて」

さく「そうなの？　初めて聞いた」

11月16日（金）

さくの持久走大会。「明日頑張ってね」ときのういったら、「言わないで」という。

「言わない方がいいの？」

「うん」

「じゃあ、言わない」

今朝、まるいチョコレートを手に持って、それは先日しげちゃんとこからひとり2個ずつもらってきたもので、私とカーカは全部食べて、さくは1個残っていたのだが、それを
「カーカが半分ずつ食べようっていうの……」と小さな声でつぶやく。

「いいよ。さく、全部食べなさい。さくのなんだから」

「うん」

明日は持久走大会だから、力をつけるために朝チョコを食べていけばいいよねってきのう私が言ったんだ。

ぱくっと食べて登校。飛行機のトレーナーを着て。

時間がきたので歩いて見に行く。イチョウが黄色く色づき、きれい。堤防を走って、さくは2位。絶対に追い抜けない足の速い友だちがいるのだ。

うちの家族は、聞き逃した言葉を聞かずにはいられない。私の母親がそうだった。私も

そう。カーカもそう。いつだったかはさくもそうだった。さくまで、と思ったものだ。

たとえば人と話をしていて、なにかひとことを聞き逃すとする。すると気になってしょうがない。それで、話の区切りがついてから、さっきなんて言った？　と聞くのだが、相手は覚えてないことが多い。なになにの話の前のとこ、○○？　違う、思い出して、などとしつこく追求する。たまにその気持ちがわかるからわざと教えないこともある。面倒だし。聞き逃した言葉が気になる。それに対する追求の度合いは激しい。しつこい。

思い出すのは私が小学生の頃の参観日、クラスの誰かが手を挙げて答えを言って、先生がそれを認めなかったかどうかした時、しげちゃんがつかつかとその子どものところに近づいて、「今なんて言ったの？」と聞いたのだ。恥ずかしかった。確認したくてたまらなくなるのだ。

また、家族だと省略しても意味が通じるので、会話がどんどん省略形で進んでいく。それに主語を言わないくせに、急に話題を変えるので、しばらく想像するのに時間がかかり、あまりにもわからないので聞くと、別の話題だったということが多く、話の内容が変わる時は必ず主語を言うようにとカーカと注意し合っている。それはたぶん、自分の頭の中では話題がくるっと変わっていて、それで考えが進んでいるので、うっかりそのままの流れであいだを開けずに言ってしまうからだろう。でも相手はまだその前の話題のつもりで聞いているので、⁇という感じになる。で、別の話なんだというのがわかって、「主語を言ってよ！」ということになる。

さくが帰ってきた。手にオニオンを持っている。
私「あったの？　どこにあったの？」
さく「うん。あのね、かわの先生が見つけてくださったの。どこにあったかはわからない。ちょっと遊びに行ってくる」と、家にはあがらず、玄関にランドセルを置いて、赤白帽から普通の帽子にかえて、「ともだちがねえ、来て来ていうから」
私「そう。よかったねえ」
出て行った。

お風呂のお湯をために行く時、トイレの中のカーカが視界に入った。
私「カーカ、もしかしてうんち？」
カーカ「うん」
私「もうそろそろ、戸を閉めてうんちしようか」
カーカ「そうだね」

夜、私の部屋にみんな来た。カーカはパソコンで調べもの。きっとくっだらないことだろう（ヘイセイジャンプのコンサートのことを調べてた）。さくはマンガを読んでいる。私はテレビでデンゼル・ワシントンの映画「ジョンQ」を見ようと思ったけど、子どもが重い病気なのに家が貧乏で治療費がだせないとかどうとかっていうかわいそうな感じの映画だったので見るのをやめる。さくが私のベッドに来た。ごろごろして遊ぶ。

私「このパジャマ、もうつんつるてんだから買い換えようね」

さく「つんつるてんってなあに?」

私「小さくなったってこと。ほら、こんなに短いじゃん」

くすぐったりしていたら、パジャマのズボンがさがって、おちんちんの上の方だけがまあるくはみだして、まるでまるいマッシュルームみたいに見えた。

私「ちょっと、これ、見てよ」

さくが笑って、ちょんちょんとさわっている。

私もちょんちょんとさわる。

私「まるいね。ちょっとカーカ、見て見て!」

カーカ「やめてよ」と、何やってるか察してあきれてる。こういうことやめようね、さくがふざけた人になるといけないからなんてふたりで注意しあったものだ。

おふざけをやめて、ズボンもあげる。しばらくして、さくがうれしそうに私を見上げて、目をキラキラさせて「また見る?」なんて言ってる。

「ううん、もういい」と、今度はやめとく。

それからカーカが電話をかけに向こうへ行った。さくも行った。

さくが私を呼びに来た。「ちゅんちん」

なにかと思ったら、カーカがヘイセイジャンプのコンサートに行きたくて、冬休みの旅行前日に東京のコンサートを見て、それから深夜バスかなにかで大阪で私たちと合流できないかと思ったみたいで。まずちゅんちんにその日あいてるか電話で聞いてみたのだそう。すると仕事だということだった。そして、今度は話は変わって、ちゅんちんが来月仕事でここのちかくを通るので時間があったら寄ろうかと思うという、そのことで私にだった。

「うんうん。いいよ〜。もし必要だったら迎えに行くよ〜」と言う。

11月17日（土）

天気いい。カーカは友だちとそのお母さんと美術館へ。毎月のお小遣い2千円と、今日の特別お小遣い3千円をあげる。
私とさくは午前中、「水曜どうでしょう」の録画したのを見る。喜界島《きかいじま》一周。さくが、うふふって笑ってる。テントの中でデブがなんとかかっていうところで。すると時間がずれたのか、最後の10分とれてなかった。ガクッ。
さくがトイレに行ったので、通りすがったら、うんちのようだった。のぞいて、
私「さく、うんちしてるとこ、写真とっていい？　顔だけ」
さく「だめ」
私「好きなんだよね〜、うんちしてる顔」

さくがきて、パンツからおちんちんをだして、またふざけてる。

なんとかばくだーん、なんていいながら。

私「もうやめようよ。ママたち、下品になっちゃう」

それでもしばらくいろいろひとりでふざけていた。

私「『コロコロコミック』みたい」

さく「チャンプル？」

夕食はさくとふたり。カーカはまだ帰ってこない。豚肉のソテー。つけあわせにニラ炒め。

さくがくるっとこっちを向いて、
さく「おっかあ」

私「うん？」

口を大きくあけた。見るとニラが一本、前歯のあいだにはさまって、ぶらんと垂れている。

私「うふふ」

で、またくるっと向こうをむいてテレビを見ている。

おっかあ、うん？　あーん。

たったこれだけのことだったけど、私はしみじみと感じ入る。

子どもがいるしあわせって何かと聞かれたことがあるが、
親子だからこそ感じられる感情のひとつにこれがあるな。

子どもが親にただ見せる、見せたい。見て見て、これおもしろいよ、こんなになっちゃった、どうお？　……無心だ。ただ見せたい。ただそれだけ。そういう無心の表情や動作。

これが寝顔の次の、子どものかわいさかもしれない。

ニラが歯のあいだにはさまったっていうのを見せてくれた。


カーカがどこからか調達してきたまるまるとしたさつまいもでまたスィートポテトを作った。最近塩味がはやってるので、最後に砂糖とシナモンと塩もちょっとふりかけてみた。

結果は………う～ん……塩はなくてもよかったかも。

フロで。さくの背中に雨、おしりの山の間の谷を流れ、滝になって落ちる落ちる。

11月18日（日）

土日、いちばんの早起きはさく。むくりと起きた。私はベッドで本を読んでいた。
さく「いま何時？」
私「8時15分。……ママのふとんに入ってあったまる？」
さく「行く」
と言って、向こうに行ってしまった。きのうはあったまりに来たのに、ちぇっ。
それからしばらく読書して、飽きたので私も起きることにした。廊下の引き戸の板を指で触ってカタカタカタと音を立てながら歩くのが私の習慣だ。「ぼんぼこぼんぼんぼーん」と言いながら（さくがいる時）。

カーカは昨夜《ゆうべ》わりと遅く、帰ってきた。美術館や、いろいろと連れて行ってもらって、楽しかったそう。お母さんから私へとおみやげの品までいただいてしまった。カーカに、朝行きがけに渡したお金で、もしできたらママたちにケーキかなにかのおみやげを買ってきてねと言ったのに、「忘れてた」だって。

さくはハンカチを結んでズボンのポケットにいれたまま洗濯にだす。そのまま洗うとハンカチが乾かないのでポケットからだしてほどいてねと言ってるのだがすぐに忘れる。で、もういちいちほどくのも面倒なので、

最近は結ばれたままで干している。

堅くまるく結ばれたハンカチ。

カーカはコンサートに行きたかったけど行けなくて残念そう。

元気はあるけど、実行するだけの条件がまだ整わない。

私「カーカもさあ、早くどこかに行ったらいいのにね」

カーカ「そうなんだよ、カーカもそう思うんだよ」

私「高校卒業したぐらいだったらどこへでも行けるのにね。今はまだ行きたいと思っても方法もわからないし、お金もないし、変に思われるし行けないね」

カーカ「うん」

早く年齢的に大人になったらいいね。自由に動けるようにね。そうしたら、好きに生きたらいいよ。思うぞんぶん。

そういえば、思い出す。私がこの町に引っ越してきたひとつの理由として、子どもたちの子育てが楽そうだからというのがあった。東京だと、あの世田谷《せたがや》だと、新宿や渋谷《しぶや》まで地続きなのだ。目を離すとどこへ行くかわからない、恐いものしらずの、野生動物みたい

だったカーカは、なにかの拍子でどんなところへ行っちゃうかわからない。その点、この町は盆地で、まわりをぐるりと山に囲まれている。ここならどんなに自由にさせてもこの山がせき止めてくれるだろう。真っ暗で移動手段もないから、町の外へは出られない。

この山が止めてくれる。どんなに走り回っても、この山が止めてくれるって。

「あとがき」ワーイ

さてみなさん、結局「つれづれノート」の形にもどってしまいました。
次は「つれづれノート15」になると思います。なにしろ日付けが重要なので。
そして、カーカとケンカしたりいろいろバトルしていましたが、なんとこのあと急にまたひっこすことにしました。東京に。理由は、ひとつのところにずっといるのにあきたので。今後は、思うぞんぶん移動をくりかえしていこうと思ってます。ひっこすと決めたら、急にたのしくなりました。やはりそういうのが合ってるのかも。今は、ひっこしの計画をいそがしくねっているところです。カーカはいったいどこの高校へ？　さくはどうなるの？　次回をおたのしみに！

2008年1月16日、銀色夏生

子《こ》どもとの暮《く》らしと会話《かいわ》

銀色夏生《ぎんいろなつを》

角川文庫 15025

平成二十年二月二十五日　初版発行

発行者―井上伸一郎
発行所―株式会社角川書店
東京都千代田区富士見二―十三―三
電話・編集（〇三）三二三八―八五五五
〒一〇二―八〇七八
発売元―株式会社角川グループパブリッシング
東京都千代田区富士見二―十三―三
電話・営業（〇三）三二三八―八五二一
〒一〇二―八一七七
http://www.kadokawa.co.jp
印刷所―暁印刷　製本所―BBC
装幀者―杉浦康平

き 9-65　ISBN978-4-04-167367-6　C0195

角川文庫発刊に際して

角川源義

第二次世界大戦の敗北は、軍事力の敗北であった以上に、私たちの若い文化力の敗退であった。私たちの文化が戦争に対して如何に無力であり、単なるあだ花に過ぎなかったかを、私たちは身を以て体験し痛感した。西洋近代文化の摂取にとって、明治以後八十年の歳月は決して短かすぎたとは言えない。にもかかわらず、近代文化の伝統を確立し、自由な批判と柔軟な良識に富む文化層として自らを形成することに私たちは失敗して来た。そしてこれは、各層への文化の普及滲透を任務とする出版人の責任でもあった。

一九四五年以来、私たちは再び振出しに戻り、第一歩から踏み出すことを余儀なくされた。これは大きな不幸ではあるが、反面、これまでの混沌・未熟・歪曲の中にあった我が国の文化に秩序と確たる基礎を齎らすためには絶好の機会でもある。角川書店は、このような祖国の文化的危機にあたり、微力をも顧みず再建の礎石たるべき抱負と決意とをもって出発したが、ここに創立以来の念願を果すべく角川文庫を発刊する。これまで刊行されたあらゆる全集叢書文庫類の長所と短所とを検討し、古今東西の不朽の典籍を、良心的編集のもとに、廉価に、そして書架にふさわしい美本として、多くのひとびとに提供しようとする。しかし私たちは徒らに百科全書的な知識のジレッタントを作ることを目的とせず、あくまで祖国の文化に秩序と再建への道を示し、この文庫を角川書店の栄ある事業として、今後永久に継続発展せしめ、学芸と教養との殿堂として大成せんことを期したい。多くの読書子の愛情ある忠言と支持とによって、この希望と抱負とを完遂せしめられんことを願う。

一九四九年五月三日